GÉNIS
OU LE BAMBOU PARAPLUIE

Quand Génis naît dans la ville Tuile-ardoise, il comprend immédiatement que « naître humain » n'est pas « être humain ». Qu'encore faut-il le devenir. Dès lors, chaque étape de son évolution va lui donner une occasion de découvrir la vie, de comprendre par exemple que l'univers est flou ou net, suivant que l'on chausse ou pas ses lunettes d'astigmate, que les objets se laissent briser pour libérer les électrons prisonniers de la structure de la matière, et qu'il faut renoncer à tenter d'engloutir le monde, car, chaque fois, une miette d'univers parvient à échapper à sa déglutition.

Autour de lui, il y a Armand, le père médecin, sa douleur et ses malades ; Gis sa grande sœur passionnée par les sciences ; mais d'abord et surtout Jeanne, la mère, mystérieuse et imprévisible, née de père inconnu et qui cajole dans une pièce sanctuaire un bambou parapluie.

Que sait-on du bambou parapluie ? Peu de choses assurément, si ce n'est qu'il fleurit une fois par siècle (et qu'il meurt immédiatement après), et que tous les bambous parapluies du monde, où qu'ils soient plantés, fleurissent en même temps. Existerait-il dans chaque cellule de la plante une horloge biologique capable d'égrener le temps et de « sonner » la floraison cent années après que la graine a éclose ? Mystère de la botanique non encore élucidé !

Diabolique, Denis Guedj a tissé les toiles de son intrigue avec une incroyable dextérité. Nous voilà plongés dans un superbe roman d'apprentissage.

Denis Guedj est mathématicien et professeur d'histoire et d'épistémologie des sciences à l'Université Paris VIII. Il est auteur de romans, La Méridienne *(Robert Laffont, 1997),* Le Théorème du perroquet *(Seuil 1998), et d'essais,* La Révolution des savants *(Gallimard, 1988),* L'Empire des nombres *(Gallimard, 1996),* La Gratuité ne vaut plus rien *(Seuil, 1997),* Le Mètre du monde *(Seuil, 2000).*

Denis Guedj

GÉNIS OU LE BAMBOU PARAPLUIE

ROMAN

Éditions du Seuil

TEXTE INTÉGRAL

ISBN 2-02-050135-X
(ISBN 2-02-037164-2, 1re publication)

www.seuil.com

à Claude Chevalley

à Brigitte

Remerciements à Jacques Binsztok :
un plaisir de travailler ensemble.

Apprendre à devenir humain
est la seule radicalité.

Raoul VANEIGEM

Lorsque Génis vint au monde – prononcez « génisse » comme le petit de la vache – ce fut après avoir tout accepté.

À l'improbable lecteur, ceci, qui aidera sa compréhension. L'histoire qui va suivre se déroula en une époque où, dévidant un cercle vicieux sans fin, l'Humanité se satisfaisait des voies les plus simples. Elle s'engendrait, dans l'ensemble, elle-même. Ni choux ni éprouvettes ! La mère était encore ce qu'on faisait de mieux pour la Matière.

CHAPITRE 1

Où Jeanne et Génis s'unissent pour se séparer. Et où ce dernier devine que naître humain n'est pas être humain. Qu'encore faut-il le devenir.

Dans la ville tuile-ardoise.

Souffle court, respiration saccadée. Une interminable rafale d'expirations rauques, brèves, précises, interrompue par une large inspiration silencieuse. Puis un répit, la tension relâchée, le visage détendu, le corps apaisé s'épanchant un court instant. Et tout recommençait. À nouveau, le halètement saccadé, la trachée éreintée. Dans les pupilles de la femme, elles furent mille lumières à exploser !

Est-ce Génis qui jeta son dévolu sur Jeanne et qui s'enveloppa d'elle ? Ou bien est-ce Jeanne qui, pour n'être pas grosse de rien, élut ce petit pour sien ? Il reste que, sans elle, il n'était qu'homme potentiel, sans lui elle était mère morte.

Ce qu'a réellement vécu Jeanne durant ces instants nous restera un secret. Prétextant que ce moment de sa vie de femme n'était pas affaire de littérature, de science ou de statistiques, elle maintint sur le sujet un silence sans faille.

À Jeanne, donc, le secret ; à Génis, la divulgation.

Arguant qu'on ne naissait qu'une fois, et qu'alors mieux valait le faire savoir, il avait choisi de parler. Longtemps, elle lui en tint rigueur ; lui rappelant qu'ils avaient été deux dans l'histoire et qu'elle avait, elle, « son mot à ne pas dire ». Il en était convenu mais n'avait pas désarmé. Il avait parlé. Plus tard, elle lui avait avoué qu'elle ne se reconnaissait pas toujours dans son récit, qu'il avait enjolivé, qu'il n'avait pas parlé de son angoisse à elle de le voir naître avant terme, ni de sa peur folle qu'il soit mort-né. Il avait ri, elle ne pouvait pas savoir. Elle lui avait dit qu'il avait omis l'attente, tu les déchirures et la violence de la douleur, et le sang et les larmes. Il avait admis qu'en effet, avec le temps… Elle lui avait dit qu'il avait également omis la vomissure et le cri. Non, pas le cri ! Génis avait affirmé qu'il ne l'avait jamais oublié.

Allongée depuis plusieurs heures sur la table de travail, Jeanne, d'une voix douce, exigea que l'on place entre ses jambes écartées un miroir qu'elle gardait caché dans sa main. Sous sa nuque raidie par la tension, elle glissa elle-même un traversin. Avec la régularité d'un métronome, la voix de l'accoucheur annonçait le cours de l'ouverture de la mère imminente.

Lorsque la décrue de la douleur le lui permettait, Jeanne se redressait. Appuyée sur les coudes, elle suivait dans le miroir l'avancée de la sortie de son enfant. Tête la première, par petites touches, Génis progressait. Et Jeanne qui l'aidait ! Jamais ils ne furent si proches, plus jamais ils ne le seront autant.

Jeanne d'abord, la plus vieille des deux. La vague qu'elle émit, Génis la cueillit au passage et se laissa porter par elle. Fort de la dynamique dont elle lui faisait don, il fit un pas de plus vers l'extérieur et s'enfonça davantage dans le dehors. Lorsque, harassée, elle ne put même esquisser un geste, il prit la relève et se fit capitaine, se gardant de saccager le nid qui le faisait naître humain.

Elle et l'enfant mirent à se séparer toutes les qualités dont ils étaient capables : un mélange de délicatesse, de violence, de fluidité et d'obstination. Il leur en fallait pour dessiller l'autre de soi. Soudés l'un à l'autre, ils s'allièrent pour, en chœur, faire sécession. Il fallait les voir ! Jeanne et Génis s'unissant pour se séparer ! À l'orée de Jeanne, la vague se fit puissante et l'avancée de Génis mieux assurée. Il n'y avait déjà plus qu'une moitié de lui dans elle, qui n'était déjà plus pleine de lui qu'à moitié. Que leurs corps se disjoignent, ils n'y pouvaient plus rien.

Prenant le relais de ce lien sur le point de se rompre, dans le miroir posé entre les cuisses de la mère se tissait un autre lien qui tenait plus encore de leur liberté. Lorsque, parvenu à la lisière, les yeux grands ouverts, Génis regarda dans l'en-dehors de Jeanne, ce qu'il vit en premier ce fut, dans le miroir, les yeux de la mère qui l'attendaient. Ils se découvrirent ensemble, elle l'avait voulu ainsi. Dans cet échange de regards, une évidence :

– Ah, c'est toi !

Il connaissait l'intérieur de Jeanne ; elle connaissait Génis de l'intérieur. Dans le miroir, brutalement, cette connaissance réciproque prit fin. Une autre la remplaça : Jeanne de l'extérieur prit la mesure de Génis tandis que lui découvrait l'extérieur de Jeanne. Du dedans de la mère qui se prétendait l'univers entier de l'enfant, et qui l'avait été jusqu'à cet instant, voilà qu'en un éclair celui-ci lui découvrait un dehors, du dehors.

Tout se passait si bien ! L'accoucheur laissa faire les choses. La présence du miroir l'irritait. Caprice de mère, pensa-t-il, gri-gri d'accouchée. Elles ont toutes quelque chose !

Le mouvement continu qui aspirait Génis, en même temps qu'il libérait Jeanne, déchaîna une souffrance inédite. Elle sentit naître en elle un vide immense qui s'agrandissait. Une lacune. Et ce vide avait une forme précise : celle d'un *Génis en négatif*, empreinte incrustée en manque au fond de ses entrailles, qu'elle subissait comme une absence pleine.

Lorsque, bientôt, il ne restera en elle plus trace de Génis et que, de la bombe de vie qui y avait explosé, chaque éclat fiché dans sa chair aura été extirpé, lorsque enfin elle aura totalement réinvesti son corps, on la dira DÉLIVRÉE. Jeanne expurgée d'autrui.

Pour l'instant, elle était encore « prise ».

On ne sait pas lequel, d'elle ou de lui, ferma les yeux le premier et rompit le regard. Peut-être, d'ailleurs, la rupture ne fut pas leur fait. Peut-être leur fut-elle imposée par d'autres. Il reste qu'elle eut lieu et, qu'ayant eu lieu, elle mit fin à l'ère préGénis de la vie de Génis.

Le silence dura. L'accoucheur, inquiet, avança la main ; ses doigts savants se refermèrent sur les minuscules chevilles, comme un collet. Soulevant le tout, il affirma : « Il n'y a rien de tel qu'une grande claque dans le dos pour qu'ils trouvent leur premier souffle ! » Génis se sentit happé, tête ballante dans l'air sec et dur. Il ferma les yeux, faillit hurler, resta muet. Jeanne arrêta brutalement le geste de l'accoucheur. Suppliante et farouche, elle dit qu'il fallait attendre que cela vienne naturellement de l'enfant, que cela lui vienne par plaisir. Elle dit que… et que… Bref, elle gagna du temps.

L'accoucheur reposa le bébé.

Génis ouvrit les yeux, le miroir avait disparu. Face à lui, le sexe de Jeanne. Les lèvres frémissantes lui parlaient avec passion, l'invitant à revenir sur ses pas. Elles lui rappelèrent la douceur antérieure, les mois passés enclos, l'univers satiné et humide, le bercement. Jeanne aussi entendit cette voix qui s'échappait d'elle. Elle trembla, impuissante à la faire taire. Génis voulut revenir en arrière. De voir le nouveau-né se trémousser, tous autour de la table s'esclaffèrent. Simon, le père, froissant la gerbe de journaux qu'il tenait à la main, rit pour faire bonne contenance.

Malgré ses efforts, Génis ne parvenait pas à progresser. Inadmissible impuissance : « Quelle merde ce corps qui me limite ! » Il s'agita, tenta de relever la tête, crut y parvenir, mais sa nuque lourde resta sourde. Tout son être se souviendra que son premier mouvement fut d'avancer pour revenir en arrière et que cela lui fut impossible. Dans un éclair, avant de s'abandonner, vaincu, il vit le sexe se refermer doucement. Et se souder les lèvres dans un baiser qui le rejetait à jamais.

Alors éclata le cri.

C'était le début, c'était la fin. Jeanne se cabra.

L'accoucheur ôta ses gants. Du sang bien sûr, et des traces filandreuses comme du blanc d'œuf précipité accroché au caoutchouc, qui fit un drôle de bruit quand les doigts s'en retirèrent.

Mission accomplie ; encore un enfant de gagné ! L'accoucheur adressa une tape complice sur l'épaule de Simon Calor, son collègue, l'heureux père. Dans cette clinique, des années plus tôt, Simon avait connu l'enfer.

Sur la table de travail d'une clinique d'une petite ville tuile-ardoise, un nouveau-né entièrement défini par cette formule : bambin humain, de sexe masculin, d'un poids de six livres et vivant.

Car non content de naître humain, Génis naquit vivant. Certains s'écrieront, sarcastiques : Heureusement ! Au risque de les décevoir, voici un livre qui débuterait ainsi :

« Lorsque Génis vint au monde, il naquit mort. La première pensée qui traversa l'esprit du nouveau-(mort-) né fut : "Il va leur falloir rédiger un tout autre livre que celui qu'ils auraient écrit si j'étais né vivant." Sa seconde première pensée l'amena à reconnaître qu'il débutait bien puisqu'il commençait par sa fin. Se réjouissant de sauter directement du ventre chaud à la terre froide, de la blancheur des langes à celle du linceul, et voyant se déployer devant lui la longue vie de sa mort, il comprit qu'il allait à nouveau disposer de tout son temps. Satisfait, il se plongea sans se presser dans le long avenir qui s'offrait à lui… »

Mais « il n'y a pas d'histoire virtuelle, il n'y a que des regrets ». Les faits étant ce qu'ils sont, l'histoire de Génis né mort-né s'interrompt ici.

Lorsque Génis vint au monde – prononcez « génisse » comme le petit de la vache – ce fut après avoir TOUT accepté.

Plus précisément, s'il vint au monde, c'est parce qu'il avait tout accepté. N'avait-il pas consenti à ÊTRE CONFORME aux lois qui l'avaient fait naître humain ? D'avoir permis que toutes les lois de l'univers s'appliquent à lui, de n'avoir pas été rebelle une seule fois – car une seule fois eût suffi –, de ne pas s'être produit exception ou contre-exemple à l'Ordre du Monde. En un mot, d'avoir choisi de naître à terme et à temps liait Génis à ce monde – et ce monde à Génis – bien plus que celui-ci ne l'avait cru dès l'abord.

Génis avait coopéré avec toutes les Forces de l'Ordre qui maintenaient le monde à l'abri du *chaos*. Un nouveau-né est vieux, déjà, de mille acceptations. Son premier cri signe le terrible aveu d'un passé noir de soumission. Un passé de collaboration.

Il pourra bien par la suite contester tous les pouvoirs, s'insurger contre toutes les autorités, s'insoumettre, se rebeller, se mutiner, saper les fondations de toutes les oppressions, scier les barreaux de toutes les domestications, miner les Bourses, ruiner les Banques, sinistrer les Assurances, forcer les blindages, disloquer les armures, couper les mailles des filets et les ailes des puissants. Il pourra bien être la brique réfractaire enchâssée dans le mur de l'asservissement, l'aiguille dans la meule des dominations. Il pourra bien défaire tous les rangements.

Il pourra bien accomplir tout cela, et plus encore, ce ne sera qu'une goutte dans l'océan de sa liberté défunte. Le poids de son passé prénatal excluant la prescription, du tribunal de la collaboration il sortira tondu.

Pourtant…

Ne disposer que d'une miette de souveraineté et ne pas la croquer serait crève-cœur. Il faudrait voir qu'ayant tout accepté avant, il continuât après !

Jeanne posa la main sur le corps moite de Génis. On l'essuya, l'enduisit, l'essuya à nouveau. Il s'endormit. Sous le drap, légèrement au-dessus de la commissure de l'aine, la mère cachait deux fines vergetures. Deux petits traits parallèles comme un signe égal. Avant Génis, il y avait eu Gis, une fille.

Quelques minutes plus tard, alors que Jeanne dormait, sur le visage de Simon, assis à son chevet sur une chaise laide en fils de plastique, un sourire passa. Il avait, grande ouverte sur les genoux, une gazette aux larges pages écrues et finissait d'y lire que, dans un anneau de béton de huit kilomètres de circonférence enterré entre la France et la Suisse, des centaines de physiciens, après vingt-cinq années de travail assidu ayant coûté des dizaines de milliards de francs, venaient de produire moins d'un milligramme de matière ayant survécu moins d'un milliardième de seconde.

Simon referma le journal, se leva, s'approcha de Génis, le soupesa du regard. Puis, fixant la mère endormie, c'est peu dire la fierté qui l'envahit en cet instant. En pas plus de deux cent cinquante jours et pour un prix somme toute modique, Jeanne toute seule venait sous ses yeux de produire trois kilogrammes de matière VIVE !

Qui se mit à babiller…

AVERTISSEMENT

Avant que ne se poursuive la partie émergée de la vie de Génis, une mise en garde s'impose: on serait sérieusement déçu si l'on s'attendait à ce qu'à tout moment il doive lui arriver quelque chose d'insolite, de bizarre ou de singulier, quelque chose d'inédit et qui ait à nous surprendre. Sans cesse, à chacun de nous, il arrive des événements qui valent la peine qu'on ne s'y intéresse pas. Chaque moment d'une vie est irremplaçable, bien sûr; mais certains le sont plus que d'autres. Si les chapelets dessinent une courbe refermée sur elle-même, c'est pour permettre aux doigts usés de caresser sans se lasser les osselets du passé.

Dit-on d'une machine qu'elle acquiert de l'expérience seulement à fonctionner, d'une horloge qu'elle améliore sa précision à psalmodier les secondes, d'un moteur qu'il se perfectionne du seul fait de tourner? Tel est Génis, moteur humain, qui se contenta parfois – pourquoi ne pas dire: le plus souvent – d'« exister au point mort » et de laisser filer le temps sans vivre rien qui le transformât. Ces mises entre parenthèses le laissèrent inchangé, elles ne l'améliorèrent ni ne le gâchèrent d'aucune façon. Ainsi en fut-il de Génis, de qui l'on pourrait dire que durant de longues périodes de sa vie il fut constant.

Perdit-il son temps, alors?

On aurait pu le croire. Mais, semblable aux plantes en hiver, il mûrissait sous l'écorce.

L'infinie beauté d'un pointillé réside en ce que, dans le vide qui sépare deux points successifs, tout peut arriver. Toujours le point suivant fait surprise. Dans le récit qui va suivre, nous nous contenterons d'offrir un échantillon de Génis, en piquant çà et là quelques fragments épars. Rien d'autre donc qu'une infime quantité d'un individu. Bien sûr, il reste à la liberté de chacun d'inventer, à partir de ce « Génis en pointillé », un personnage qui le ravisse, l'agace ou tout simplement le lasse. Mais que celui qui agirait de la sorte, surtout, conserve la mémoire de son acte et ne prétende pas, après, à l'unicité de l'image ainsi créée.

Dit autrement : si d'aucuns se prenaient à « compléter » Génis en comblant les trous de sa vie contée ici, qu'au moins ils le fassent de cent façons différentes. Sans cela, ils se retrouveraient lésés d'une toute petite joie, d'un tout petit bonheur : voir ruisseler au-delà de toute frontière un individu quelconque.

CHAPITRE 2

Où, après l'avoir fortement désiré,
Jeanne renonce à faire lichen avec Génis.

La valise était prête.

Jeanne attendait dans le hall d'entrée de la clinique. Au fond d'un couffin de paille tapissé de bluettes, Génis attendait également. Simon arriva enfin. Il était accompagné de Gis, sagement assise sur le siège arrière d'un cabriolet vert d'eau dont la capote était abaissée.

À l'angle de deux rues calmes du vieux quartier de la ville tuile-ardoise, une maison bourgeoise à la façade grise, la maison de la famille Calor. Le rez-de-chaussée est occupé par le cabinet médical du docteur S. Calor, salle d'attente, bureau de consultation, salle de pansements. On peut y accéder directement de la rue. De l'autre côté du vestibule, un vaste salon sombre, donnant, par une porte dérobée, sur le garage. Dans le garage, le cabriolet.

Un escalier abrupt aux hautes marches mène au premier étage. Ici, les plafonds s'élèvent à plus de trois mètres. Face à l'escalier, la salle à manger et la cuisine. À gauche, un couloir ocre menant à la chambre des parents, la *matrimoniale*, ainsi qu'à la chambre de Gis et au cabinet de toilette. À droite, orientées au sud, la pièce-au-bambou et la chambre de Génis. Il n'y a qu'un seul WC à l'étage, l'autre est au rez-de-chaussée, contigu à la salle d'attente.

Occupé par une interminable rangée de pots de fleurs aux coloris d'une extrême diversité, un balcon ventru reposant sur de fines consoles court sur la façade. Il communique avec l'intérieur par une fenêtre donnant dans la salle à manger et une autre dans la matrimoniale. Il y a une cave, mais pas de grenier. Un œil avisé remarquerait l'étrange toiture de cette maison trapue.

C'est par effraction que Génis pénétra dans ce qui, pour des années, allait devenir sa demeure. Simon portait la valise ; Jeanne tenait le couffin serré sur sa poitrine ; Gis ne portait rien. Simon posa la valise, fouilla dans ses poches. Les clefs ? Nom de Dieu ! Impossible de rentrer ! On fit appeler un serrurier, qui tarda à venir. Simon se précipita dans le chantier voisin et revint armé d'une hache. En trois coups, il fracassa la porte.

La voie libre, ils s'engouffrèrent en file indienne…

Juste avant que la porte ne s'écroule, le bambou parapluie, Simon, Jeanne, Gis, occupaient la demeure. Juste après, ils furent cinq. L'arrivée d'un nouveau sommet transforma le quadrilatère familial en un pentagone fortement irrégulier.

Dans la chambre du premier étage où l'on transporta Génis, il y avait, posée près des rideaux tirés, une cruche en grès et, dans la cruche, un bouquet de gueules-de-loup multicolores.

Jeanne déposa Génis dans un large berceau, un fameux cocon moelleux à roulettes, découvert sur les côtés. De ne plus le sentir peser dans ses bras, elle se sentit plus légère, plus libre. Et triste. Elle sortit.

Pour la première fois de sa vie, Génis se retrouva seul. Il remua les jambes, bougea la tête, à droite, à gauche, ouvrit les yeux, regarda en l'air, devant et sur les côtés. Excitée par ce regard neuf qui s'étonnait de tout, la moindre chose entendit s'offrir à lui sous son plus beau jour. Pour le petit peuple des objets, ce fut jour de fête.

S'approchant de la pièce-au-bambou, Jeanne retrouva avec contentement l'odeur forte et légèrement grisante qu'elle connaissait si bien, et qui lui avait manqué durant son séjour à la clinique. Ainsi que le bruit métallique caractéristique des tiges, semblable au grincement des drisses des voiliers à quai. Le bruit des machines du chantier d'à côté lui rappela qu'ils n'étaient pas seuls au monde. Le bulldozer s'arrêta brusquement. Le silence lourd qui suivit l'inquiéta. Elle revint sur ses pas. Ce ne furent pas les pleurs du bébé qui l'effrayèrent, mais le calme de la chambre. Allongé, les yeux clos, Génis dormait.

Dormait-il ?

Pas le moindre frémissement, pas le moindre souffle. Quelle preuve que l'enfant était vivant ? La panique l'envahit. Approcher un miroir de la bouche et guetter la buée. Cela prendrait trop de temps. Elle lança la main, interrompit son geste au dernier moment. Et s'il n'était qu'assoupi ? Allait-elle, pour calmer son inquiétude, le réveiller chaque fois qu'il semblerait dormir ? Jeanne plongea la tête dans le berceau. Oreille collée contre la bouche édentée, elle écouta. N'entendit rien. Brusquement, le souffle explosa dans son oreille, une tornade. Petit salaud ! Il s'était retenu !

Pendant le sommeil, la respiration continue.

Autonome, l'enfant respirait. Sans elle, hors d'elle, sans égard pour elle. Devant ce qu'elle ressentait comme une injustice nécessaire, Jeanne fut prise d'une colère inqualifiable. Comme s'il se savait observé et qu'il eût craint pour sa toute neuve intégrité, Génis esquissa un mouvement qui fit glisser la couverture, découvrant son corps emmailloté. Jeanne, en nage, retira sa tête du berceau. Elle aurait voulu reprendre son bien et l'étreindre et le presser. Certaines mères excessives connaissent ces instants paroxystiques de désir anthropophage qui les mèneraient jusqu'à engloutir leurs enfants afin de récupérer une progéniture contumace vouée à leur échapper. Les bébés le leur rendent bien, qui pour se venger aspirent à leur dévorer le sein.

Il n'y aurait donc rien entre la séparation radicale et l'engloutissement !

Jeanne chercha une tierce voie.

Un mot s'imposa à son esprit : lichen ! Oui, celui qui pousse dans les fissures des rochers. Qu'avait-il à voir avec son affaire ? Elle se souvint de l'expression que la grand-mère employait quand elles grimpaient toutes les deux vers la moraine, sur la route du col, à Garin. En langage paysan des Pyrénées, *faire lichen* signifie « être comme cul et chemise », en langage de la ville, « être inséparables »...

Lors de ses recherches sur le bambou parapluie, elle avait appris que le lichen naissait de la rencontre d'une algue et d'un champignon : l'algue nourrissant le champignon, qui à son tour nourrissait l'algue. Échange de « services » ? Infiniment plus ! Chacune des deux plantes cessant d'exister individuellement pour en créer une troisième. Parfaite symbiose.

Devant la peur de perdre Génis, c'est dans ce centaure

végétal, moitié algue, moitié champignon, que Jeanne venait de trouver un modèle. Elle caressa ce rêve fou : FAIRE LICHEN AVEC GÉNIS ! Debout près du berceau, une heure, deux peut-être, à vivre ce futur. Les oiseaux les plus résistants finissent par se poser, un atoll en pleine mer, une branche…

Il y avait une suite à l'histoire du lichen. La symbiose entre l'algue et le champignon ne pouvait avoir lieu que si ce dernier perdait son sexe dans l'opération. Jeanne frémit, c'était le prix à payer ! Elle revit l'infime pénis du petit, virgule écrite à la pointe sèche au bas de l'abdomen pâle. Il commençait tout juste à exister, elle rêvait déjà de le châtrer !

Non ! Chacun en soi, c'est mieux pour tous ! Sa décision était prise. La symbiose n'aura pas lieu, Génis sera un champignon sexué et moi une algue exposée aux éléments.

Le stade « lichen » évité *in intimis*, Génis était passé si près d'être un autre que Jeanne se promit de tout faire pour qu'il soit LUI-MÊME, se jurant de lui laisser l'entière liberté de sa destinée et de refuser de l'influencer en quelque situation que ce soit. Jeanne condamnait Génis à faire lui-même ses choix, ou à n'en faire point. En retour, poisson pilote du petit cétacé auquel elle avait donné naissance, elle s'offrait à sonder pour son compte les eaux troubles dans lesquelles il aurait à naviguer.

Jeanne et Génis. Éternelle saga d'une poule et d'un œuf. Dont on sait désormais que l'ultime vérité réside dans la seule alternance qui scande la suite sans fin « œuf-poule » : *o-p-o-p-o-p…*, à moins que ce ne soit « poule-œuf » : *p-o-p-o-p-o…* Quelle différence si l'on a pris le train en marche ? Cette poule-ci, de quel œuf-mère est-elle éclose ? Et cette coquille-là, de quelle poule ascendante est-elle pondue ? À remonter marche après marche la généalogie d'un quelconque gallinacé, on toucherait du doigt ce qu'a de parfaitement éreintant la plus petite notion d'infini.

Jeanne quitta la chambre de Génis qui déjà sentait l'acidulé : trois gouttes d'urine et un filet de lait régurgité. Elle longea le couloir, tira le loquet et pénétra dans la pièce. Comme à son habitude, elle s'installa dans la méridienne de paille bleue, d'un pur style chinois, fin dix-neuvième. Son premier moment de solitude depuis la naissance du petit.

Si l'on ne pouvait confondre ce lieu avec un luxueux jardin intérieur ou un extravagant living-room, c'est que l'espace y était agencé de façon singulière. Entièrement au service de la plante qu'il abritait.

Partant du centre de la pièce, s'étendant jusqu'à la fenêtre, un bac. Sur une hauteur de trente centimètres, retenue par des lattes de bois fixées au mur, la terre occupait la majeure partie de la surface au sol. Le reste, carrelé de tomettes sang, était par endroits recouvert de tapis. Un petit pont était jeté au-dessus d'une pièce d'eau destinée à maintenir un certain degré d'humidité. Rangés dans un coin, un pack de bouteilles d'eau de source et deux jerricans. Juste au-dessus, une mappemonde jaunie par le temps agrandissait l'espace.

Bien que la pièce fût dotée d'une double fenêtre, l'extrême luminosité qui y régnait en cette fin de journée pouvait surprendre. S'inspirant du diamant qui emprisonne si bien la lumière, Jeanne avait tapissé les murs de larges miroirs. Inclinés et orientés de façon empirique, mais redoutablement efficace, ils se renvoyaient le moindre rayon lumineux pénétrant dans la pièce. Le piège à lumière fonctionnait à plein. Ces quatre miroirs, ajoutés à celui – que l'on découvrait en dernier – scellé au plafond, donnaient à la pièce-au-bambou des allures d'hôtel de passe. Pour tous, ce lieu était « l'endroit de Jeanne ». On ne s'y aventurait qu'exceptionnellement.

Les coups de marteau redoublèrent. Dans le hall, un ouvrier finissait d'installer une nouvelle porte d'entrée.

S'égrènent les jours…

S'imagine-t-on qu'on ait pu, une fois dans sa vie, avoir eu neuf jours ? Avoir été neuf de neuf journées et le lendemain s'être retrouvé vieux de dix ? S'imagine-t-on qu'on ait pu avoir vécu autant de jours que de doigts des deux mains ? C'est pourtant ce qui arriva à Génis. On laissa, sans même penser à le fêter, passer l'événement. Négligence.

Dans la cruche de grès, les gueules-de-loup fanèrent.

Un dimanche matin, profitant du sommeil des parents, Gis poussa la porte de la chambre du premier. Elle voulait voir de près. Grimpée sur un pouf, elle l'inspecta. Elle le trouva petit. Elle sortit en fredonnant.

S'égrènent les mois…

Ce regard innocent qui avait tant excité les objets de sa chambre le jour de son arrivée, s'était émoussé. Se sentant devenir familières, les choses commencèrent à se laisser aller. Elles et Génis finirent par former un vieux couple.

Bien que petit, il grandissait. Du berceau, Jeanne le transféra dans un lit. Son repas du soir fini, souvent avant le retour de Simon, Génis n'avait pas même le temps de tenter un premier bâillement que Jeanne l'entraînait dans sa chambre. Emporté, déshabillé, lavé, séché, pyjamisé, il se retrouvait au fond de son lit.

Premier bisou de Jeanne à Génis.

D'abord le côté droit qui s'élevait. Il se sentait soulevé haut dans le ciel de la chambre, prêt à chavirer. Mais avant de parvenir au sommet de la vague, il dégringolait, happé vers l'autre rive. Le lit s'immobilisait.

Deuxième bisou de Jeanne à Génis.

Dans un réflexe de vieux dormeur, il dégageait ses bras des couvertures et – habitude contractée dans son berceau – les posait, libres, bien à plat sur la bordure du drap. Génis, objet inanimé, était emporté à travers la nuit.

Plus tard, quand Génis éprouva des difficultés pour s'endormir, Simon, lorsqu'il n'était pas en visite, le prenait dans ses bras et marchait dans la chambre en dessinant des grands cercles. L'effet était immédiat, Génis s'endormait, saoulé.

La famille Calor avait bonne réputation dans la ville tuile-ardoise. Médecin consciencieux et disponible, portant une quarantaine rassurante, Simon Calor donnait entière satisfaction à la nombreuse clientèle qui se pressait dans sa salle d'attente.

Située au rez-de-chaussée, la salle d'attente donnait directement sur la rue. On sonnait, on entrait, on s'asseyait et… on attendait. Ce qui surprenait au premier regard, c'était l'énorme quantité de journaux que l'on découvrait un peu partout dans la pièce. Des journaux, pas des magazines, comme c'est l'usage dans ce type de lieu. La longue table basse près de la cheminée ainsi que le guéridon bloquant la fenêtre en étaient recouverts. Il y en avait également, en piles, sur des étagères.

Vieux numéros jaunis, collections complètes de divers quotidiens parus depuis deux dizaines d'années.

Autant la salle d'attente était tristounette, autant le cabinet de consultation était flamboyant. Les murs étaient ornés de grandes feuilles à dessin recouvertes de taches de couleur ne représentant rien d'autre qu'elles-mêmes. Il s'agissait de mélanges de coloris semblables à ceux d'une palette. Si lumineuses qu'elles eussent fait rosir les plus subtils coloristes flamands. Elles avaient au fur et à mesure remplacé les planches anatomiques qui représentaient, en vrac, le tube digestif, l'appareil respiratoire, les muscles de la jambe. Ainsi que celles exhibant le squelette de l'homme debout, de l'homme assis, de l'homme couché. Ces taches de couleurs dans un lieu de douleurs, rien n'interdisait qu'elles puissent avoir un effet apaisant sur les patients.

Simon avait longtemps pratiqué les arts martiaux ; il ne s'en vantait pas, mais il était troisième dan de karaté. Son physique puissant rassurait. C'était un homme des plaines et des grandes étendues, ses gestes étaient amples, il avait le nez droit, les cheveux fins et les mains soignées.

Sa robustesse lui avait été d'une grande utilité dans certaines circonstances professionnelles. Déplacer des grabataires, transporter des blessés, immobiliser un membre brisé et, une fois, assommer un agité. Sa musculature lui permettait de dissimuler une douceur qui parfois virait à la fragilité.

Ses consultations étaient longues, il gardait ses patients dans son cabinet autant de temps qu'il était nécessaire. Il savait ausculter ! Tout était signe, la couleur et l'élasticité de la peau, la brillance des yeux, la consistance des ongles, les petites peaux qui s'arrachent au coin des doigts, l'ampleur de la respiration, la sonorité du souffle, la souplesse des articulations, le timbre de la voix, la fluidité de la sueur, la moiteur des paumes, l'haleine, l'implantation des cheveux. Bref, il regardait, touchait, sentait, entendait, mais il ne léchait pas ! Il l'aurait fait, mais il savait que cela aurait choqué nombre de ses clients. Il n'avait qu'un seul interdit : ne jamais mettre à la diète un patient, quels que soient les maux dont il souffrait.

Il faisait montre de psychologie envers ses malades, mais cette qualité lui faisait défaut dans ses autres relations. En particulier avec Jeanne, qu'il ne comprenait guère. Constamment disponible pour ses patients, il l'était, par conséquent, rarement pour sa famille. Il en souffrait, ils en souffraient. Les marins et les médecins, les pêcheurs et les docteurs, c'est bien connu, toujours dehors, jamais dedans.

Combien de matins suivirent, combien se ressemblèrent ? Puis il y en eut un. Semblable aux autres pourtant. La nuit avait été bonne, bonne nuit. Il faisait sombre, pour quelques instants encore. Génis s'étira. Pendant son étirement une pensée se fit jour : « Il n'est pas nécessaire que je sois et pourtant je suis. » Il ne put dire tout de suite pourquoi, mais cela lui parut bien qu'il en fût ainsi. Quelle aurore ! Il se dégagea de ses draps, rampa jusqu'au bout de son lit et attendit. Il regarda son sexe dressé, « le lever des couleurs ».

À travers les vitres embrumées, l'aurore sanguine. Génis se dressa et cria :

– JOUR !

Figure de proue avançant dans des mers tièdes vers des rivages avides.

CHAPITRE 3

Où, grâce à Gis, Génis se dote de tout ce qu'il lui faut pour entrer dignement dans la vie: une devise, des armoiries et une cause à défendre.

Comme une paille dans la laine d'un pull-over.

Génis s'inséra dans le tissu familial et devint un fait accompli que Gis, réaliste, accepta sans coquetterie excessive ni démagogie démesurée. Sans jalousie non plus. Consciente de posséder quelques années d'avance sur son frère, elle comptait bien les conserver. Et en profiter.

D'autant qu'à ses débuts, Génis – Gis l'avait remarqué dès le berceau – était bien petit. Tellement – aux yeux de sa sœur, uniquement – qu'au cours d'un goûter, elle proféra à son sujet un terrible mot d'enfant :

– Quand il est né, il était si petit que sa tête sentait les pieds.

Dans l'esprit de Génis, la phrase fit son chemin.

Quelques années plus tard, ayant acquis l'art de la réplique, à sa calomniatrice de sœur, qui en plein après-midi se gavait de moka, il lança :

– Tu es si grosse que tous tes os sont ronds !

Elle s'étouffa. La langue plâtrée, elle lança :

– Mieux vaut des os ronds que des riquiquis !

La rondeur de la sœur n'étant pas plus avérée que la riquiquinité du frère, l'échange n'avait pas de raison de s'interrompre.

– HyperGis !

– Géniscule !

– Gisoutre !

Ah, le salaud ! Faisant mine de se pincer les narines, d'une voix nasillarde, elle expulsa sur le mode du refrain la phrase par laquelle, quelques années plus tôt, elle avait mis le feu aux poudres : « Si petit que sa tête sentait les pieds. Si petit… »

Génis glapit de rage. S'allongeant démesurément, il lui lança :

– PETIT, MAIS DENSE !

Ce n'était pas tombé dans l'oreille d'une sourde.

S'égrènent, grènent les années…

S'imagine-t-on qu'on ait pu avoir vécu autant d'années que de doigts de la main ? C'est pourtant ce qui arriva à Génis. On laissa, sans même penser à le fêter, passer l'événement. Négligence. Il fallut aller à l'école. On l'y envoya. Il suivait les cours mais il avait la tête ailleurs, se posant des questions auxquelles l'institution ne pouvait répondre. En particulier, celle-ci.

Puisque toutes les Forces du Monde s'étaient abattues sur lui avant qu'il ne naisse et afin qu'il naisse, il se demanda qui elles étaient. Toutes, c'est toujours trop. Quelques-unes, au moins. Dans son entourage, seule Gis pourrait faire quelque chose pour lui. Acceptait-elle de lui en présenter un échantillon ? Elle ne répondit ni oui ni non, mais exigea qu'il soit disponible au cas où… En fait, elle avait pris la requête très au sérieux, composant avec soin un « menu » approprié. Dynamique,

Mécanique, Cinétique en entrée, Physique de la matière, atomique et nucléaire, en plat de résistance, Optique en dessert.

Elle choisit soigneusement le lieu où elle allait opérer : le salon du rez-de-chaussée. Parce qu'au centre se tenait la Table Ronde. Depuis que les Calor avaient emménagé dans cette maison au cœur du vieux quartier de la ville tuile-ardoise, la Table Ronde se tenait en ce lieu périlleux entre tous. N'étant reine que du trône qui la fixait en cette place focale, elle ne souhaitait rien tant qu'on la laissât émigrer dans un quelconque recoin de la pièce. Et qu'on l'y oubliât. Espoir vain. Sa forme circulaire la condamnait à se voir interdire toute encoignure où elle pourrait se dissimuler. Incompatibilité géométrique, elle maudissait l'ébéniste qui lui avait rogné les angles.

À genoux sur le tapis, Génis s'occupait sagement à des jeux de son âge. À l'autre bout du salon, Simon, comme à son habitude, s'absorbait dans la lecture du journal. Et Jeanne, en haut, intouchable dans la pièce-au-bambou.

Débarquant en petites foulées dans cet univers en paix, Gis se mit immédiatement à trottiner autour de la table. Ni Simon ni Génis ne l'avaient entendue entrer. Elle persévéra, attendant que les ondes nées de sa course silencieuse atteignissent Génis. Elles l'atteignirent au moment où, passant à sa hauteur, Gis murmura une phrase qu'il ne comprit pas dès l'abord. C'était une invite à la suivre qu'il perçut clairement à son deuxième passage :

– Cours-moi après que je t'attrape, petit frère !

Comment résister ? Il se retrouva dans son sillage. Froissement de journal. Simon leva les yeux ; appréciant le paisible jeu de ses enfants, il reprit sa lecture.

Génis se lança à la poursuite de Gis. Immédiatement il fut sur elle. Deux pas encore, il l'aura rejointe. Dernière enjambée. Il tendit le bras, inclina le buste pour gagner le millimètre qui lui manquait. Ses ongles seraient plus longs, il l'aurait touchée. Ses doigts happèrent le vide. À l'ultime instant elle avait accéléré, juste ce qu'il fallait pour qu'il la manque. Mais pas trop, afin de rester à sa portée. Ça l'enragea.

Ils filaient à présent, emprisonnés dans un tore. Il avait les yeux plantés dans ce dos qui le narguait, infiniment proche, infiniment lointain.

Et la Table Ronde ? Dans l'œil du cyclone ! Elle était toute douleur, fibres à vif, rebord électrisé par le frôlement des corps. Elle voudrait fuir. Hélas, les pieds de table sont des jambes de bois.

Vengeance ! Que me poussent d'horribles saillies qui leur heurtent le bassin et qui les assaillent et les cognent et les blessent et les forcent enfin à s'arrêter. Elle rêvait. Eux continuaient de tourner. Alors, pour échapper à un si misérable présent, elle laissa aller ses fantasmes. Et si j'étais ailleurs, et si j'étais une autre, et si j'étais… QUADRILATÈRE ! Le mot lui avait échappé. Comme si elle l'avait toujours eu en elle. Crois-tu qu'ils continueraient à me tourner autour, si j'étais quadrilatère ? La Table Ronde du Salon était prête à tous les renoncements, par exemple, c'est dur à dire, à envier sa triste consœur de la cuisine, l'horrible table en Formica.

En Formica, mais CARRÉE !

Elle se vit transformée. Rêvant que l'ébéniste qui l'avait faite ronde la fît carrée. Espoir fou, désir irrationnel. Rêve impossible, savait-elle ce qu'elle demandait à l'artisan ? Rien moins qu'il réalise la *Quadrature du Cercle !*

Insensiblement, Gis augmenta la cadence, insensiblement Génis perdit du terrain. Un quart, un tiers, la moitié enfin d'un tour les sépara. Dès qu'elle se trouva juste en face de lui, elle ajusta sa vitesse sur la sienne. À chacune des accélérations du frère, la sœur répondait par une accélération équivalente qui maintenait constante la distance les séparant. Manège inlassable à deux chevaux de bois, on les aurait dits satellisés, rivés chacun à une extrémité du diamètre imaginaire qui les liait. Alors que Génis s'enivrait de cette course, Gis lança à nouveau :

– Cours-moi après que je t'attrape, petit frère !

Changeant aussitôt de braquet, elle donna une accélération, luttant afin de ne pas se laisser déporter par la vitesse. Pour Génis, l'affaire était entendue : il n'était plus question de la rattraper. Seulement de lui échapper !

Il ne courait plus après elle, elle courait devant lui.

Il ne courait plus derrière elle, il courait devant elle.

Il était à ses trousses, elle était sur ses talons. C'est elle à présent qui courait après lui ! Dans sa débâcle, il entendit siffler à son oreille, comme une rafale, trois mots : PETIT MAIS DANSE !

Il se retourna. Trop tard ! La main de Gis s'était abattue sur son épaule. Il hurla de rage. Il ne pourra pas dire qu'elle le prenait en traître. « Cours-moi après que je t'attrape ! » avait été sa première phrase. Il avait mordu à l'hameçon, se rendant compte à ses dépens que, dans le circulaire, « être devant » se confond parfois avec « être derrière ». Plus tard, plus tard, pour la compréhension ! Elle devait payer cela tout de suite ! Il ouvrit la bouche, quelque chose craqua sous ses dents. Deux cris, l'un de triomphe, l'autre de douleur. Dieu, que les doigts des sœurs sont friables sous les dents de leurs frères ! Le Chevalier de la Table Ronde du Salon venait de mordre la main qui l'avait poignardé dans le dos. Froissement de journal. Simon leva la tête. Les enfants semblaient avoir fini de s'amuser. Il remarqua cependant que Gis était livide et Génis écarlate.

Quelques jours après la satellisation de Génis autour de la Table Ronde du Salon, Gis, deux doigts bandés, avait confié à son frère les secrets de la matière, l'entretenant longuement de l'espèce de mouvement perpétuel qui ressuscite les atomes et qui ranime chaque particule depuis que le monde est monde. Bien que solidement étayé, son exposé était très… personnel. Scrupuleusement exact quant à son contenu, mais franchement partial dans sa présentation. Elle en avait, manifestement, contre les solides. D'après elle, leur immobilité n'était que parade, et le masque austère dont ils se paraient, façade. Entraînés par mille tourbillons qui leur vrillaient les tripes, ils chavireraient sans fin. Ah çà, se dit Génis, il faudrait le voir pour le croire !

Gis partie, il regarda son plumier d'un drôle d'œil. Puis, du même regard, fixa l'un des pieds de la Table Ronde du Salon. Semblablement, la bille d'agate trônant sur son bureau. Pareillement, quelques autres broutilles familières.

Il possédait déjà une devise ; il lui fallait, pour être en règle, se doter d'armoiries et se trouver une cause dont il se ferait le chevalier.

Pour l'heure, il emprunta les aquarelles anglaises de Simon, les *Windsor*, que celui-ci utilisait pour représenter les coloris de ses fleurs, et deux pinceaux fins en poils de martre. Il ôta sa chemise et son tricot de peau. Sur son avant-bras gauche, dans le gras du biceps, en vermeil sur fond bleu, il peignit une scie et un marteau entrelacés. La scie pour le bois, le marteau pour le roc. Ses armes dorénavant ! S'aidant de l'une, il incisa un pied de la Table Ronde, balafra un crayon, entailla le couvercle de son plumier. Usant de l'autre, il rompit un caillou, fit éclater une bille d'agate, brisa un cendrier en céramique, fracassa un galet et un petit pavé.

Un impérieux désir de s'immiscer au cœur des choses s'était emparé de lui, il avait une fringale d'ingérence.

Il devint la Terreur des Choses.

Quelle misère de voir ses objets familiers, ceux que la veille encore il chérissait, pris de panique et tenter de se soustraire à sa mortelle sollicitude ! Quelle pitié de surprendre leurs mille ruses pour, caméléons pitoyables, tenter de se fondre dans le décor ! Rien n'y fit. Le Hun domestique parsemait son passage d'une foule d'objets massacrés, abandonnés béants, ventre ouvert sur le carrelage. Des mains de Génis, la Table Ronde du Salon ressortit bancale.

Jeanne se tourmenta. Partout, dans une maison qui commençait à ressembler à un cimetière de voitures, elle découvrait les reliefs obscènes des festins dévastateurs de son fils. Un lieu avait été épargné, la pièce-au-bambou. Dans ce *chaos*, Jeanne ne voyait qu'inquiétantes pulsions destructrices.

Quelle fureur contre les êtres l'anime-t-il pour qu'il se venge de la sorte contre les choses ? se demandait-elle. Mais, fidèle à son principe de non-intervention – le principe « non-lichen » –, elle laissa faire. Les jours passèrent, ponctués de fracas, d'éclats, de tracas. Elle s'en ouvrit à Simon qui, se souvenant de l'épisode de la hache éventrant la porte d'entrée, refusa de partager ses inquiétudes. Il proposa seulement de mettre à l'abri les objets les plus précieux jusqu'à la fin... il faillit dire : de la cure.

Quant à Gis, qui se vantait qu'aucun des mobiles clandestins de son frère ne lui restât longtemps étranger, elle affirma que Génis en avait tout bonnement marre du mobilier et que toutes ces destructions n'avaient pour but que de hâter le renouvellement du décor.

Aucun n'avait vu juste.

Gis, pourtant, aurait pu. Depuis l'entretien qu'elle avait eu avec son frère concernant les secrets de la matière, Génis regardait le monde différemment. Il savait à présent les atomes prisonniers d'une structure despotique, il savait les électrons condamnés à tourner sans fin dans une ronde implacable, il savait les protons écroués dans des noyaux hermétiques. Et il ne ferait rien ! Assistant passif à ces tragédies invisibles. S'il laissait faire, qui oserait affirmer qu'il n'était pas coupable de non-assistance à matière en danger !

Les jours suivant cette révélation, il avait laissé le projet mûrir. Puis il était passé à l'action. Pour le dire simplement, son projet consistait à s'introduire au cœur des objets pour en libérer les parties intimes, retenues prisonnières par la Force des Choses.

Scie et marteau, armes idéales de sa guerre de libération ! S'étant fait guérillero dans la jungle des choses, il multipliait les embuscades contre les forces tyranniques de la Gravitation. Lançant d'audacieux coups de main contre les mercenaires stipendiés qui maintenaient enchaînées ensemble les particules.

Les objets, qui n'avaient pas été consultés, assistaient, éventrés, à leur délivrance forcée. À peine Génis avait-il achevé l'écartèlement de l'un d'eux que les parties qui en naissaient se mettaient à l'apostropher.

Arriva ce qui n'aurait pas dû arriver. Génis, Sisyphe-casseur en culottes courtes, confronté à cette épuisante vérité qui affirme que la partie forme un tout à son tour. À l'orée de l'été, ainsi que Simon l'avait prévu, Génis se lassa. Il n'allait tout de même pas, pour libérer le cœur des choses, passer le reste de son existence à casser des cailloux !

Gis, qui attendait que Génis soit à nouveau disponible, décida d'entamer sur-le-champ le troisième volet de sa présentation des Forces du Monde.

La rafle commença.

Rentrée de l'école plus tôt qu'à l'ordinaire, Gis, après s'être délestée de ses affaires, se précipita dans la cuisine où elle happa le panier des courses. Tout objet possédant la double propriété d'être réfléchissant et transportable en fut la cible.

Première halte, le cabinet de Simon. Elle alla droit à la trousse de soins. Coincé entre le stéthoscope et une grappe de seringues hypodermiques, il était là. Elle le saisit par le manche, le carrant au creux de sa paume. Elle le connaissait bien, et le redoutait, cet instrument de torture que, « pour son bien », la main paternelle avait si souvent logé au fond de sa gorge douloureuse : le miroir pharyngien !

Combien de grappes d'amygdales engrossées, de points blancs purulents cernés, de végétations luxuriantes traquées, d'aphtes volcaniques emprisonnés... au fond de sa surface polie !

Avec un sentiment de douce revanche, elle le jeta au fond du panier. Il était le premier de la série. Glaces, miroirs, psychés l'y rejoignirent. Puis elle s'en fut chercher Génis qui, revenu de son ingérence peu glorieuse dans la matière, faisait profil bas. Elle lui annonça qu'elle venait de le choisir pour participer à une très importante Expérience Scientifique. Il serait son assistant. Mais attention, il faudra qu'il se coule dans le moule, il faudra « que tu fasses, quand je te le dirai, ce que je te dirai. Et rien que ce que je te dirai ». Il accepta.

Depuis longtemps Gis avait deviné qu'on ne fait pas de la Science n'importe où. Pas sur la table carrée en Formica de la cuisine – pas plus d'ailleurs que sur la Table Ronde du Salon – ou au milieu des senteurs rances, par exemple, ou sur le rebord aseptisé de la fosse des toilettes, ou bien encore dans la ouateur fade d'une chambre à coucher. Elle avait également deviné – pour ne parler que de cela, mais c'était vrai pour tout – qu'il y avait une infinie distance entre découper un coq pour le cuisiner au vin et disséquer une poule pour nourrir une étude sur la morphologie des gallinacés. Elle avait donc saisi que, sous peine de risquer l'échec, une expérience scientifique devait baigner dans une atmosphère particulière, purgée des rémanences domestiques.

D'évidence, dans la maison, un seul lieu répondait à cette exigence : la pièce-au-bambou.

Sans un regard pour la plante, Gis pénétra dans la pièce, tenant fermement le panier à miroirs. Elle apprécia en connaisseuse, c'était bien là le Champ d'Expérience espéré. Sur le seuil, Génis marqua une hésitation, se demandant s'il n'était pas en train de faire une bêtise. Convaincu que oui, il suivit sa sœur d'un pas assuré. N'étant que « l'assistant », il se déclara par avance irresponsable de tout ce qui pourrait arriver.

Gis ouvrit le panier. Les miroirs scintillèrent, elle

plongea la main, c'était froid comme une ventrée de serpents. Sans trembler, tel le picador, elle planta le manche du miroir pharyngien dans la terre du grand bac. Exit la Nature, voici venu le temps de la Science. Il s'agit, expliqua-t-elle à Génis, de disposer les miroirs de façon qu'un rayon lumineux frappant l'un se réfléchisse dans le suivant. Le but de l'Expérience étant qu'un faisceau lumineux émis à un bout du dispositif atteigne l'autre bout sans se perdre en chemin.

Ils se mirent à l'ouvrage. Dans le bac, le trajet prenait forme. En aval du miroir pharyngien, une dizaine de glaces ; en amont, une douzaine de miroirs. Les uns maintenus par des livres, les autres inclinés sur des coussins ou bien coincés entre deux savates. Sans oublier, seul élément indigène du dispositif, la grande glace scellée au plafond, que Gis avait enrôlée.

Lorsque chaque élément fut installé, bien sûr, cela ne marcha pas. Si cela avait marché du premier coup, c'eût été miraculeux. Donc, pas scientifique !

Il fallut peaufiner.

Faisant montre de tout son art, Gis procéda aux premiers essais. Réorientant un élément, modifiant l'inclinaison d'un autre, imprimant une légère rotation à un troisième, appliquant une translation infinitésimale à un quatrième. Il fallait bien réfléchir avant d'agir : chaque modification d'un élément, aussi infime soit-elle, en se propageant tout au long du dispositif, déclenchait des modifications en chaîne qui se répercutaient jusqu'aux extrémités, bouleversant tout sur son passage. Une seule disposition modifiée et il fallait toutes les modifier. Avec une patience à faire enrager Génis, Gis, par approximations successives, tendait vers son but. Elle y passa un couple d'heures.

Elle trônait à un bout, à cheval sur un bas tabouret, sérieuse comme si elle allait prendre des risques. Lui, assigné à l'autre bout, affalé sur le sol à deux doigts d'une glace ovale au tain patiné, dormait. Las d'attendre, il avait déserté le Champ d'Expérience. Ce mot, « Expérience », avait embrasé son imagination. Quelques instants après s'être assoupi, de drôles de sensations l'avaient étreint. Tour à tour bavant comme le chien de Pavlov, et tétanisé comme la grenouille de Galvani. Puis… l'impression de percuter une vitre.

– Ta glace, regarde dedans !

Il ouvrit les yeux, hagard, et regarda.

Dedans, c'était flou.

Il le dit.

– Il n'y a pas de raison, répondit-elle.

– C'est pourtant, insista-t-il.

– Dis donc, est-ce que par hasard tu n'aurais pas mauvaise vue ?

Elle avait prononcé « mauvaise vue » comme on dit « mauvaise haleine ». Il se sentit sale.

Comme si des kilomètres les séparaient, elle hurla :

– Ça y est, je le vois !

Génis se figea, regardant de tous côtés. Lui parlant comme à un aveugle au bord d'un précipice, elle le calma :

– Bouge pas ! Surtout ne bouge pas. Tourne un peu la tête, lentement, comme ça, non, reviens, tourne encore, encore. Remets-toi comme tout à l'heure.

Il se remit comme tout à l'heure.

– Encore, encore. Top !

Il se refigea.

– Ça y est, je le vois !

Mais qu'est-ce qu'elle voit ? Il faillit se lever pour

aller voir ce qu'elle voyait. Elle comprit son intention :

– Je t'en… surtout ne bouge pas, je t'en supplie. Bon, maintenant, regarde, regarde bien. Tu le vois ? Dis, tu le vois ? quémanda-t-elle à l'autre bout.

– Quoi ?

– Mon œil !

Son œil ?

– Ton œil ? Quel œil ?

Tapi au fond de la glace ovale au tain patiné, il le vit, l'œil de Gis.

Expérience réussie !

Quelles joies, la Science ! Que les faits disciplinés se trouvent au rendez-vous fixé par la prédiction, faisait, chaque fois, baver Gis de plaisir. Tout le contraire de Génis qui, agacé par les insolentes certitudes affichées par sa sœur, s'adressa à l'œil qui le fixait. Par miroirs interposés, un dialogue de sourds s'engagea :

– Ton œil, pourquoi DOIS-je le voir ?

– Parce qu'il le FAUT !

– Est-ce vraiment une raison ?

– Ce n'est pas une raison, c'est LA raison.

Le visage grave, elle prononça sentencieusement une phrase qui sonnait comme un proverbe : « JE VOIS L'ŒIL DE QUI VOIT MON ŒIL ! » Après un silence mesuré, elle ajouta : « Comprends-tu ? »

Il faudra plusieurs années à Génis pour déceler dans la maxime prononcée par sa sœur une version vulgarisée de la célèbre *Loi du retour inverse de la lumière*.

Pour Gis, la tâche était terminée. Pour Génis, elle commençait. Toujours allongé devant la glace ovale, il se laissa aller à peser les conséquences de l'Expérience.

Je vois l'œil de qui voit mon œil. Bon. Et réciproquement. Bon. Tout à coup, il se mit à trembler. S'il se révélait que cette affreuse loi soit toujours vraie, par exemple si elle était vraie en dehors de la pièce-au-bambou, ou bien en pleine nuit avec la pleine lune, ou en pleine nuit sans la pleine lune, ou bien qu'elle soit vraie avec d'autres yeux que ceux de Gis, avec des yeux bridés par exemple, ou pochés... Il osa l'extrême : s'il se révélait qu'elle soit vraie en l'absence de Gis elle-même, s'il se révélait tout cela, cette vérité serait-elle encore vraie ?

Il n'osa pas aller plus loin eu égard à ses neurones.

Il alla plus loin eu égard à ses neurones.

S'il se révélait, donc, que cette vérité soit toujours vraie, en tous temps, en tous lieux, ce serait une véritable catastrophe !

Au début il ne parvint pas à formuler en quoi ce serait une véritable catastrophe mais il ne douta point que c'en serait une. Puis il put le formuler : ce serait une véritable catastrophe parce qu'ELLE METTRAIT FIN À LA POSSIBILITÉ DE VOIR SANS ÊTRE VU. Parce qu'elle abolirait les regards subreptices, les coups d'œil à la dérobée, les œillades furtives. Si elle s'avérait, cette Loi supprimerait la jouissance de l'observation clandestine, bannirait l'incognito de la contemplation secrète, prohiberait l'inspection masquée.

Soudain il pensa aux souris.

Si cette vérité était vraie quel que soit tout, elle s'appliquerait à tous. Aux gros comme aux petits, et particulièrement aux petits. Là, ce n'est pas à lui qu'il pensait. Mais aux souris ! Pour lesquelles il tira les terribles conséquences de l'Expérience : toute souris – quelle que soit la petitesse du trou où elle ait pu se cacher et de là ait vu le chat – serait immanquablement vue par lui ! Qui oserait nier que cela constituerait une véritable catastrophe ? À la fois morale et écologique, éthique et esthétique.

Loi scélérate !

Une question s'imposa : le chat était-il informé de l'existence de cette Loi qui lui offrait sur un plateau la toute-puissance ? D'autant qu'il possédait déjà, c'est bien connu, une vue excellente. Même la nuit. Donc, par la cause de la Science optique, voilà que, en pleine nuit, tout chat verrait toute souris cachée au fond de son trou, alors que ladite souris, qui n'était pas nyctalope pour un sou, aurait un mal de chien, elle, à voir le chat qui trônait obscènement au beau milieu de la pièce !

Elle est belle l'Optique !

Les chats avaient déjà pour eux les griffes, les dents, l'odorat et l'amour de leurs maîtres, ils auront désormais à leurs bottes les effets de la *Loi du retour inverse de la lumière* ! C'était donc cela, la Science, fortifier le pouvoir des forts et augmenter le poids des gros ?

En rompant le fragile équilibre entre le « gros MAIS visible » et le « petit ET invisible », cette Loi établissait sans pudeur le triomphe des mastodontes, la mort des Géniscules et… le règne des HyperGis ! Pas étonnant que ce soit elle, Gis, qui ait proclamé cette loi qui la servait si bien. Gis-du-côté-du-manche !

La porte s'ouvrit brutalement. Debout dans l'entrée, Jeanne considérait, stupéfaite, l'envahissement de sa pièce. Un Commandeur femme ! Ses yeux allaient des livres au tabouret, du couple de savates aux glaces éparpillées, des coussins au panier. Lorsqu'elle saisit le miroir pharyngien, Génis lâchement quitta la pièce. Décidant d'assumer jusqu'au bout les conséquences de l'Expérience, Gis ne bougea pas.

Pensant le miroir simplement posé sur la terre, Jeanne, étonnée de la résistance, fut obligée de tirer. Le manche apparut, maculé. Jeanne se retourna, des éclairs dans les yeux ; Gis était à portée de main.

Du palier où il avait fait retraite, Génis entendit un bruit frais, le claquement mou de la main de Jeanne sur la joue de Gis. Marie Curie irradiée ! Louis Pasteur enragé ! Ambroise Paré amputé ! Alfred Nobel déchiqueté ! Par sa joue embrasée, Gis rejoignait la troupe des martyrs recensés de la Science. De cet après-midi d'Expérience, elle acquit la certitude que chaque avancée de la connaissance scientifique porte en elle la saveur de l'interdit et le goût âcre du danger.

Jeanne, abasourdie par son geste, essuya machinalement le manche du miroir pharyngien sur sa jupe. De découvrir sa mère tellement empruntée et décontenancée, Gis s'oublia dans un sourire que Jeanne cueillit. Toujours aux aguets sur le palier, Génis, qui s'attendait à un sanglant étripage, fut surpris par le lumineux éclat de rire jaillissant de la pièce-au-bambou, et dont il fut exclu. Longtemps il regretta sa honteuse retraite. Il n'avait eu ni la gloire, ni la gifle, ni le rire. Il n'avait été que l'assistant. Quel regard de mépris à son encontre que celui de Gis sortant de la pièce-au-bambou !

Véritables articulations, les pétioles permettent aux feuilles du bambou parapluie de se positionner dans toutes les attitudes possibles pour qu'elles puissent capter au mieux la lumière. Voilà pourquoi, lorsqu'un bambou parapluie pousse dans un espace doté d'une seule ouverture, toutes ses feuilles se tournent vers la source de lumière. Ce qui est fort laid.

Pour pallier ce grave inconvénient, Jeanne avait eu

l'idée d'encercler la plante par une série de miroirs de façon que la lumière lui parvienne uniformément de toutes les directions.

Jeanne avait presque fini de dépouiller le bac des glaces que Gis y avait déposées quand une idée lui vint : pourquoi ne pas les laisser ? Ajoutées aux cinq miroirs scellés, elles augmenteraient la luminosité et rendraient plus homogène encore sa répartition à travers le bosquet… à travers la cohorte. Elle ne s'y ferait jamais : pour les bambous, le terme exact est « cohorte », comme pour les corps d'infanterie des légions romaines…

La cohorte qui poussait là était issue d'une seule tige. Elle avait péri depuis. D'autres l'avaient remplacée. Chaque année, en divers points du bac, de nouvelles tiges surgissaient.

Un phénomène avait fortement intrigué Jeanne. Chaque tige conservait le diamètre qu'elle avait au moment de sa sortie de terre. Tel il était à sa naissance, tel il restera jusqu'à sa mort. La tige ne grossira jamais plus.

Un autre phénomène l'avait étonnée. Au cours de sa première année d'existence, chaque tige s'allongeait à la manière des antennes télescopiques. À la fin de l'année, elle atteignait sa longueur maximale. La tige ne grandira jamais plus.

Que chacune possède son épaisseur définitive dès sa sortie de terre et qu'elle atteigne sa hauteur définitive à la fin de sa première année avait quelque chose de troublant. Comme si le temps ne faisait rien à l'affaire.

Jeanne regardait le bambou parapluie comme une « plante à crans ». Chaque génération possédant ses dimensions propres, diamètre et longueur, qui la définissaient au regard des autres générations. Elle faisait mieux que celles des années précédentes et moins bien que celles des années à venir. Pour que cela soit possible, il fallait que le bambou parapluie puisse garder en mémoire les dimensions de l'année écoulée afin de se surpasser l'année suivante.

Ainsi, contrairement aux arbres dont tronc et branches grandissent continûment, le bambou est une plante discontinue dotée de mémoire.

Il y avait plus. Jeanne avait remarqué que les rameaux latéraux poussant sur les tiges n'apparaissaient pas avant que celles-ci n'aient terminé leur croissance. Puis, c'était au tour des feuilles, qui ne poussaient, elles, que sur les rameaux latéraux.

Le côté *séquentiel* du bambou parapluie avait quelque chose de fascinant. Comme si la plante ne pouvait faire qu'une chose à la fois et ne la faire qu'en respectant un ordre immuable. Le rhizome croissait. Puis interrompait sa croissance après un temps. Puis les tiges, émergeant du sol, prenaient la relève. Puis c'était au tour des rameaux. Puis des feuilles. Puis le rhizome reprenait sa croissance. La plante déroulant scrupuleusement la séquence rhizome - tige - rameau - feuille - rhizome… dans une alternance renouvelée entre le souterrain et l'aérien : quand, dans les airs, il se passait quelque chose, sous la terre c'était le repos, et inversement.

Il y avait, rassemblées là, les pousses d'une quinzaine d'années. La dernière « cuvée » se remarquait du premier coup d'œil : ses tiges étaient les plus hautes et les plus grosses. Et d'un vert plus brillant. Que Jeanne trouva un peu terne. Saisissant le vaporisateur, elle humidifia longuement les feuilles.

La pellicule blanchâtre recouvrant les lavabos de la maison témoignait : l'eau de la ville était calcaire, et le calcaire, un véritable poison pour le bambou. Jeanne avait confectionné sur le balcon un astucieux dispositif pour recueillir l'eau de pluie, mais la production était insuffisante. L'essentiel de la consommation du bambou parapluie provenait de Madame Dielman, une cliente de Simon, qui apportait régulièrement des petits jerricans d'eau de pluie récupérée dans son jardin.

Après qu'elle eut quitté la pièce-au-bambou, la joue rougie, Gis se dit qu'il était temps de faire le point. Deux doigts croqués, pour la Mécanique, une partie de ses affaires personnelles éventrées, pour la Physique de la Matière, une gifle, pour l'Optique, cela commençait à coûter trop cher. Elle décida d'ajourner *sine die* son programme. Pour le reste, Génis devra se passer d'elle.

L'Expérience avait mis en évidence une faiblesse dans les yeux de Génis. Le flou que Gis y avait détecté, elle le révéla à Jeanne, qui décida d'intervenir.

CHAPITRE 4

**Ce que Génis préférait dans ses yeux,
ce n'était pas qu'ils fussent bleus ni même
qu'ils se trouvassent dessiner un parfait ovale,
c'est tout simplement qu'ils fussent deux.**

Telles furent les pensées de Génis sortant de chez l'opticien.

Le praticien referma la porte. L'obscurité envahit la cage d'escalier. Sans l'aide de Jeanne à laquelle il s'agrippait, Génis n'aurait jamais décollé du palier. Il s'élança. Des marches anthropophages, hyperréelles, toutes plus hautes les unes que les autres, se précipitèrent à sa rencontre. Pour parvenir à descendre plus vite qu'elles ne grimpaient, il dut déployer une énergie inouïe. Subitement, à mi-étage, le sens du déroulement s'inversa, les marches se mirent à dévaler l'escalier. Tout de suite, quelque chose de dur heurta son pied : une marche de pierre qui se rebiffait. Il la dompta sous son pas. Une autre immédiatement prit la relève, lui offrant un vide impatient qu'il dut combler en catastrophe. S'il ne voulait pas s'écraser, il lui fallait aller plus vite que la marche ! Autant dire, courir. Sur le point de perdre l'équilibre, il sentit l'escalier déferler à contre-courant de sa chute, qui chaque fois était remise à plus tard. Et Jeanne, où était-elle, la traîtresse ? Alors que, s'étant ressaisi, il commençait, pour atteindre la marche suivante, à s'habituer à fouiller le sol une vingtaine de centimètres en contrebas, voilà que cela cessa. Sa jambe lancée en aval fut stoppée en plein mouvement, un solide pavé du hall d'entrée lui renvoya à travers le talon toute l'énergie qu'il avait mise à dévaler l'étage entier. Sonné, il franchit le porche et se retrouva dehors, en pleine lumière.

Génis reçut en pleine figure une image inconnue de la ville. Il se figea. Tout était soudain si net, cet homme qui passait lentement devant la porte, ce petit chien qui pissait au pied du platane, le platane lui-même, la voiture garée au bord du trottoir... Les volumes de ce nouveau paysage se trouvaient tous dotés d'une caractéristique inédite. Ils s'achevaient brutalement.

Dans le regard de Génis on avait décelé nombre d'anomalies. Presque tout péchait, l'acuité, la netteté, la courbure de la cornée, la courbure du devant mais aussi celle de derrière, celle de la face cachée de l'œil. C'était embêtant. Le verdict était tombé : myope et astigmate... pour le moment, avait ajouté l'oculiste, encourageant.

Avant de se retrouver sur ce trottoir, son monde de – comment dit-on ? – de déficient visuel, était tellement différent ! Oh oui, un autre monde ! Peuplé, certes, d'objets, mais d'objets qui n'avaient rien à voir avec ceux-ci, des objets civils entretenant une sorte de complicité, à présent disparue. Afin de permettre à son regard de se dégager d'eux sans peine, ils préparaient, pour ainsi dire, leur fin en diminuant progressivement la densité de leur présence. Une espèce d'évanouissement progressif que Génis payait chaque fois d'un peu de nostalgie Une douce continuité liait les choses entre elles et présidait à leur socialité. Ainsi, pour passer de l'une à l'autre, Génis glissait sans à-coup à travers le *no man's land* où s'abritaient leurs dialogues permanents, car chacune introduisait galamment l'ensemble de ses voisines.

Il surfait à la surface des choses.

Dos collé à la porte de l'immeuble, Génis n'avait pas bougé. Jeanne empoigna sa main. Prenant son courage à deux yeux, il osa un regard. Ouille !... Il ne perçut que discontinuités violentes. Les fins subites qui mettaient un terme à chaque forme le laissèrent saisi d'inquiétude. Courageusement, il se décida à faire le tour du monde qui s'affichait devant ses lunettes. Le premier objet, le platane, opposa une vive résistance. Le tronc : un enchevêtrement de sinuosités à faire tourner la tête. Quelle difficulté à s'en dégager ! L'écorce : une suite de failles ébréchées comme du verre mal taillé. Quelles précautions pour s'en extraire ! C'est avec soulagement qu'il quitta ce relief lunaire. Il voulut passer à l'objet suivant... qui se trouvait à des années-lumière. Se lançant à l'assaut de la distance, le regard de Génis fut immédiatement happé par le néant intersidéral dans lequel l'univers visible baignait. Plus rien à quoi se raccrocher. Le sol se rapprocha vertigineusement, le choc était inévitable. Comme le pilote d'un avion touché, Génis lutta pour redresser son regard. Au dernier moment, il évita le crash. Atterrissage en catastrophe. Il s'immobilisa, non sans s'être écorché aux aspérités du pavé. Mais déjà au ras du sol un nouvel objet l'interpellait : le petit chien qui pissait patiemment au pied du platane. Le regard neuf de Génis tenta de s'infiltrer dans les froncements touffus de la toison, s'y fourra et s'y oublia un instant. Puis, vaillamment, il repartit.

Mais buta immédiatement sur une barre liquide reliant la bête au pavé, le jet de pisse acéré comme un glaive qui lui fit fermer les paupières, prunelles blessées.

Que lui offrait-on ? Un monde d'objets qui s'imposaient à son regard de façon si impudique qu'ils semblaient plantés dans sa pupille, sculptés à même sa chair. Des objets nus. Un monde classé X.

Il y avait pire.

Même les arrondis étaient abrupts ! Le chapeau de l'homme qui passait était tellement à couper au couteau, son contour tellement aiguisé, qu'on aurait dit l'étoffe incrustée à vif dans la masse de son crâne, ce qui rendait encore plus inquiétante la découverte du visage. Impassible, par sa netteté tirée sur papier glacé, il affirmait une folle insensibilité à la blessure qui lui enserrait le haut du crâne. Christ citadin en complet-veston, l'homme se déplaçait couronné d'un chapeau melon de torture. Il s'éloigna.

Également atteint par les modifications de l'espace, le vide lui-même n'avait pas été épargné. Jusqu'ici celui-ci avait représenté le fond, éther sympathique et neutre à l'intérieur duquel les choses prenaient place. Quelquefois même, état de grâce, il s'offrait comme une sorte de liquide amniotique dans lequel baignait le monde. Il ne séparait pas les objets, mais les reliait, il ne les affamait pas, mais les nourrissait. Par lui, toutes les choses du monde étaient ensemble. Où faire halte maintenant si le vide, par sa présence outrée, requérait à son tour une attention soutenue ? « *Tu quoque, mi... !* Toi aussi, mon vide ! », grommela Génis métamorphosé en un César de pierre poignardé par un vide de marbre.

Où faire halte si le vide se mettait à devenir plein ?

Militarisation subite de l'espace. Disparus les halos

qui les emmaillotaient, anéanties les auras qui les satinaient. Des formes qui ne transpiraient plus ! Pas un bouton qui dépasse de ces objets en uniforme ! Caporalisation. Rien ne venait plus solidariser cette suite de volumes parfaits. Posés côte à côte ou bien installés l'un sur l'autre, indifférents à leur environnement, ils semblaient au mieux s'ignorer, au pire s'affronter en un face-à-face muet. Intacts dans une solitude foncière. Et le chien qui ne cessait de pisser de l'acier ! Et le chapeau-guillotine ! Et le platane à l'écorce écorchée ! Éternisés. Et le passant, marcheur de fiction ! Immortalisé dans un faux mouvement. Et tous ces changements, par l'unique cause d'un couple de verres correcteurs ! Ah, pour corriger, ils corrigeaient ! C'était en effet une véritable correction que Génis subissait. Qu'est-ce donc qu'il avait obstinément refusé de voir jusqu'alors et qu'il lui faudrait désormais regarder ?

Il ferma les yeux. La nuit, en lui.

Pétillement de l'air. Il sentit naître comme des palpitations autour de lui, une vibration de l'espace et un peu de chaleur. Le monde, congelé par les lunettes, commença à fondre. Toujours collé à la porte de l'immeuble, Génis n'avait pas bougé et Jeanne tenait toujours sa main bien serrée. Il resterait ainsi une éternité, à vibrer sur place dans la tiédeur revenue. Mais une légère pression lui rappela qu'il allait devoir décider : se faire aveugle ou bien consentir à ce nouveau visage du monde. Ne s'agissait-il pas plutôt d'un nouveau monde ? Mourir, s'évanouir ou se rendre fou, quelle voie choisir pour échapper à la laideur du monde ? Affronter ou bien fuir ? À aucun moment, cependant, Génis ne pensa sérieusement échapper à l'épreuve. À aucun moment il ne désira s'ôter les verres du nez.

Jeanne ! Sas de vie pour s'introduire dans un univers frigide. Il tourna la tête ; elle était là, au bout de son bras, vivante, patiente. Il prit appui dans son regard. Déjà réunis par leurs mains, ils formèrent un circuit fermé. Une légère poussée, une incitation, et Génis, désenclavé, décolla ses pattes du sol. C'était le moment. Elle lui retira doucement son appui. Il avança bravement. Mais que tout cela est vilain !

Au royaume des borgnes les cyclopes sont rois. Placé à égale distance des trois sœurs Grées – les sœurs des Gorgones – qui à elles trois ne possédaient qu'un œil, et d'Argus qui à lui seul en détenait cent, Génis se satisfit de son sort.

Assis sur son lit, face à la fenêtre, bonze immobile dressé sur une couverture mexicaine, il récupérait. À portée de main, posée sur la table de nuit, la paire de lunettes. Deux verres épais, emprisonnés dans une monture d'écaille. Pincée par la taille, soulevée dans les airs, elle se retrouva à cheval sur un nez légèrement busqué. Prise sous les feux d'un regard bleu, curieux, elle se recouvrit de buée. Génis la retira. La plaçant haut en direction de la fenêtre, il examina les verres. Sales ! Traces de doigts, de graisse et de poussière. Comme il l'avait vu faire par les vieilles gens, il grossit les joues, souffla un jet d'air tiède, répéta l'opération sur l'autre face, essuya avec un pan de drap et replaça le tout sur son nez. Voilà comment se constitue un rituel. Toute sa vie durant, chaque journée de Génis débutera pareillement.

Il se planta devant le lavabo, redressa la tête, regarda. Deux immenses cercles d'écaille et, perdus à l'intérieur, des yeux bleus, bleu-vert, en fait. Un presque-Génis, qui lui ressemblait comme un frère, l'observait. Visage mince, plus mince qu'il ne l'avait jamais vu ; nez busqué, plus busqué qu'il ne l'avait cru, mais pas trop tout de même ; front large, mais miné par des vagues de cheveux, qu'un revers de main suffisait à chasser. Une gueule comme une autre. « Je m'y habituerai. » Il ôta ses lunettes, se regarda, se vit flou, les remit, se regarda, se vit net. Ce qu'il observait si nettement dans le miroir n'était pas son visage ; c'était « son visage avec lunettes ». Il comprit qu'il ne parviendrait jamais à se voir tel qu'il était vraiment. Il aurait à choisir entre un Génis-net-et-lunetté et un Génis-flou-sans-lunettes. Suivant les époques, l'un ou l'autre de ces Génis aura sa préférence.

Le plus dur était à venir ; il allait devoir affronter ses camarades d'école. Les choses importantes commencèrent à la récréation de 10 heures ; les gentillesses lâchement susurrées dans la moiteur des cours explosèrent au grand jour sous le préau : « Bislouche ! », « Quatre-z-yeux ! », etc. Un jeune féru des Évangiles alla jusqu'à lui lancer ce qu'il considérait comme la suprême injure : « STIGMATE ! » Génis fonça sur l'insulteur. N'ayant malheureusement pas eu le réflexe d'enlever ses lunettes, elles ressortirent affreusement tordues. Elles ne furent pas les seules, le jeune féru des Évangiles s'en échappa perclus, avec de surcroît quelques honteuses marques sur le visage. Un groupe de porteurs de lunettes ayant observé de loin la scène convoqua Génis. Ils le firent leur. Aux déjà nombreux clans quadrillant l'école, s'en ajouta un nouveau : « les presque aveugles en lutte » qui, dans des combats sans merci, affrontèrent la horde des éclopés, réunis dans la milice des « non-paralytiques de combat ».

À la petite école cela passait encore, mais à la grande cela ne passa plus. En mathématique, Génis s'était pris à entretenir avec les nombres des rapports que la stricte arithmétique réprouvait. À ses yeux, tous les nombres ne se valaient pas. Il avait ses têtes.

À celui-ci il portait une affection sincère, à cet autre une animosité déclarée. Il avait un faible pour le 2, haïssait le 1 et raffolait du 0. Mais son préféré était le 60. C'est par hasard – alors qu'il s'était lancé dans une règle de trois périlleuse – qu'il découvrit le plaisir pervers du 60 à se laisser diviser.

Il le divisa par 2, par 3, par 4, par 5, par 6, par 10, par 12, par 15, par 20, par 30. Le 60 s'était laissé diviser dix fois !

Le 59, qui se trouvait juste avant, et le 61, qui se trouvait juste après, ne se laissèrent diviser, eux, par rien du tout. Dix diviseurs pour 60, aucun pour le 59 ni pour le 61. C'est dans ce petit coin de nombres que Génis se convainquit qu'être proche ne signifie pas être semblable. Un éclair suivit : voilà pourquoi 60 minutes dans une heure, et 60 secondes dans une minute, et pas 59, ni 61 !

Interrompant le cours pour faire part de sa découverte à ses condisciples, il écopa d'une punition. Le maître, féru de botanique et de chimie, écrivit au tableau : *Xéranthème, que l'on nomme aussi l'immortelle annuelle, et Xénon, l'un des gaz rares, s'écrivent tous deux comme soixante. Avec un x.* Il posa la craie, pointa son index vers Génis : « À copier soixante fois ! »

Sa consultation terminée, Simon quitta son bureau pour le balcon du premier. C'était une habitude, avant de partir pour ses visites, passant de la peau de ses patients à celle de ses fleurs, il inspectait avec attention la série de pots d'antirrhines disposés tout au long de la balustrade. La couleur des fleurs de chaque pot était différente ! Dans le dernier pot de la file, un nouveau coloris était né dans la journée.

Il y a bien des années de cela, avant que les enfants ne naissent, avant même sa rencontre avec Jeanne, Simon avait découvert les antirrhines. Une de ses premières patientes, Madame Dielman, lui en avait offert un bouquet. D'ordinaire il refusait les cadeaux des clients. Cette fois il avait accepté.

Madame Dielman partie, il avait détaché une fleur, l'avait pressée entre le pouce et l'index. Elle s'était ouverte, drôlement. Ni comme une tombe ni comme un four. Comme une bouche, vraiment. La lèvre supérieure, largement retroussée, était restée immobile entre ses doigts, tandis que l'autre, épanouie en deux lobes, s'était abaissée. Voilà pourquoi « gueules-de-loup » ! Mais pourquoi « de loup » ?

La finesse et le soyeux des coloris l'avaient immédiatement conquis. Il s'était essayé un jour à croiser deux gueules-de-loup de teinte différente. Le résultat l'avait enchanté. Il avait répété la tentative avec deux ou trois couples, c'était encore mieux. Pressentant les immenses possibilités de l'espèce, il s'était initié à l'art du bouturage et de la greffe. Grand Marieur, maître en métissages insolites, il procédait au hasard de ses inclinations. Chaque fois, le résultat l'avait étonné et ravi. Parfois il n'y avait pas de résultat du tout.

Des épousailles de ce rose pâle piqueté d'indigo avec cet ocre mat vieil-indien, que naîtrait-il ? De l'affrontement de ce blanc cassé avec ce grenat ombrageux et secret, qui l'emporterait ? Des amours passagères de cette gueule-de-loup rouille incendiée d'amarante avec cette autre jaune fou, naîtrait-il seulement quelque chose ?

Des faits, cependant, restaient inexpliqués. Contrariant les théories horticoles en vigueur, quelques couples refusaient obstinément de se marier. Plus exactement, refusaient de se marier sans... préalable. Comme si les futurs époux avaient besoin de s'accoutumer l'un à l'autre pour apprivoiser la trop grande différence de leurs coloris.

Acceptant sans discussion cette donnée empirique, Simon, afin de les rendre *couleur compatible*, plaçait les prétendants côte à côte, après les avoir isolés du reste des plantations. Durant le long face-à-face préparatoire ainsi ménagé, ils pouvaient donner libre cours à leurs travaux d'approche. Sans cette mise en présence préliminaire, les géniteurs restaient stériles ou bien se contentaient de pondre un avorton d'une couleur pisseuse qui fanait sitôt éclos.

Les résultats s'étaient multipliés. Simon avait voulu garder traces de la façon dont chaque nouveau coloris était engendré. Sur de grandes feuilles de papier Canson rassemblées dans un carton à dessin, il avait commencé à tenir un carnet de bord de cette généalogie multicolore. Le carnet avait grossi.

Simon se rendit dans son bureau, sortit le carton, défit le nœud qui le tenait fermé et retira la dernière feuille. Comme toutes les autres, elle se présentait sous la forme d'un tableau à double entrée composé de lignes et de colonnes.

Après avoir déposé sur une feuille d'ordonnance une des fleurs du coloris né dans la journée en face de ses deux géniteurs, il ouvrit la boîte de *Windsor*.

Au début de la ligne X il rapporta la couleur de l'un des géniteurs, au début de la colonne Y, la couleur de l'autre. Et dans la case située à l'intersection de X et de Y, il peignit avec soin le nouveau coloris résultant de leur croisement, utilisant un pinceau de martre dont les poils tamisaient la couleur. Durant ce long travail, la gueule-de-loup, figée dans un sourire énigmatique, semblait prendre la pose. Grâce à la texture des aquarelles, la juxtaposition des couches finit par donner un aspect soyeux étonnamment proche de la chair de la fleur. Celle-là était safran, mais pas un safran franc, il y cohabitait divers jaunes, miel et moutarde, maïs et citron.

« À table ! »

Après un dernier regard sur son safran bâtardisé, Simon quitta le cabinet, montant l'escalier, fredonnant. Jeanne savait qu'il s'agissait de la *Pastorale* de Beethoven, l'air « Après l'orage ».

En entrée, elle avait préparé un gaspacho, une soupe glacée, tous les légumes d'été, tomates, poivrons, concombres, ail, oignons, passés à la moulinette. Dans les assiettes creuses, les glaçons dérivaient. « Et si nous partions à la mer », proposa Simon. Cela enchanta Jeanne parce que d'habitude Simon proposait la montagne. « Pour l'air pur ! » La montagne, Jeanne ne la connaissait que trop.

Ce soir-là, ils firent l'amour.

Quelques jours plus tard, Simon ayant trouvé un remplaçant pour s'occuper du cabinet, les Calor s'apprêtèrent à partir pour la côte.

Au cours de sa longue existence, un bambou parapluie n'est jamais dépouillé. Contrairement aux arbres à feuilles caduques qui perdent leur feuillage en automne pour le renouveler au printemps, les feuilles du bambou parapluie se maintiennent d'une année sur l'autre. Bien sûr, chacune finit par tomber, mais il n'y a pas de chute collective. Vert, touffu, vigoureux, il paraît d'une éternelle jeunesse. Comme si le temps ne comptait pas.

Une fois par an, avant l'été, Jeanne « faisait le ménage », elle détachait la moitié des chaumes de la cohorte pour lui permettre de respirer. Choisissant soigneusement les chaumes les plus âgés, elle les cisailla au ras de la terre. Des crampes l'obligèrent à s'interrompre à plusieurs reprises. Quand elle eut fini, la cohorte était considérablement aérée, comme lorsque l'on sort de chez le coiffeur.

Le bambou parapluie était prêt à passer l'été dans la maison tuile-ardoise pendant que le reste de la famille s'ébattrait dans l'eau tiède d'une petite station balnéaire dont Jeanne avait déniché l'adresse. Un bijou.

CHAPITRE 5

Où, sur les rochers, bien au-delà de la plage d'une station balnéaire, Génis, découvrant qu'il n'y a pas de vie qui ne soit une vie, comprend qu'on n'a pas besoin d'apprendre à vivre.

Mer, port, plage, rochers, tout y était.

Débarqués tard le soir dans la pension de famille, ils foncèrent tôt le matin à la plage. Tôt, mais déjà trop tard. Ils s'installèrent. Un mois ! Autant prendre tout de suite ses habitudes. Cloîtrés sous un parasol noir qui focalisait tout le soleil du monde, ils cuvèrent une grande partie de la matinée. Tapi dans un îlot d'ombre, Génis, pareil à un singe qui s'épouille, pourchassait chaque grain de sable accroché à sa peau. Vers les 12 heures, Simon, ne tenant plus en place, s'en fut faire un tour. Il alla bien au-delà de la plage, jusqu'aux rochers, là-bas. Ça l'apaisa. De retour, il ne reconnut plus rien. Partout des familles clones, des corps dupliqués, des visages multipliés par un carbone usé ! Il erra dans une mer d'identiques à la recherche des siens. Dressé sur un tas de sable – une matinée de travail d'un bambin de sept/huit ans – qu'il écrabouilla sous ses pieds, il chercha sa famille. Jeanne l'aperçut et sentit immédiatement le regard des femmes étalées suivre avec envie, derrière leurs lunettes de soleil, le déplacement de ce bel homme à l'allure athlétique que, hormis la blancheur de la peau, on pourrait prendre pour un maître nageur. Jeanne le trouva beau, comme avant.

35° sud, sud-ouest, Simon repéra, au milieu de cette forêt de pavillons de plaisance, la bannière flibustière qui abritait le reste des Calor. Tirant quelques bordées, il débarqua, guilleret, au milieu d'une atmosphère de déprime.

À la mer comme à la mer ! Électrisée, la famille bulldozer se redressa, chargea, écrasant les dix rangs de corps caramélisés la séparant de la grande flaque. Pommes allumettes plongées dans une friteuse. Après une longue seconde, ils en ressortirent dégouttant d'huiles de bronzage. Mer d'huiles. Par le passage resté ouvert, ils regagnèrent au galop leur abri. Génis, arrivé le premier, s'affaissa, poisseux et desséché de l'intérieur. Jeanne lui jeta dessus la Grande Serviette (GS1) et l'en enveloppa. Peau rosie de papier hygiénique, Gis, claquant des dents, s'était affaissée à une encablure du parasol d'ébène. Jeanne, partie la récupérer, la trouva toute boursouflée. Double Gis ! « Ma pauvre fille ! » Jeanne lui jeta dessus la deuxième Grande Serviette (GS2) et l'en enveloppa. Jeanne est fière, Jeanne est mère. Simon, appelé en consultation, se pencha sur sa fille et lâcha, très excité : « Urticaire ! Urticaire ! » Il n'en avait jamais vu d'aussi considérable. Des plaques larges comme des continents recouvraient le pauvre corps bouffi. Gis n'avait visiblement pas supporté quelque chose ! Quoi ? Question insupportabilité, Simon en connaissait un bout.

Allergie.

Gis était allergique à l'eau de mer ! En tout cas, à cette eau de mer-là. Dans la grande tradition homéopathique de Hahnemann – soigner le mal par le mal –, Simon composa sur-le-champ son ordonnance. À Gis estomaquée, il prescrivit de boire une cuillerée de cette eau de mer-là chaque matin à jeun.

Rassurée, Jeanne, toute seule cette fois, partit se baigner, elle en mourait d'envie. Dans un crawl parfait, elle s'éloigna. Bientôt on l'aperçut à peine, bien au-delà de la dernière bouée. Elle avait appris à nager dans l'eau pure des torrents glacés des Pyrénées qui rend le corps lisse et ferme. Elle revint, même pas essoufflée. C'est à ce moment que Génis découvrit, juste au-dessus de la commissure de l'aine de Jeanne, les deux fines vergetures parallèles comme un signe égal.

Soulevant une tempête de sable qui l'escamota aux regards haineux qui la poursuivaient, la caravane Calor s'ébranla. Arrivé le premier sur le bitume en fusion, Génis s'enraya. Afin de ne pas poser le pied dans la lave, il procéda à un « lâcher d'espadrilles ». Comme les tranches de pain qui immanquablement s'écrasent sur leur face beurrée, les deux espadrilles atterrirent semelles en l'air, hideuses rates blanches. Les mains prises, il dompta du bout du pied les babouches têtues.

Sentant l'insolation planer, Simon mena la famille au bazar où, au milieu des filets à crevettes, des pelles et des râteaux, ils trouvèrent ce qu'ils cherchaient : quatre bobs de couleur crème. Ils ressortirent dignement.

Et ce n'était que la première (demi-)journée !

Le lendemain, récidive. Arrivés à la plage, Jeanne, Génis et Simon restèrent prudemment en bordure de sable, tandis que Gis, docile, se dirigeait vers l'eau. Retenant sa robe d'une main, elle se pencha, plongea une cuillère dans la vague, la ramena vers sa bouche et en avala le contenu d'un coup.

AllerGis !

Sur une bonne douzaine de rangs, les vacanciers se dressèrent. Il se passait enfin quelque chose ! Dans un réflexe, ils dégainèrent leur 24 × 36, mitraillant la pauvre Gis, dont la grimace pérennisée allait, durant le long hiver, égayer les soirées photo.

Que d'horreurs en un couple de jours !

Pour faire passer la pilule, ils décidèrent de se faire un petit cadeau : quatre places achetées à la va-vite dans une guérite au bout du quai. Déjà on larguait les amarres, ils s'engouffrèrent sur la passerelle.

Avant même d'avoir doublé le phare, comme dans tous les bateaux de promenade, il y eut, sur le pont arrière, à cheval sur le bastingage, une femme, jambe pendant au-dessus de l'eau, visage piqueté d'embruns, offerte au soleil. Et du vent, du vent dans les cheveux. Pour cette traversée-là, Jeanne fut cette femme-là. Elles seraient des dizaines, comme elle, cheveux lâchés, que le navire filerait, fouetté par leurs crinières éoliennes ! Les bateaux de promenade portent souvent leur proue dans le dos, pensa le capitaine, qui à la dérobée admirait cette passagère vacancière.

Vent, mer, soleil et vibrations du navire s'étaient ligués pour lui faire lâcher prise ; quelque chose venait de céder en elle. Revenant de l'avant où il avait parlé marin avec les matelots, Simon la contempla longuement. Jeanne s'abandonnant, c'était tellement inhabituel.

À bâbord, installé à cheval sur le bastingage, Génis, le visage penché vers les abîmes liquides, aspiré par les dessous de la quille. À tribord, allongée sur le dos, Gis, le visage attiré par l'au-delà du mât, et les jambes qu'on aurait dit englouties, s'obstinait à guetter les mouvements du ciel qui s'écoulait en sens inverse de l'avancée du navire.

À chacun ses bleus !

À Gis ceux des airs, à Génis ceux des eaux. Ils faisaient leurs premiers pas de coloristes. Combien de temps mettra Génis pour savoir distinguer le bleu paille des hauts-fonds du bleu d'acier des profondeurs, le bleu turquoise des océans perliers du bleu de Prusse des lacs gothiques, le bleu pétrole de la Manche populaire du bleu de Chine des océans mandarins ? Et le bleu aérien de la voûte céleste dans lequel Gis baignait son regard ? L'azur n'est uniforme qu'à ceux qui ne lèvent les yeux au ciel que pour se lamenter ou pour vociférer.

Le bateau ralentit. Sur le pont arrière, comme après une pause, ressuscités par le geste libérateur du photographe, les personnages s'animèrent. La position se défit. Jeanne ouvrit les yeux. Le bateau vira de bord, amorçant le retour. La sphère cramoisie du soleil couchant cuivrait les visages. Un silence de fin du jour s'installa parmi les passagers respectueux. Pris au piège des deux draps qui cerclaient l'espace où se faufilait silencieusement le navire orienté par la chevelure de Jeanne, le temps s'interrompit. Alors elle se mit à leur raconter la légende des Centaures et des Sirènes.

Bien des années plus tard, lorsque Génis la recherchera dans les livres, il n'en trouvera aucune trace. Hésiode, Homère, muets. À croire que Jeanne l'avait inventée.

« Aux Centaures qui sont chevaux par moitié et aux Sirènes qui sont par moitié poissons, les hommes doivent ce qu'ils sont », annonça-t-elle. À travers le silence neuf, quelques passagers levèrent la tête. Visite guidée ? Pas question de rater ça ! Ils se rapprochèrent. Simon,

Gis et Génis s'étaient déjà resserrés autour de Jeanne, faisant rempart à la brise. Affaire privée ! Le bateau prit de la vitesse, le vent se leva.

« À ces époques reculées, les dieux faisaient la pluie et le beau temps. Et le temps tout court, poursuivit Jeanne. Zeus était le maître du monde et de tous les dieux. Il régnait sur tout. Sauf sur Héra, sa femme. Elle lui tenait tête, ce qui le rendait furieux. Héphaïstos, leur fils, assistait impuissant à leurs disputes incessantes. Zeus était fort jaloux et Héra fort belle. Un dénommé Ixion était follement épris d'elle. Zeus l'apprit. D'une pichenette il aurait pu supprimer le galant. Préférant s'y prendre autrement, il ramassa une poignée de nuages, les pétrit puis les modela. Et de ses mains habiles s'envola une Héra bruissante de vie. Le leurre était parfait, la ressemblance si totale que, perdant toute prudence, Ixion se précipita sur cette Héra de cumulus qu'il serra dans ses bras. Croyant étreindre sa bien-aimée, le pauvre n'étreignit qu'une purée de nuées. Zeus jubila. Il tenait sa vengeance. La déconvenue d'Ixion fut sa punition.

« Mais si intense avait été l'étreinte que les nuées en furent engrossées. Elles mirent bas des myriades de petits centaures qui s'égaillèrent dans les cieux. Le firmament résonna longtemps du martèlement sourd de leurs sabots.

« De rage, Zeus se jeta sur Héra, la vraie. Héphaïstos s'interposa. Le père le repoussa. Le petit s'agrippa. Zeus se retourna. D'une taloche formidable, il le balança du haut de l'Olympe. Héra poussa un cri, tendit la main pour le retenir. Trop tard. Personne ne pouvait plus rien. Tout en bas, Océan avait tout vu. La chute fut interminable, lui laissant le temps de se préparer. Il choisit une vague immense et la lança vers le ciel. Légère, elle s'éleva, s'éleva à la rencontre d'Héphaïstos. Quand elle l'eut atteint, elle se plaça sous ses pieds ; se déployant comme un parachute liquide, elle l'accompagna dans sa chute, le freinant du mieux qu'elle put. Le choc fut terrible néanmoins. Tournoyant sur lui-même, Héphaïstos écrabouilla tout sur son passage. Pénétrant dans le sol comme une vis sans fin, il s'enfonça si profondément qu'il traversa le globe.

« De l'autre côté du monde, poursuivit Jeanne, le corps d'Héphaïstos reposait, inerte, jambes brisées. Une jeune fille s'approcha, Thétis, la fille d'Océan. Elle le soigna avec patience. Il survécut, mais le corps d'Héphaïstos resta vrillé par la chute. Marcherait-il un jour ? Il finira bien par se déplacer ! Comme un crabe, de guingois », précisa Jeanne. Génis lui lança un regard désapprobateur.

« Thétis, reprit Jeanne, lui enseigna l'art difficile de la claudication. Puisque de ses pieds il ne pourrait plus faire grand-chose, elle voulut que tout lui vînt des mains. Elle le sacra artisan, maître des techniques, constructeur d'objets. En prime, elle lui offrit le feu et les mille flammes. Il en fit ses alliés. C'est ainsi qu'Héphaïstos devint le premier forgeron.

« Thétis était belle, Héphaïstos plus du tout. Ils s'aimèrent. Elle devint mère en un rien de temps. Lorsqu'il découvrit le ventre rond, une crainte affreuse l'envahit. Il savait combien fragile est le corps et grande la souffrance d'être boiteux. Comment empêcher que pareille tragédie arrive à son enfant ? Il réfléchit. Puis il se mit au travail. Pendant qu'en elle Thétis faisait pousser la chair de l'enfant, dans sa forge Héphaïstos façonnait le fer. Le temps était compté. Il travailla nuit et jour. Quand il eut fini de forger, à terre, au pied de l'enclume, reposait une armure. Une étonnante armure, composée d'un inextricable enchevêtrement de minuscules éclats d'acier qu'aucun choc ne pourrait entamer, qu'aucun trait ne pourrait perforer, qu'aucune masse ne pourrait écraser.

« Alors seulement l'enfant put naître.

« Une fille.

« Elle naquit ainsi : le haut du corps, depuis les cheveux jusqu'à la taille, aussi belle et pleine que Thétis. Mais le bas emprisonné dans une terrible cuirasse de métal. Lorsque Thétis découvrit l'atroce rigidité qui violait le corps de sa fille, elle resta sans voix. Il fallait faire vite, agir avant que le temps n'éternise la chose. Elle se reprit, posa doucement les mains sur l'acier et maintint longtemps le contact. C'est toute sa force de vie qui passa dans cet attouchement. Puis, imperceptiblement, comme un remous du fond des eaux, elle travailla le métal avec sa paume délicate. Par d'infimes pressions elle amadoua chaque éclat. Un à un. Elle le fit avec une telle intensité, une telle chaleur, un tel désir de réussir qu'à la fin chacun était devenu une écaille, fine, souple, fluide et transparente. »

Sans la patience de la mère, la fille aurait coulé sur-le-champ, se dit Jeanne. Belle sirène qui n'aurait su que ramper sur le corail ! Limace rouillée du fond des océans !

À haute voix, elle laissa échapper : « Déjà, les pères, pour protéger leurs filles, étaient prêts à leur plomber le bas du corps. »

Il y avait du vent dans les voiles. Ni Génis ni Simon n'entendirent les paroles de Jeanne. Mais elles n'échappèrent pas à Gis qui fixa sa mère, cheveux lâchés, corps offert : ainsi, elle aussi est femme. Une complicité, peut-être, finira par naître entre nous, pensa-t-elle.

Simon cherchait une phrase qui résumerait le tout de la légende : « Voilà comment sont les Sirènes, filles de… » Il s'arrêta, hésita : « … filles d'une belle inlassable et d'un boiteux hanté. »

« C'est ça, c'est ça, d'une belle inlassable et d'un boiteux hanté », répéta Jeanne, enthousiasmée par la formule.

Le navire changea de cap. Le soleil vint se placer juste derrière Simon. Point de fuite invisible vers qui tout semblait converger, Simon avait disparu, il n'était plus qu'une voix émanant d'une tache sombre aux rebords flamboyants. Une voix qui disait que le Centaure et la Sirène, étant nés, le premier d'un leurre, la seconde d'une peur, n'avaient aucune chance de jamais se rencontrer.

« Il martelait le sol de ses sabots, elle balayait les vagues de sa nageoire. C'est sur la grève que se fit la rencontre. Passé la première surprise, et l'éblouissement, en vrac, ils se donnèrent à voir, elle ses seins, lui sa toison, elle ses écailles, lui son pelage. Il s'inclina, elle sauta sur sa croupe, laissant pendre sa queue le long de ses flancs. Il bondit, elle faillit être désarçonnée, se rattrapa à ses épaules. Il gambada sur la grève, elle le serrait très fort. Bientôt ils furent face aux rochers. » Jeanne désigna dans le lointain une avancée de la côte qu'ils distinguèrent à peine.

« La Sirène plongea brusquement du haut de la falaise, le Centaure la chercha des yeux. Disparue ! Et si elle s'était noyée ? Il se jeta à l'eau sans réfléchir. Il s'enfonça, suffoqua. Elle réapparut sous son nez, enlaça sa taille. Déposant sa tête dans le creux de ses reins il se laissa déporter. Il ne se lassait pas d'effleurer cet endroit du corps de son amante, qui le ravissait tant. Cet endroit où la peau devenait écaille, où l'écaille se faisait peau. Cette frontière qui la ceinturait, où culminait la douceur, à la caresser il en avait le bout des doigts qui perlait de bonheur. »

Engagée dans une course contre la montre, Jeanne parlait de plus en plus vite. Terminerait-elle son récit avant que le soleil ne disparaisse ? D'une voix précipitée, elle raconta comment Héphaïstos forgea la première anémone de mer, et comment Thétis dessina un poisson-clown, et comment le second vint se nicher dans les plis de la première, et comment, suivant ses propres mots, la Sirène « déposa le bouquet habité aux sabots de son beau », et comment celui-ci se pencha pour le ramasser, et comment elle en profita pour l'embrasser, et comment, de joie, jaillit le premier Chant du Monde. Jeanne raconta comment, colporté par l'écume, porté par le vent, vivifié par l'écho, le chant de la Sirène finit par atteindre le ciel, et comment les dieux, après l'avoir écouté avec délice, partirent sur-le-champ à la recherche des lèvres qui avaient poli une telle harmonie.

Elle raconta comment les dieux ratissèrent l'univers et comment, malgré leurs recherches, la Sirène restait introuvable. « Et pour cause, expliqua Jeanne, Thétis avait déniché une caverne au fond de l'océan, tapissée de mousse et tendue de plancton. Dès que les amants y eurent pénétré, Héphaïstos en boucha l'entrée de sa gigantesque forge qui se mit à vomir des flots de braises et de tisons. Personne ne put s'en approcher. Pour parfaire le tout, Thétis réclama une tempête à Océan, son père. Océan fut généreux, la tempête fut épouvantable. Pendant ce temps, les dieux entêtés passaient le monde au peigne fin, poursuivant leur recherche avec frénésie ;

ils savaient la Sirène en train de commettre l'irréparable. »

Gis leva la tête vers cette mère qui, à sa grande surprise, parlait comme un livre. Jeanne poursuivait, pressée :

« Inatteignables. Au fond de la caverne, lovés dans un repli de nacre, réchauffés par la chaleur de la forge, protégés par les palpitations de la roche aux parois haletantes, bercés par les remous de la mer complice, la Sirène et le Centaure. Sans bruit, de leurs épousailles clandestines naquirent les hommes. »

Le soleil résistait à la main invisible qui l'attirait sous l'horizon. Il semblait demander un sursis. Il lui fut accordé.

« Exclus de la cave comme du grenier. Aux nouveau-nés fut alloué le mitant du panier, déclara Jeanne en riant. Ni les airs ni les eaux, la terre seulement, la terre heureusement. » Elle dit d'autres choses que mentalement, dans son langage mathématique, Gis traduisit : les hommes, nés d'une si improbable « union », n'auront droit qu'à une « intersection ». Pour corps, ils obtinrent uniquement ce qui était commun à leurs deux parents. C'est ainsi qu'ils perdirent à jamais nageoire et robe de moire, barbillon et aileron, sabot et garrot, crinière et paturon.

C'est ainsi qu'il ne leur resta que la peau.

Seulement la douce peau.

Pour le haut, en amont, chacun en fut de son écot. Pour le bas, en aval, un mélange inédit entre la queue-poissonne et les pattes-cheval : deux fines jambes polissonnes qui, du talon à l'aine, en passant par le genou et la cheville, distinguèrent du reste des vivants les heureux possesseurs d'un pareil talent.

Lorsque Jeanne avait égrené la longue liste des pertes ancestrales, son regard s'était posé sur Génis dont le visage étrangement neutre semblait épuré par le long récit. Elle repensa à l'algue et au champignon et à la perte extrême qu'il aurait dû subir pour devenir lichen. Elle se pencha vers Simon, lui glissa dans le creux de l'oreille :

– Ce qu'engendrèrent la moitié-cheval et la moitié-poisson n'est pas dit dans la chanson.

– J'imagine qu'autour des bébés nageaient... des hippocampes par milliers, suggéra Simon.

– C'est ça, c'est ça, des hippocampes par milliers ! reprit Jeanne dans un grand éclat de rire. Des fois, Simon...

Elle avait gagné. Contre le temps. Elle avait terminé la légende avant que le soleil disparaisse complètement. Ce fut la pénombre.

Le bateau entra dans le port. Filins déroulés, amarres lancées, voiles carguées ; la masse des passagers, tassée au centre du pont, explosa vers les passerelles. Simon, Gis, Jeanne et Génis furent les derniers à descendre. Personne sur le quai pour les accueillir ; ce fut une famille orpheline qui débarqua. Ils s'étaient si bien fondus avec le gréement du navire que le roulis s'était imprimé en eux. Dès qu'ils eurent posé le pied à terre, le quai fit naufrage et partit à la renverse. Alors Gis s'agrippa à un bras de Jeanne, Simon s'accrocha à une main de Génis, Génis s'amarra à une manche de Jeanne, qui enlaça le cou de Simon. Ils étaient deux couples saoulés qui tanguaient et balançaient sur le chemin de la triste pension.

Le lendemain, l'aurore tout juste éclipsée, Gis alla boire sa tasse d'eau de mer. Seule. Le reste de la famille Calor l'avait abandonnée, se gorgeant d'un petit déjeuner gargantuesque.

Le traitement sournois de Simon faisait son effet. Au premier bain de mer, déjà, les champs d'urticaire s'étaient faits plus discrets. Sa boursouflure avait gagné en distinction. Mais ce n'était pas fini ; loin de là. Elle avait encore la mer à boire.

14 heures, l'horreur ! Dans sa minuscule chambre de la pension des bords de mer, Génis était seul et moite. Le guérillero avait rendu les armes. Sur son avant-bras gauche, la scie et le marteau s'étaient estompés, mangés par le sel marin. Son biceps ressemblait à un pot grec repêché au large des îles Ioniennes.

À présent, vraiment, il était nu.

Plus d'armes, plus d'outils ; l'homme avant la technique ! Le corps seul pour instrument, il ne lui resta plus qu'à faire feu de tout soi. Brisant ses ongles sur les carreaux poisseux, écorchant le bout de ses doigts sur les montants du lit et sur la pierre du lavabo, ébréchant ses incisives. Errant entre paillasse et penderie, il dénicha au milieu des housses de traversin un vestige d'hiver, une vieille couette à la peau tannée par les ans, planquée là pour passer l'été au frais.

Il se jeta dessus.

Ce furent ses premières amours. Douce, molle, légère. Il s'enfonça en elle. Elle lui rendit chaque mouvement comme une vieille professionnelle. Quand le plaisir déborda, pour ne pas crier il la mordit à pleine bouche.

Tout passe !

Il se sépara d'elle, sans regret. Tandis qu'il regagnait

son lit, il la surprit, à terre, offerte encore. Cela l'offusqua. D'une manchette méchante il la fendit tout du long. Elle se vida d'un coup, comme un bœuf dans l'abattoir. Un cyclone traversa la pièce, kilos de plumes, kilo de plomb ; l'un t'assomme, les autres t'étouffent ; Génis combattit longuement dans le brouillard. Misère, il n'avait que lui pour adversaire. Haletant, battant des mains, tapant des pieds, s'excitant, *Don Quijote* à la lance juvénile, il explosa enfin dans la ouateur du duvet.

Mille soleils !

Il baissa les bras, en nage et coi. Les plumes lévitées, que plus rien ne retenait dans les airs, s'abattirent, nuage de sauterelles sur la Mauritanie. Génis en avait partout, cheveux, oreilles, narines même... Et dans la raie du cul. Une plume blafarde, d'oie sans doute, s'était nichée là.

Délaissée, contenant sans contenu, la housse de couette exsangue reposait. Sa maîtresse ! Écœuré et repu, coq aux plumes d'oie, de la touffe scotchée à sa peau par la moiteur luisante, il s'habilla furtivement. Renard s'échappant d'un poulailler après une divine hécatombe. Ivre, il se glissa dehors.

Pour Génis, cette honnête pension familiale estivale prit des allures d'hôtel de passe.

Atroce soleil. Génis marchait, honnissant cette lumière qui ne respectait rien. Écorchés par les rayons les frappant de plein fouet, les objets, sous cet éclairage, avaient une inadmissible gueule de bois. C'est peu dire qu'à cette heure les quelques humains croisés leur ressemblaient comme des frères.

Il chemina longtemps sur la plage.

Le sable affadissait sa marche ; à chaque pas, son pied

se lassait de se perdre dans le sol, qui s'effritait sous son poids. Le vent s'étant servi de la nuit pour lever une petite tempête d'été, les plumes restées accrochées à sa chevelure le quittèrent une à une, laissant derrière lui un sillage blême. Soudain, le sol lui offrit une résistance ; à cet endroit, après un vide de la nature, débutent les rochers. Génis fit une pause, regarda la plage, les rochers, la plage à nouveau. Le lien se fit. Est-il vrai que le sable est l'avenir des pierres et que les roches pulvérisées par le temps finissent en cendres minérales ?

Voilà donc comment termine le fier granit. En miettes !

Génis repartit, longeant la côte, sur la crête de la falaise. Les rochers ne furent pas tendres avec ses pieds nus. Il marcha dans le vent, joues caramélisées, passées au crin des embruns. La tempête augmentait. C'est Simon qui, en parlant du bonheur – et non des gens heureux –, disait parfois : « Heureux comme un poisson dans l'eau. » À propos, que font les poissons quand se lève la tempête ? Les poissons ? Génis sourit. Mais ils se vautrent dans les tourbillons, ils tournaillent dans les remous, ils dansent dans les lames glacées, ouïes par-dessus ventre. Génis les imagina, ivres, épuisés et ravis, quittant la surface pour aller se refaire une beauté dans la perfection tranquille des profondeurs. La tempête est un phénomène de surface ; elle épargne toujours le fond.

Génis marchait, frôlant le vide, le crâne saccagé par le martèlement des vagues qui, loin en contrebas, sapaient la falaise. La plante des pieds mangée, il s'arrêta en cet endroit que connaissent si bien les goélands, au bout d'une avancée de la côte, en plein cœur de la brise. Il se crut hors d'atteinte. Il y a belle lurette que la terre bouge. Elle le lui rappela. Comme la sève qui s'élève dans l'arbre, le ressac, grimpant dans la roche, s'infiltrait dans son corps.

À chaque vague, le cœur lui montait aux lèvres.

Et se retirait.

Il se pencha. La mer en bas. Un ring. La vague fonça, frappant le rocher de plein fouet. Le rocher bloqua le coup. La vague se retira. Électrisée par l'énergie gagnée en cette retraite, elle revint à la charge. Le rocher encaissa le coup. Une vague, plus haute, plus forte que les autres, terrible, s'éleva. Tout se brouilla ; le rocher disparut, englouti. Pour un instant seulement. Chassant les lambeaux liquides déchiquetés par ses tranchants, il réapparut, net, nu, à vif, éclatant de fermeté. Du combat que lui livrait la mer, à chaque fois il sortait victorieux. Mais, au fil du temps, qui sera le vaincu ? La mer, qui ne consentait à se retirer qu'après l'avoir grignoté ? Ou le rocher, sur qui elle, la mer, chaque fois se brisait ? Le liquide sait si bien se renouveler, alors qu'à tenter de se conserver le solide ne peut que s'épuiser. Fallait-il, comme lui, résister à chaque assaut et l'emporter dans chaque escarmouche… pour finir par perdre toutes les guerres ? Ou bien, comme elle, accepter d'avoir le dessous dans chaque engagement, et vivre sans cesse la défaite, mais en sachant qu'à l'ultime instant – pas avant – elle triomphera ?

Opposer l'instant au temps.

Voilà bien ce que Génis ne savait pas faire. L'entêtement du liquide l'émouvait, la persistance du solide l'attendrissait. À force de s'imprégner des raisons de l'un, des raisons de l'autre, tout se brouilla. Le liquide inlassable… le solide inébranlable… Il vacilla… Sur la roche qui affleure, il crut apercevoir des traces de sang ; le vent hurla à ses oreilles. Il se pencha.

On pourrait dire que, s'étant trop penché, il avait glissé, et qu'il avait basculé. Ou bien qu'il n'avait pas su, pas pu, pas voulu, se retenir. On pourrait dire que le vent l'avait poussé, que la vague l'avait cueilli et entraîné. On pourrait dire…

Il manqua se noyer.

Le vent heureusement est tombé, la vague heureusement s'est retirée. Génis a pu s'extraire de l'eau. Il persiste. À ne pas choisir : le solide et sa solitude ? le liquide et… ? « Le monde est si mal fait, mon Dieu ! » La phrase lui a échappé. Une faille. À cet instant, il n'est qu'un enfant trempé jusqu'aux os, et qui tremble de froid et se désespère. Il veut aimer l'univers entier, ou le haïr. Et il ne peut ni l'un ni l'autre.

– Quelle merde ce corps qui me limite !

Soudain, quelque chose se passa dans son visage. Sa mâchoire se desserra sans qu'il n'y pût rien, délivrant ses lèvres qui s'écartèrent, laissant passer une boule minuscule. La boule se mit à grossir aussitôt. Bulle de chewing-gum, orange, ballon de football, puis… Elle lui boucha entièrement la vue. Il ne vit plus qu'elle. Puis il ne vit plus qu'un tout petit morceau d'elle.

Elle était devenue grosse comme le Monde !

Écrasée contre son visage, à portée de dents. L'invite était évidente. Il mordit dedans à pleine bouche, arracha un morceau, l'avala, mordit à nouveau, arracha un second morceau, l'avala. Puis un autre, déglutissant, engloutissant, déglutissant, engloutissant. Pure énergie énergumène, il ne pouvait s'arrêter. Emportée par morceaux, la boule s'amenuisait. Soudain, il en aperçut les contours. Une immense bouffée de joie l'envahit. Il l'avait réduite ! Aussi énorme qu'elle ait pu être, il en était venu à bout.

Avec une cuillère, on peut vider un océan.

Mais pas le remplir !

La bouchée suivante fut plus avide encore. Il jubilait. Il ouvrit la bouche toute grande. Il comprit : la boule était le Monde. Vraiment le Monde.

Il était tout bonnement en train de *bouffer le Monde* !

Petit, mais dense !

Il voulait engloutir l'univers. On a vu plus modeste. Pâle cannibale, l'engloutissant, il s'engloutissait avec. Dévorer le Monde pour s'approprier sa chair, lui ravir ses sucs et ses humeurs, le bon grain et l'ivraie, la rosée et l'aconit. Et tout éprouver ! Vivre toutes les vies, mourir de toutes les morts, connaître le bonheur des pierres, sombrer avec chaque navire, prendre feu avec les forêts d'Amazonie.

Et souffrir comme un cheveu que l'on démêle en force.

Ni gueuleton ni festin, seulement une tâche à accomplir. Faire lichen ! Ce que Jeanne… Ah, celle-là ! Génis, le petit de la vache, les chiens font des chiens, les chiennes également… Ce que Jeanne, alors qu'il n'avait pas encore dix jours – se souvient-on qu'on a eu autant de jours que de doigts de la main ? –, ce que Jeanne avait eu la force de refuser : « faire lichen avec lui », voilà que, tant d'années plus tard, il s'enflammait de le faire avec l'univers entier.

Bientôt il ne resta plus en dehors de la bouche de Génis, encore inavalé, qu'un seul grain de matière, une crotte de Monde. Une bouchée encore, la der des der, et tout sera fini. Ses yeux se plissèrent, ses mâchoires s'écartèrent, une longue inspiration. Ç'allait être la fin du Monde !

Sensation neuve, de la pure joie, une joie des origines.

Corps éclairé de l'intérieur, tête enluminée, Versailles un soir de Fête ! Il écarta les mâchoires pour la dernière bouchée. Et la dernière bouchée lui resta en travers de la gorge. Au fond de son palais, la miette ne se laissa pas engloutir. Comme dans le cancer, où une seule cellule suffit, la prolifération se fit. La miette enfla, se fit motte, tas, masse, ressortant de sa bouche aussi vite qu'elle y était entrée. Le petit de la vache régurgitait le Monde qu'il n'avait pas pu digérer. Le Monde, tant qu'on ne l'a pas tout bouffé, on ne l'a pas bouffé. La miette avait suffi. D'elle, il s'était reconstitué.

En entier !

Tout était à recommencer. Une fois, deux fois… Déglutissant, engloutissant, déglutissant, engloutissant. Tout se repassait comme dans les rêves les plus hideux.

Déglutir, engloutir. Au fond de sa gorge, cela coinçait.

Il vivait le cauchemar propre aux angineux.

Génis ne pourrait l'affirmer, mais il lui sembla s'entendre crier. Et s'il criait, il ne savait pas pourquoi il criait. Il cria. Longtemps. Dans sa barque, au loin, un pêcheur montra le poing, furieux. « Les enfants sont fous à hurler ainsi. Ils effraient le poisson », tempêta-t-il, tout en gardant le doigt posé sur la ligne, à l'écoute du tremblement du fil.

Le cri s'enfonça dans l'eau, passant à deux doigts d'un pageot qui flirtait avec l'hameçon. De surprise, il écarquilla les ouïes. L'hameçon suivit le son. Par l'ouverture écarlate, le crochet avait pénétré le poisson. Chaque cri poussé ouvre une porte fermée. Le fil se tendit, le pêcheur ressentit la sublime secousse : « Ça mort ! »

Génis n'a rien vu. Pas vu l'hameçon, pas vu le poisson. Pourquoi serait-il responsable du malheur du monde ? Tout juste a-t-il perçu le signe hideux que lui a adressé le pêcheur. Remerciements pour le cri qui appâte.

C'est alors qu'il la vit.

Elle était à ses côtés, un peu essoufflée, les cheveux noués par une écharpe jaune, le corps caché dans une robe large flottant comme une voile. On aurait dit un bateau renversé. Est-ce le cri qui l'avait attirée, ou bien l'avait-elle repéré depuis longtemps ? C'est le claquement de sa robe au vent qui avait fait se retourner Génis. Il frissonnait, de froid. Immédiatement elle remarqua les taches rouges. Les pieds tailladés de son fils avaient laissé leurs traces sur les rochers, dont les arêtes étaient peintes avec la régularité d'une portée sur du papier musique.

Génis, limaçon sanglant.

Jeanne avait tout vu, elle avait couru comme une folle. Il n'avait pas eu besoin d'elle, il s'en était sorti seul.

– Jeanne, si j'étais mort, est-ce que ça aurait fait une vie ?

– Oui, ça aurait fait une vie.

Il eut besoin de la regarder. Sa tête enserrée dans le linge jaune lui faisait un visage de nonne solaire que sa robe de misaine heureusement démentait. Anticipant la question qu'elle lisait dans ses yeux, elle voulut répondre. Il la prit de vitesse.

– Une vie, tout de même ?

– Oui, tout de même.

– Quoi qu'on fasse, ça fait une vie ?

– Quoi qu'on fasse.

– Et Simon, ça fait une vie ? (Elle acquiesça de la tête.) Et Gis ? (Elle acquiesça encore.) Et… ?

Elle acquiesça bien avant que Génis eût fini la question. Il ne finit pas la question.

– Tout le monde sait vivre, alors !

– En quelque sorte, oui… tout le monde. Toute vie est une vie. Il faut s'y faire.

– Alors, on n'a pas besoin d'apprendre à vivre ? demanda Génis.

– Non !

– Mais…

Il était suffoqué.

Jeanne reprit sa réponse et la compléta :

– À vivre, non. À bien vivre, oh, oui… C'est de cela qu'on a le plus besoin.

Il grelottait. Elle le prit dans ses bras, le frictionna. Ôtant son écharpe, elle la noua autour de son cou. C'est alors qu'elle aperçut dans ses cheveux une tache blanche. Une plume de la couette, toute fanée d'avoir pris la mer. Elle la détacha, la lâcha dans l'air. Malgré le vent, la plume refusa de s'envoler. Ils la regardèrent se poser sur le lichen des rochers.

– Jeanne, c'est trop difficile.

– Qu'est-ce qui est difficile ?

– Le temps, maman. Le temps.

– Déjà ?

Teuf, teuf. Sauvée par le bruit bête.

– C'est le temps de rentrer. La pêche est finie.

Teuf, teuf, la petite barque à moteur passa le long des rochers. Le pêcheur debout tenait la barre, regard pointé vers le phare. L'amiral Nelson juste avant Trafalgar. À ses pieds, dans un seau, le pageot avait fini de gigoter.

Jeanne se mit à genoux, retira de son sac une paire d'espadrilles catalanes. Génis s'assit sur la mousse des rochers, soulevant la plante de ses pieds estafilée. Jeanne noua les lanières de lierre autour des jambes de Génis.

CHAPITRE 6

Comment, dans des gogues hygiéniques, la *Symphonie pastorale* de Ludwig van Beethoven signe la fin de la Douleur de Simon.

Le quadrilatère Calor se disloqua.

La dislocation se produisit dès l'entrée dans l'atmosphère de la maison tuile-ardoise. Ensemble, ils s'isolèrent chacun de son côté. Gis était sortie malgré la canicule. Génis avait rejoint sa chambre, Jeanne la pièce-au-bambou, Simon son cabinet.

En regagnant sa chambre, Génis sut qu'il entrait dans une période d'immobilité. Il avait fini par se rendre compte que sa vie se déroulait de façon… – il ne trouvait pas le mot – « hachée », c'est cela. Une suite de moments forts séparés par des périodes de latence. Comme les arbres et les intervalles des exercices de mathématiques. Et aussi comme le bambou parapluie, dont les tiges sont crantées de nœuds. Avec, entre les nœuds, des « entre-nœuds » entièrement creux. Les nœuds étant déjà présents dans la tige avant même qu'elle n'émerge de terre, ce que le temps produit c'est uniquement de l'espace creux pour mettre de la distance entre deux nœuds consécutifs.

Chacun à sa façon – mais comment savoir ? – devait posséder une série de « nœuds » comme la course autour de la Table Ronde du Salon, le choix des armes, la scie et le marteau, l'adoption d'une devise, l'expérience aux miroirs, un monde nouveau derrière des lunettes, une légende – mais sûrement pas celle des Sirènes et des Centaures, Jeanne l'avait inventée ! –, une balade sur les rochers... Pour habiter le creux dans lequel il se trouvait depuis l'épisode des rochers, Génis décida de s'endormir jusqu'à ce qu'advienne le nœud suivant.

Sur son bureau, une montagne de journaux attendait Simon. N'ayant pas voulu faire suivre son courrier, les exemplaires enveloppés d'une bande-adresse à l'intention du Docteur Simon Calor s'entassaient.

Un mois de journal à rattraper.

Du paquet écarlate, il retira une cigarette à bout doré, l'alluma, aspira une longue bouffée avant de se jeter dans ce qu'il faut bien appeler en termes religieux sa *passion*. Déchirer la bande-adresse, déplier les pages, effeuiller l'exemplaire de la « une » à la dernière page, lire les articles, replier l'exemplaire. Combien de fois avait-il accompli ces gestes ! C'est qu'il était un abonné de vieille date, son premier chèque remontait à l'époque où il avait fait la connaissance de Jeanne. Entre ce journal, qu'il recevait six fois par semaine, et Simon s'était engagée une harassante course de vitesse.

Encore hâlé du soleil de la mer, il s'installa. Lourde tâche. Titres avalés, colonnes englouties, articles dévorés, Simon grignotait l'avance prise par la Presse durant son mois d'absence. Mais il était lucide, il savait que jamais il ne pourrait digérer autant de Nouvelles qu'il s'en crée. Les bandes de papier s'amoncelaient au pied du bureau. Madame Dielman était entrée sans bruit dans le cabinet, comme à son habitude. Elle avait dû frapper,

Simon n'avait rien entendu. Il avait rangé les liasses de journaux. Elle tenait à la main un petit jerrican.

– Déshabillez-vous, voulez-vous !

Elle avait déboutonné son chemisier, l'avait posé sur le fauteuil, avait tourné sa jupe devant-derrière pour accéder plus facilement à l'agrafe. Zip ! Le bruit de la fermeture Éclair, qu'elle s'était escrimée à rendre le plus faible possible, l'avait fait rougir. La jupe avait glissé, découvrant la gaine écrue aux jarretelles rudes qui tiraient haut les bas de soie couleur chair. Elle avait ôté ses souliers, libéré les bas de leurs attaches, et par un double mouvement de la main, les avait fait rouler le long des jambes.

– Le soutien-gorge, Madame Dielman !

Madame Dielman avait cru que, pour une fois, elle y échapperait. C'est le rouge aux joues qu'elle avait détaché son soutien-gorge. Ses seins massifs avaient pesé un peu plus lourdement sur sa poitrine. Simon avait fait pivoter son fauteuil, s'était levé, avançant vers elle. Il se figea, eut juste le temps de s'appuyer sur le bureau. Nue au milieu de la pièce, Madame Dielman attendait, le regard baissé. Simon sentit la sueur perler sur son visage. Madame Dielman, persuadée qu'il l'inspectait, perdit toute assurance. C'était toujours la même chose. Pourtant, depuis le temps qu'elle connaissait son docteur !

Il sentit monter la colère. Après tant d'années ! Sa vieille douleur revenait ! Sans une ride, aussi fraîche que par le passé. Elle ne vieillira donc jamais ! Retrouvant son chemin elle progressait en pays conquis. Remontant chaque nerf, tétanisant chaque muscle, colonisant chaque articulation, labourant chaque plexus. Et la nuque, comme autrefois, avait été cadenassée sur-le-champ.

Madame Dielman leva la tête. Il était blême. Délaissant l'appui du meuble, il s'avança, fragile, se forçant à sourire.

– Toujours ce poids, Madame Dielman ! Je sais, les vacances…

Madame Dielman regarda son docteur, le bon docteur S. Calor. Elle lui sourit.

– Bah ! C'est que, docteur…

– Je sais, je sais, mais il faut faire attention tout de même. À votre âge…

Elle avait tout juste passé la soixantaine. Il regretta ses paroles.

– Oh, quel que soit l'âge, se reprit-il, le poids n'est jamais une bonne chose.

Elle s'allongea sur le divan, sans même qu'il ait eu à le lui demander, et s'offrit à l'auscultation. Il palpa longuement son ventre. Cela lui fit mal, et du bien à la fois. Elle se releva, monta sur la balance ; toute raide, toujours sa poitrine ballottant.

– Et oui, deux petits kilos ! Sinon tout va bien.

L'esprit ailleurs, il la regarda se rhabiller. Elle posa discrètement un chèque sur le bureau. Désignant le petit jerrican et semblant s'excuser :

– Il n'a pas beaucoup plu ces derniers temps.

– Ce sera suffisant. Madame Calor sera très contente. Merci, Madame Dielman.

Il n'y avait plus personne dans la salle d'attente. Après qu'il eut refermé la porte, ébranlé encore par le retour impromptu de la vieille souffrance, il vérifia sur son agenda : pas de rendez-vous avant les visites du soir. Puis il regarda, sans la toucher, la pile de journaux. Le retour de la douleur et les souvenirs qu'elle charriait l'avaient ébranlé.

Une opération d'une fissure à l'anus. L'anesthésie, les calmants, les somnifères, le vide. C'était il y a si longtemps. Opéré un 20 juin, il n'avait repris conscience que le 22, dans une chambre de la clinique de la ville tuile-ardoise où il était depuis peu installé, médecin généraliste, bien qu'ayant suivi de longues études de chirurgie.

Du lendemain de l'opération, il n'avait aucun souvenir. Un accroc dans le calendrier, une malfaçon du temps. Harcelant les infirmières, les filles de salle et les médecins de questions sur cette journée perdue, il s'était fait envoyer tous les journaux parus ce jour-là. Simon, devenu l'inguérissable orphelin de ce 21 juin-là, s'était promis que plus jamais une journée de ce monde ne lui ferait défaut. Pour honorer cette promesse il s'était abonné à un quotidien, dont il avait décidé de ne pas sauter un seul numéro.

La Douleur.

Il se souvint des deux stratégies qu'il avait tour à tour tenté d'opposer à son déferlement. Le choix était simple : la refuser ou l'accepter. L'inévitable moment du dilemme se situant quelques instants après le réveil ; au moment où d'ordinaire l'on se retire, comme on dit, pour « aller du corps ». L'image le fit sourire, c'est peu dire que, dans ces moments, Simon y allait de son corps ! Comme un monstre réveillé par les contractions répétées de ses intestins, la douleur lançait ses tentacules ; éclairs qui striaient les ténèbres de ses viscères. La refuser ou l'accepter ? La refuser ? Mais alors, que ce soit à tout prix, fût-ce au prix de sa propre mort qui, en neutralisant son corps, déroberait du même coup à la douleur son théâtre d'opérations. L'accepter ? Alors que ce soit jusque dans ses excès les plus fous. S'offrir à elle, s'ouvrir à elle ; la submerger à force de l'accepter ! Pour que, la poussant à tout coloniser d'un coup, elle n'ait plus rien à se mettre sous la dent, et que, n'étant plus alimentée, elle ne puisse que diminuer.

Il se souvenait de ce matin où il avait opté pour le refus. Sa décision avait été prise au réveil : barrer la route à la douleur ! Imposer la glaciation immédiate de la région responsable des troubles ! Mobilisation générale. Chaque bout de soi rameuté pour le combat sans merci qu'il s'apprêtait à livrer. Il en avait appelé à chaque cellule de son corps afin qu'elle fasse barrage pour que nulle part la douleur ne profite de la plus infime faille par laquelle elle pourrait s'infiltrer. Le message était clair. Que chacune se convainque de son infinie responsabilité, car si une seule faillissait, par cette unique brèche la douleur s'engouffrerait et le corps entier serait envahi. Une seule défaite locale et c'était le désastre général. C'est de la sorte, à force de se cadenasser, que, ce matin-là, Simon avait compris ce que signifiait « être autiste ».

Cette stratégie avait une conséquence : Simon devait garder par-devers lui tout ce que son organisme s'entêtait à vouloir expulser. Oh non, il n'y avait rien là qui ait trait à un quelconque attachement de Simon pour ses excréments ! Mais à l'idée que ceux-ci puissent candidement se frayer un chemin jusqu'au cœur de sa blessure, la labourer, l'écarquiller et la cuire. Et peut-être la rouvrir ! À cette idée, c'était la panique, Simon se hérissait, mobilisant toute son énergie pour s'opposer à la progression de ce flot de laves, pressentant que, s'il les laissait faire, elles se transformeraient en un impitoyable ongle fécal qui grifferait le conduit déjà massacré de son sphincter.

Conséquence de ce blocage, un énorme embouteillage au cœur de son abdomen. Même cela ne parvenait pas à entamer sa résolution.

Car refuser la douleur, la refuser une seule fois, l'engageait pour TOUTES les fois. Il le savait. À quoi bon la repousser si cela n'aboutissait qu'à la reporter ? Il pressentait qu'éconduite elle serait rendue plus furieuse et se déchaînerait avec plus de vigueur encore. C'est pourquoi, afin de lui ôter toutes ses chances, et d'énucléer son futur de toute possibilité de souffrance, il s'était pris ce matin-là à désirer la mort, simplement pour faire mentir cette injustifiable maxime qui affirme qu'« un tiens vaut mieux que deux tu l'auras ! ». Un bruit terrible provenant de la cuisine le sortit de ses souvenirs. Le bruit cessa. Où en étais-je ? Ah oui, mourir pour une fissure. Aujourd'hui encore cette décision ne lui apparaissait pas si ridicule.

Mais, à cette stratégie, il finissait toujours par en opposer une autre, diamétralement contraire : draguer tout ce que l'avenir charriait de douleurs et les entasser dans le présent. Avoir tout, tout de suite ! Plus vite la souffrance m'emportera, plus vite elle m'abandonnera. L'accueillir pour la bannir. SOUFFRIR PLUS POUR NE PLUS SOUFFRIR !

Il cédait, la peur au ventre. Et sur la cuvette d'émail des toilettes de la clinique aux murs étincelants, il s'incrustait dans le trône luisant d'hygiène. De sa main moite il étreignait la poignée d'acier scellée au mur. Navire en perdition sous les coups de boutoir des lames de fond qui le poignardaient, il chavirait sans fin. Respiration bloquée, regard égaré, il VOYAIT la propagation de la souffrance, il suivait sa trace aux foudroiements répétés qui le fendaient en deux. Prêtant malgré lui son corps à une tragédie qui le dépassait. Bribe d'univers jetée dans un combat immémorial où s'affrontaient des forces éternelles. En cet instant, il était un parmi les innombrables lieux où à travers l'univers la souffrance menait victorieusement une guerre commencée dans la nuit des temps…

Et lorsque enfin il déféquait, qu'il y allait de son corps, la fulgurance de la douleur au passage des fèces, en écarquillant le sphincter, agressait les deux lèvres non encore solidaires de la blessure.

Ce baiser sordide dans sa brutalité indépassable annonçait la fin du supplice.

L'apaisement enfin !

La tension commençait à se relâcher, la nuque faiblissait. Il revivait. Il croyait même le bonheur possible seulement par absence de douleur. Alors, une deuxième vague, demeurée en réserve, le cueillait de plein fouet. Il était projeté dans les airs. La douleur explosait. Là, là et là, répétée en écho, multipliant la souffrance première qu'il avait crue indépassable, et qui n'avait été qu'une annonce modérée. Le pire est toujours à venir. À vivre.

Combien de fois était-il resté hébété, tout recroquevillé de l'intérieur. Soumis ? Non, mais inhibé par tout projet d'oser un seul geste par peur d'inverser le sens du temps qui provoquerait la résurrection du mal et le retour de la douleur. Sa longue chemise blanche fripée, robe de bure des opérés, maculée d'une large flaque de sueur à hauteur des omoplates, retroussée sur ses genoux, dans ces gogues hygiéniques aux murs intacts, il pleurait sans retenue. Laissant des marques propres sur son visage torturé, c'est de la douleur pure qui s'écoulait de ses yeux.

Puis les spasmes s'affaiblissaient, le calme s'installait,

entrecoupé de restes de frissons, rémanences musculaires ; hoquets discrets d'un corps qui s'acheminait vers l'insensibilité. Simon laissait faire les choses. Enfin, il se redressait, le visage lavé ; osant pour la première fois regarder le monde qui l'entourait. C'était la fin de l'emmurement. Il ne ressentait plus rien et cette absence totale de sensations était pour lui le comble de la félicité. Il lui semblait que la douleur, en le quittant, avait emporté son corps entier.

Invariablement, à cet instant, une musique s'imposait, éclatante d'évidence, la *Symphonie pastorale* de Ludwig van Beethoven. Les grondements du tonnerre, les fracas de la foudre, triomphe des percussions, résonnaient au fond de son crâne. Et tandis que la fureur s'éloignait, venue d'on ne sait où – mais sait-on d'où vient le beau temps qui terrasse l'orage ! –, d'abord fragile, puis de mieux en mieux assurée, une mélodie s'installait.

Après l'orage !

La douleur le faisait chanter ! Les notes éclosaient. Il se sentait lumineux de l'intérieur. C'est alors qu'il s'entendait fredonner. Toujours le même passage de la symphonie. Sa voix, prenant de l'assurance, s'élevait. Une énorme bouffée de joie l'envahissait, réanimant chaque bout de son corps retrouvé. Sa chair de pierre ressuscitait, il renaissait. C'était le signal. Les toilettes du deuxième étage de la clinique retentissaient de son chant. On l'entendait jusqu'au bout du couloir. Il se dressait, le regard brillant, la chemise dégringolant le long de ses jambes glacées. Sur le carrelage, la paire de pantoufles attendait le maestro. D'un coup sec, Simon engouffrait ses pieds renaissants au fond des deux nids de laine qui l'emportaient vers quelques heures de répit.

Avant de quitter la pièce, il ne pouvait s'empêcher de jeter un regard vers la cuvette. Ému par la large flaque vermeille qui maculait l'émail, il actionnait follement la poignée de la chasse, bedeau suspendu à la corde de son carillon. L'eau, libérée, emportait la fleur sauvage de sa souffrance. Ces taches disparues, Simon les prenait pour ses menstrues intimes. Dans ces pertes quotidiennes, il voyait le signe indiscutable de sa féminité qui devait rester tue.

Délivré, il ouvrait la porte des toilettes et, toujours chantant, rejoignait sa chambre, traversant le couloir surchauffé sans prêter attention à une jeune infirmière aux longs cheveux noirs cachés sous la coiffe professionnelle, qui le suivait des yeux. Elle l'avait vu entrer anéanti, elle le voyait ressortir triomphant. Elle était là chaque matin à attendre le passage de cet étrange malade athlétique.

Il mit une semaine à la remarquer.

Un matin, cependant, les choses se passèrent différemment. Les douleurs furent à ce point intenses qu'elles le contraignirent à innover. Il décida de diminuer la quantité de matière à évacuer. La diminuer ? Pourquoi ne pas l'annuler tout simplement ! Voici comment naquit l'évidence :

Ne pas chier pour ne pas souffrir.

Ne pas manger pour ne pas chier.

NE PAS MANGER POUR NE PAS SOUFFRIR !

Il n'absorba plus la moindre nourriture. La famine le guetta. Une sorte d'anorexie le frappa. La jeune infirmière tenta de le raisonner. On le mit sous perfusion. Le neuvième jour, il eut faim, le dixième, il mangea. Se goinfra de purées, s'empiffra de hachis et de tous autres mets servis à l'état pâteux. Il mangea et il souffrit. Il souffrit mais il mangea. D'avoir si durement jeûné transforma profondément le statut qu'il accordait à la nourriture. Le Vendredi saint lui apparut comme une infamie, Yom Kippour comme une abomination. Il n'eut pas de mots assez durs pour condamner le Ramadan.

De cette période de sa vie, il retira :

– une faiblesse à l'anus,

– une cicatrice qui s'entrouvrait parfois les soirs de pleine lune,

– un rapport érotique à la douleur,

– un solide appétit,

– un abonnement à un journal quotidien,

– et une rencontre…

Les rapports entre la jeune infirmière aux cheveux noirs et l'opéré admirateur de Beethoven changèrent de nature. À sa sortie de clinique, Simon n'oublia pas Jeanne, qui n'oublia pas Simon. Ils se revirent. « Simon Calor, voulez-vous prendre… » « Jeanne Lebel, voulez-vous prendre… » Accroché à son oreille, un superbe pendentif en perles fines naturelles, que Simon avait acquis avec ses dernières économies. Il avait pour la cérémonie troqué sa longue chemise fripée contre un costume sombre soigneusement repassé. Elle avait échangé sa blouse d'infirmière contre une robe large de femme enceinte. La naissance de Gis eut lieu quelques semaines avant le 21 juin de l'année suivante.

Et la cause de tout ceci : une balafre d'au plus un centimètre de long, fine comme une lame, enfouie dans un pli de la peau de Simon.

Quand elle pénétra dans la pièce-au-bambou, Jeanne fut frappée par l'aspect des feuilles. Enroulées sur elles-mêmes, toutes recroquevillées. Elle savait ce que cela signifiait : le bambou parapluie se défendait contre la chaleur, réduisant la surface de contact avec l'air, un peu comme le marin tombant les voiles pour offrir moins de prise au vent.

Étrange arbre que ce bambou parapluie. Uniquement des tiges ! Aériennes ou souterraines. Les unes, dressées vers le ciel, forment un rideau, les autres, souterraines, tortueuses, entrelacées, forment un réseau, le rhizome. Les premières lisses, les secondes recouvertes d'écailles. Une sirène végétale !

Après un arrosage intense, les feuilles s'entrouvrirent. La terre ne devant être ni trop compacte ni trop meuble pour permettre au rhizome de respirer, Jeanne racla le sol en prenant garde de ne pas l'écorcher. Elle avait toujours été incapable de prévoir où les nouvelles tiges allaient apparaître. Progressant à fleur de terre, le rhizome, de temps à autre, sans que l'on sache pourquoi, passant d'une avancée horizontale à une poussée verticale, lançait une pousse, un turion, qui crevait la surface. Cette production de tiges se poursuivant tout au long de la vie de la plante, il fallait maintenir l'équilibre entre la partie aérienne et la partie souterraine. Jeanne y était merveilleusement parvenue.

Génis se réveilla de sa sieste d'une humeur massacrante, le fond de la gorge en feu à force d'avoir dégluti, une mare d'acidité dans la bouche. Son cauchemar était revenu. Manger le monde ! Un féroce appétit dirigea ses pas vers la cuisine. Il avait le regard assassin.

Un éléphant blanc ! Par sa masse et son éclat agressifs, le frigidaire en imposait. Cela déplut à Génis. Il fonça, posa sa main chaude sur la poignée glacée et tira brutalement. Une lumière fraîche, bleutée, se répandit au ras du sol comme du gaz moutarde dans les champs de Verdun. Elle épargna le haut de la pièce, qui demeura dans la pénombre. Le moteur, ébranlé par la secousse, repartit, émettant un grésillement têtu, le bruit même que fait l'air rassasié de haute tension autour des pylônes électriques. Encouragé, le freezer lâcha une longue bouffée d'air froid. Cela ne suffit pas. Pour se calmer, Génis glissa ses pieds nus dans le bac à légumes. Il se mit à éternuer convulsivement. D'entre les branches de céleri il retira en catastrophe ses pieds gelés.

À l'autre bout de la pièce, la cuisinière ! Génis se précipita. Allumage automatique, thermostat, ouverture du four. Il y plongea les pieds. Ce fut instantané ; du gouffre sombre aux langues incandescentes s'échappa une chaleur noire. Délicieux. Il y resta une seconde de trop. Chaleur vraiment noire… Affreux. Ajouté qu'à deux doigts de ses orteils, la broche, mal ajustée, se déboîtait dans un affreux bruit métallique. Il ne manquerait plus que ses pieds gelés-grillés se fissent embrocher.

Fâcheusement portés aux excès, les objets majeurs de la pièce se tenaient décidément trop mal. Génis décida d'abandonner la cuisine à ses démons.

Subrepticement, il s'approchait de la porte quand un sifflement le fit se retourner malgré lui. La broche traversait la pièce, filant droit vers le frigidaire resté ouvert. Elle s'engouffra jusqu'au cœur du froid. Freezer violé ! *Casus belli !*

Génis s'assit sur le carrelage et ajusta ses lunettes. Sous ses yeux, une guerre se déclenchait.

Le frigidaire ne mit pas une seconde pour répliquer. Un casier à glace chargé à ras bord alla s'écraser à un pouce de la loupiote graisseuse qui, près de la glotte de la cuisinière, éclairait le fond du four.

La lumière faiblit mais ne s'éteignit point.

Les deux monstres ménagers marquèrent une pause. Le calme avant la tempête. En apnée ils s'observaient. Tenus en laisse par le cordon électrique qui leur interdisait d'aller au contact, ils avaient depuis longtemps peaufiné leurs batteries de projectiles. Fête de la balistique. À l'évidence, c'était le début de la lutte finale. Thermie contre cryogénie, du Chaud ou du Froid lequel l'emporterait ? Crevasse, gelure, morsure, brûlure, cloqûre. Tropiques contre Pôles, Nord contre Sud. Boutrefiche, le conflit s'affichait pour ce qu'il était. Mondial ! Et postmoderne. Ni sanglante boucherie, ni corps à corps archaïque. Génis, qui avait cru dès l'abord à un combat des premiers âges, type guerre du Feu-guerre des Glaces, constata non sans fierté qu'il assistait à une conflagration dernier cri. Destructions programmées, précision des tirs, puissance de frappe, lâchers de gaz, interception, pilonnage, missiles, missiles antimissiles, missiles antimissiles antimissiles, etc. Puis ça se déchaîna ! Une lèchefrite dégoulinant d'huile bouillante explosa dans le compartiment à œufs. Elle y creusa un treizième trou. Évitant les brûlots chargés de l'intercepter, un bac à glace surfa sur les vagues de chaleur et parvint à décalotter un brûleur au moment où celui-ci s'apprêtait à lâcher un jet de gaz de ville. Un tuyau de métal congelé se décongela si vite qu'il pourrit sur place. Un autre, plus lent, eut la chance – toute relative – de cuire tout cru, laissant à terre un dégueulis de caoutchouc qui picota les yeux de Génis, au moment où une escadrille de tranches de viande rouge téléguidées passait en rase-mottes pour ne pas être détectée avant d'aller se plaquer sur les tôles encore en place de la cuisinière comme autant de tentacules sanglants.

Champ de ravages. Restes bleuis déchiquetés, pièces en cendres, fragments arrachés, cassant comme du verre, lambeaux pétrifiés. Tout à coup, en un dialogue tératologique, le frigidaire déchaîna ses orgues de Staline, une pluie de grêlons hacha menu les parois de la cuisinière tandis que celle-ci vomit une batterie de lance-flammes défoliant tout sur leur passage. La porte du compartiment de rangement de la cuisinière s'abaissa brutalement, une broche, gardée secrètement en réserve, partit comme une fusée en direction du plafond. Génis la vit s'élever, fonçant vers le petit lustre rose. Pulvérisé ! Il plut des étincelles de verre rosées qui pétillèrent dans le ciel de la cuisine.

Déréglée par l'explosion du lustre, la broche, incontrôlée, se retournant vers la cuisinière, fonça sur le brûleur central, quand une longue flamme fine, terrible de précision, l'atteignit de plein fouet. La broche virevolta. Aussi rapide qu'un scorpion qui brûle de se piquer la nuque, elle fit deux tours sur elle-même, comme si elle voulait s'embrocher. Dans un ultime sursaut elle se redressa, s'immobilisa, sembla chercher sa direction, puis, l'ayant trouvée, elle fonça sur la poubelle où somnolaient, inconscients, divers détritus civils qui se croyaient à l'abri des hostilités.

Les événements se précipitèrent. La chaîne du froid se rompit, la tiédeur se répandit. Elle fut fatale au frigidaire qui, dans un relâchement obscène, fit honteusement sous lui. La cuisinière n'eut pas le temps d'en jouir. L'orifice de sortie de son tuyau principal s'obstrua. Lancé à grands jets, le gaz rebroussa chemin et ressortit par où il était entré, inondant l'atmosphère de senteurs mortelles. Elles furent fatales à la cuisinière qui s'asphyxia elle-même, agonisant dans un rot méphitique.

Déséquilibre de la terreur.

Il y avait bien dans la pièce quelque autre appareil ménager brûlant de s'entredéfoncer la carcasse à l'instar des Deux Grands de la cuisine. Mais c'étaient des appareils tactiques, d'importance locale, du genre mixeur, grille-pain, ou presse-citron. Sagement, ils s'étaient abstenus de participer aux combats.

Un grand silence s'abattit dans la cuisine. On n'entendit aucune mouche voler. Songeur, Génis massait ses pieds. L'un était gonflé d'engelures, l'autre boursouflé de brûlures.

Malgré cela il sourit, satisfait. Finalement, ce qu'il avait sous les yeux le comblait. Ç'aurait pu être une morgue en butte aux avances d'un crématoire, un volcan violé par un iceberg lubrique, ç'aurait pu être… Eh, où tu vas ? En tous les cas, il allait mieux.

Ce soir-là, les Calor furent contraints d'aller dîner au restaurant.

CHAPITRE 7

Où, à cause d'une banale affaire de place de stationnement, Génis, s'initiant aux dures lois du rapport de forces, est contraint de modifier son slogan.

Le boucher lui avait servi du rond !

En matière de viande rouge, Jeanne avait commencé sa vie de ménagère en commettant l'erreur classique des débutantes : elle avait demandé « un kilo de bifteck » sans autre précision. Le commerçant s'était empressé de lui fourguer du « rond ». Dont le nom complet affiche avec franchise la bassesse : « rond de tranche basse » !

Le « rond » est cet ignoble morceau compact, plus rose que rouge, plus coriace que ferme, plus noueux que tonique. Le bif de la beauf, l'attrape-nigaude pour ménagères néophytes.

Honte sur Jeanne à qui avait échappé l'aristocratie de la grillade, les quartiers de noblesse de la viande rouge, de la hampe à l'onglet, du filet, contre, faux ou mignon, du rumsteck à l'entrecôte, de la bavette à l'aiguillette, à l'alouette.

Cette triste époque avait pris fin après la projection de *Drôle de drame*. Au sortir de la salle de cinéma, Jeanne avait menacé le commerçant de le livrer à la sollicitude de Williams Kramps, le célèbre assassin de bouchers. *Exit* le rond.

Ce jour-là, c'était de la hampe, grillée sur les plaques d'une cuisinière toute neuve, que Génis mâchonnait.

En sa présence plutôt qu'avec sa participation, la discussion, commencée aux œufs mimosa, se poursuivit jusqu'à la cancoillotte. Sujet : quoi faire de Génis pour la prochaine année scolaire ? Il faut dire que, la veille, Simon avait dû acquitter la note de la réfection complète de la cuisine et que, le matin même, il avait réglé la facture d'achat d'une cuisinière et d'un frigidaire neufs. Par précaution, celui-ci avait été coincé dans le petit hall d'entrée de la cuisine, hors de vue de la cuisinière (*i.e.* « Je ne vois pas l'œil de qui ne voit pas mon œil »).

Ce n'était pas tout. Jeanne avait relu le carnet scolaire de Génis. La deuxième lecture, hélas, n'en atténuait guère la cruauté : « Ses capacités, si elles existent, sont un secret qu'il garde jalousement », « Rien n'indique un manque total d'intelligence, mais tout concourt à le supposer », « Il met un tel acharnement à rater ses contrôles qu'on peut au moins lui reconnaître une réelle aptitude à la persévérance ».

Avec un goût d'ail dans la bouche – par la faute de la cancoillotte –, ses père-mère parlèrent de lui, sans lui, devant lui. Puis ils s'adressèrent à lui. Ils lui parlèrent en parents ! Une première. C'était tout à la fois révoltant et réconfortant. Révoltant parce qu'ils décidaient pour lui, réconfortant parce qu'ils décidaient pour lui.

Simon, enrobé d'un nuage de fumée de sa Craven « A », lâcha deux mots : « La Tante ! » Une bouée ! Dans son esprit, la Tante devait sauver Génis de l'inévitable noyade qui le guettait s'il restait une année de plus dans la ville tuile-ardoise.

Si, à cet instant, Génis avait surpris le regard que Gis lui adressait, il se serait inquiété. La Tante était la sœur aînée de Simon, spécialisée dans le repêchage d'enfants de la famille en perdition, échec scolaire, fugue, problème psy… Ils l'appelaient « la Tante », parce qu'ils trouvaient son prénom un peu ridicule. Un prénom qui pourtant lui allait parfaitement bien : Adèle.

Dès septembre, Génis quitta la ville tuile-ardoise.

Son doigt posé sur la sonnette n'eut pas le temps d'appuyer, la porte s'ouvrit. À croire qu'on guettait son pas derrière l'huis. Génis se retrouva dans le vestibule sombre, déposa son cartable, se débarrassa de sa veste et lança : « Je redescends. » La Tante ne bougea pas. Il était déjà sur le palier, prêt à dévaler l'escalier, quand : « Et où vas-tu ? » C'était si ingénument demandé. Il se retourna : « Dans la rue. » Plantée dans le vestibule : « Pour faire quoi dans la rue ? », demanda-t-elle, détachant les trois derniers mots. Là, il resta pantois.

Quelle question ! Pourquoi descendre dans la rue, en effet ? On peut vouloir descendre dans la rue pour le plaisir d'être dans la rue ou bien pour ne pas rester enfermé dans l'appartement ou tout simplement pour descendre ou… Sans s'en rendre compte, il était revenu sur ses pas, bafouillant quelque chose comme : « Je ne sais pas, moi, pour… me faire des amis. » Alors seulement elle bougea. S'approchant de la porte comme une chatte, elle le laissa venir et, tandis qu'il passait devant elle, elle lâcha la phrase assassine :

– Génis, on ne t'a pas envoyé chez moi pour te faire des amis, ni pour aller dans la rue, encore moins pour te faire des amis dans la rue.

Il l'écoutait, interloqué. On ne lui avait jamais parlé ainsi. Avec cette autorité sans appel.

De lui-même, sans qu'elle ait eu à le lui commander, Génis referma la porte derrière lui et s'enfonça dans le vestibule sombre.

Maté.

La scène se passait le lendemain de son arrivée chez la Tante, au retour de sa première journée de collège. Quatre étages plus bas, la rue venait de s'éloigner pour une année. Désormais, pour Génis, elle ne sera qu'une voie de communication, ayant pour seule fonction de relier le lycée à l'immeuble de la Tante. Voie rapide sur laquelle, comme pour les autoroutes, il lui sera interdit de stationner. C'est que la Tante avait minuté le trajet. 12 minutes. Par temps de pluie, elle lui en accorda 13. Départ 7 h 48, retour 12 h 12. Départ 13 h 18, retour 16 h 42. Génis devint l'écolier le plus véloce du collège. Et le plus régulier.

Une bien grande pièce que la cuisine de la Tante. Une vaste fenêtre. Avec un frigidaire et une cuisinière, mais si vieux… des meubles du troisième âge, inaptes à la violence. Fini tout cela ! Devant la fenêtre, une longue table étroite judicieusement disposée interdisait que l'on s'y mît, « à la fenêtre ». Sur la toile cirée brillante, un grand bol de café au lait fumant cerné par deux tartines beurrées attendait Génis. Il mangea d'un bon appétit, surpris de n'éprouver aucun ressentiment, ni contre elle, qui se tenait debout à ses côtés, ni contre Simon et Jeanne, qui l'avaient déporté là, ni contre lui-même, qui s'était laissé soumettre avec, il dut se l'avouer, une étrange délectation.

Tabouret : siège étroit dépourvu de dossier et privé de

bras ! Résultat : dos droit, fesses serrées, bassin bloqué, nuque tendue, impossibilité de s'avachir.

La dernière miette de pain chassée de la toile cirée, la Tante s'installa à un bout de la table, du côté de la porte, indiquant à Génis le tabouret à l'autre bout. Ainsi placée, elle était en mesure de faire obstacle à toute tentative de fuite. Épinglé sur son siège, Génis lança un regard par la fenêtre. De l'autre côté de la vitre, le soleil brillait.

– ContrOôôl, Papiiir !

Alors qu'il pensait « solaire », elle pensait « scolaire ». Une consonne à jamais les séparera. Sans sommation, la Tante procéda à un contrôle de connaissances. Il sortit ses papiers, tentant maladroitement de dire qu'il n'était pas prêt, qu'il n'avait pas révisé. Il osa dire qu'elle aurait dû l'avertir.

– Justement, justement, bondit-elle. Un bon contrôle est un contrôle imprévu.

Pour enrichir le vocabulaire de Génis, elle ajouta I-NO-PI-NÉ. Et tout bas, *inopinatus*, inattendu, et tout haut :

– C'est le seul moyen pour que je sache ce que tu sais vraiment. Et puis, conclut-elle sans réplique, quand on sait, on sait !

Elle allait savoir ce qu'il savait. Il allait savoir s'il savait.

Elle commença par les langues. Englissh, ich liebe dich, chiche ! C'est de l'allemand ou du yiddish, tant piche ! Ce fut la bouche pleine de *sschh*, de *ssshhh* et de *chhhh* que, au détour du prétérit du troisième verbe irrégulier, elle découvrit LE DÉSASTRE. C'est le terme qu'elle avait employé.

Les fesses de Génis rétrécirent sur le plateau du tabouret.

Elle passa à la dictée. Ni Xéranthème ni Xénon n'y figuraient. Ce fut néanmoins une hécatombe. Chaque ligne était jonchée de verbes éclopés, d'adjectifs mutilés, d'épithètes défigurées, d'auxiliaires estropiés, de prépositions bancroches, d'adverbes accordés, de pronoms désaccordés. La page ressembla vite à un hôpital de campagne. Les mots les plus amochés étaient traînés hors du texte, déposés dans la marge où, mis à l'index et laissés à découvert, ils étaient la cible de toutes les attaques grammaticales de la Tante-infirmière qui, d'un trait de son crayon rouge sang à la mine assassine, leur administrait un traitement de cheval.

Le contrôle joua son rôle. Génis sut qu'il ne savait pas.

Vingt-trois fautes ! Un nouveau désastre, donc.

Nominatif, *rosa*, la rose, hum, hum, bien, bien, il s'assoupit, elle cria « géni... » Il se redressa. Il attendait « IS », il entendit « TIF ». Puis, en rafale, s'abattirent « nomina... TIF », « abla... TIF ». Dans le crâne de Génis, cela sonna comme défini... TIF.

À chaque nouveau désastre il tombait. Elle le relevait, il repartait, gravissant le Golgotha d'ignorance que la Tante, insensible à ses plaies, mettait à nu. Plus il montait, plus il chutait. « Cet enfant, gémit-elle, avec une tête de Madone lubrique, est un puits d'ignorance. » Du haut de la margelle, elle jetait des pierres qui s'écrasaient en clapotant dans l'eau glauque de ses défaillances. C'est alors que, remontant des profondeurs, une voix abyssale exhala comme un pet : « Gamopétale, zygomorphe, pentamère et bicarpelle. » La Tante regarda Génis comme habituellement elle regardait les djinns :

– Et insolent avec ça !

Il était 19 h 30 pile. Fin de la première séance.

Il y en eut cent mille autres. Les premières charrièrent leur lot de nouveaux désastres. Chaque fois qu'elle en déterrait un, la Tante poussait un petit cri rauque, c'était indicible, un véritable râle de plaisir qu'elle expulsait en regardant Génis d'un drôle de regard dans lequel brillait une lueur. Une lueur qui dit le plaisir à venir, promesse d'une jouissance non encore là mais sur le point d'advenir.

Chaque fois que, aspirée par ce gouffre taillé dans sa roche ignorance, la Tante plongeait ainsi en lui, elle ressortait de cet abîme le regard illuminé d'un pareil éclat. Génis se laissait faire, heureux d'être l'objet de cette sorte de pédérastie qui en ces occasions animait la sœur de son père.

Se laisser faire !

On n'a pu oublier l'hostilité affirmée de Génis envers la solidité des solides, pas plus que son flirt poussé avec la fluidité des liquides. On se souvient aussi que sa rencontre avec les rochers, lors de ses vacances à la mer, avait quelque peu troublé ses certitudes. À cette occasion s'étaient révélés à lui la puérile faiblesse des solides – le marbre ne paraît « de marbre » qu'en apparence – ainsi que le sourd entêtement des liquides.

Tant de fois douché par les liquides, tant de fois cogné par les solides, et, dans le même temps, abreuvé par les premiers et caressé par les seconds ! Génis choisit de ne pas choisir même le moindre entre ces deux maux. Grâce à la Tante, qui l'avait si continûment modelé, il venait de découvrir l'état pâteux. Ce fut sans doute le plus beau cadeau qu'elle lui fit.

L'état pâteux n'est pas un état modéré, campé à égale distance des excès de la matière. Il transcende les limites. « Bonne pâte », tu parles ! Le problème posé à la pâte ne consiste pas dans l'obligation qui lui serait faite de choisir entre fuir et tenir, entre subir et se maintenir, car elle réfute avec constance les faux dilemmes, comme par exemple : mourir debout ou vivre à genoux, ou bien survivre assis ou décéder à plat ventre, ou encore dormir debout ou somnoler sur le dos. Sans oublier : plier mais ne point rompre ou rompre sans se déplier ; sans compter la cohorte des malchanceux qui rompent en se pliant et la ribambelle des malheureux qui, s'étant une fois pliés, ne parviendront jamais à se déplier.

Non, le problème posé à la pâte réside dans la nécessité où elle se trouve d'avoir à conserver son identité en dépit de la forme dans laquelle on l'a contrainte de se mouler. Gérer la continuité dans la déformation, voilà la tâche qui lui est dévolue. Nulle résignation dans sa souplesse, ni faiblesse dans sa docilité, ni lâcheté dans sa malléabilité. Bien au contraire, c'est d'être souple, docile et malléable qu'elle puise la force lui permettant de préserver son unité. Qui mieux qu'elle parvient en toute forme à maintenir le fond ?

Dans le carré de fenêtre de la cuisine de la Tante, Génis vit des édredons de nuages se préparer pour la nuit. Il avait des comptes à régler. Une rechute ?

Cette fois, ni scie ni marteau.

Les liquides d'abord. S'ils accueillent les souvenirs avec tant de bienveillance, c'est pour mieux leur échapper : ils les noient sans vergogne, une goutte de cyanure dans la fosse océane et l'oubli finalement en découle. La mémoire de l'eau, tu parles ! Sempiternels adolescents de la Nature, qui, déjà, a vu l'eau prendre de l'âge, l'alcool se rider, ou se voûter l'éther ? Cette amnésie obstinée emplit Génis d'une violence dont au bout d'un moment il parvint à dévier le cours vers les solides.

Les solides. C'est tout le contraire. Pour avoir de la mémoire, ils en ont ! Affreux comptables, ils se souviennent de tout et de tout font une histoire, chaque marque les entaille, chaque trace les entame. Pauvres d'eux, pour eux tout est irréversible.

La pâte. C'est vraiment autre chose ! Le temps, elle n'en fait pas un drame. Pas plus l'occulter que s'obséder de lui. À chaque instant, elle est riche de toutes les transformations qui l'ont conduite telle qu'elle est, là où elle est. La pâte, c'est du temps matérialisé. Ni maladivement fidèle, ni follement amnésique. Pour elle, rien d'indélébile, mais rien d'insignifiant non plus. Elle se souvient de chaque rencontre mais n'en conserve aucune marque visible ; dans sa mémoire il y a place pour les mille empreintes des doigts qui l'ont caressée. Mais elle sait, dans la fusion de la lave, n'avoir pas de retenue et remodeler sans cesse le paysage à sa guise. Quand viendra l'irruption qui me submergera ?

Mais l'heure était à la pâte, pas à la lave. Inlassablement, la Tante poursuivait son œuvre, colmatant, consolidant, échafaudant. Bâtissant. Les désastres se firent moins nombreux.

Pour la remercier de ce changement d'état accompli en Génis, Simon envoya à sa sœur une boîte de chocolats. Chocolats noirs (et/ou) au lait.

Inexorable « dérive des continents » qui guette la plupart des couples. Après tant d'années de mariage, la force qui avait maintenu Jeanne et Simon liés, faiblissait. Ils s'éloignaient, mais la marque de l'un dans l'autre n'était pas prête à s'effacer. D'avoir été si proches pendant si longtemps leur interdisait de devenir totalement étrangers. Les côtes de l'Europe et de l'Afrique se lisent encore sur le bord Est des Amériques.

Et Gis ? Dans l'univers mystérieux que Jeanne et Génis avaient tissé – celle-là avec son attachement têtu pour le bambou parapluie, celui-ci avec son étrange façon de vivre les événements –, Gis avait trouvé dans la Science une façon d'échapper à l'atmosphère déroutante qui régnait autour d'elle. « À Jeanne et Génis les mythes, à Simon l'artisanat médical, à moi la saga des sciences ! »

Sa curiosité première s'était transformée en un réel intérêt puis en un authentique engouement. Les incontestables certitudes, les incontournables vérités qu'elle y rencontrait, la réconfortaient. Celles-ci ouvrant sur de nouvelles questions, jamais définitives, Gis était assurée d'une insatisfaction mobilisatrice qui lui convenait pleinement.

Génis parti, elle s'était rapprochée de Jeanne. Elles allèrent un après-midi de semaine faire ensemble des emplettes ! Essayant toutes sortes de vêtements, pour finalement tomber d'accord sur une robe sombre cintrée qui allait tellement bien aux deux qu'aucune ne l'acheta. Dans le magasin, juste en face, elles se payèrent, l'une une robe aux larges plis, l'autre un petit ensemble. Puis elles s'attablèrent à la terrasse d'un café. Deux lycéennes. Elles papotèrent. Il aurait fallu un rien pour qu'elles se parlent d'elles.

Jamais Gis n'avait vu Jeanne aussi insouciante et gaie. Comme si le départ de Génis, la faisant moins mère, la faisait plus femme. Elles rentrèrent à la nuit tombée. Sur le chemin du retour, coup de klaxon insistant. S'interdisant de tourner la tête, elles pressèrent le pas. Encore un dragueur en chasse ! Une voiture avançait à leur hauteur : « Alors les filles ! » Le docteur S. Calor rentrait de ses visites. Il les embarqua. Elles se changèrent rapidement. Parées de leurs robes neuves, elles pénétrèrent dans la salle du restaurant accompagnées de Simon, complet sombre avec gilet de velours à petits pois. Jeanne avait lâché ses cheveux ; ceux de Gis flottaient sur ses épaules. Ils burent du champagne. Simon raconta des bêtises. Elles rirent aux larmes. Le pendentif en perles fines scintillait le long du cou mince de Jeanne. L'orchestre jouait des airs d'avant à la façon de maintenant et des airs récents à la façon d'antan. Simon avait oublié que Jeanne dansait si bien, il découvrit que Gis n'avait rien à envier à sa mère. Passant de l'une à l'autre, en Gis il retrouvait la jeunesse de Jeanne, en Jeanne il anticipait la maturité prochaine de Gis. Des hommes invitaient celle des deux qui ne dansait pas avec Simon. Puis elles valsèrent ensemble.

Avant de se coucher, Gis prit sa plume. Elle écrivit à Génis un petit mot, avec cette seule phrase : « Depuis que tu es parti, je me sens moins seule. »

Le lendemain il était de retour.

Abordant les faubourgs de la ville tuile-ardoise, le train ralentit.

La ville tuile-ardoise devait son nom à sa situation. Elle était située sur la ligne de partage des toits, séparant les pays tuile des pays ardoise. Cette ligne qui n'avait rien d'imaginaire passait à l'intérieur même de la ville. Il n'était qu'à déambuler dans la cité pour le constater. Au nord le gris, le fin, le lisse, au sud le rouge, l'épais, le rêche. Le partage se faisant même sentir politiquement. Depuis toujours les quartiers briques votaient rose, les ardoises, blanc. Mais cela était en train de changer.

La demeure des Calor avait une particularité de plus. La ligne de démarcation passait au milieu de la maison. Résultat : une habitation étrange, dotée d'une couverture tuile-ardoise, signalée par deux étoiles dans quelques guides spécialisés.

Parfois, en sortant de la maison, Gis, Génis, Jeanne ou Simon tombait sur un groupe de touristes plantés au milieu de la rue. Souvent, ceux-ci ne voyaient rien de ce qu'il y avait à voir, car il fallait se placer très précisément en enfilade pour pouvoir remarquer les deux pans distincts du toit s'étendant de part et d'autre du faîtage. Là, on voyait bien qu'il s'agissait non pas d'une maison à deux toits, mais d'une maison à toit double.

Dans la partie ardoise s'étendait l'allée des Trouvères, dans la partie tuile coulait la fontaine des Troubadours. Le parvis de l'Église, le carrefour du Palais, la clinique, se trouvaient dans la première. Les écoles, le rond-point de l'Horloge, le jardin et la gare SNCF dans la seconde.

Garé en deuxième file devant la gare, le cabriolet vert d'eau de Simon. Jeanne aux commandes, Gis à ses côtés. Après une « année de Tante », Génis était de retour. Pendant qu'il s'installait à l'arrière, Jeanne le regarda dans le rétroviseur. Son visage avait minci, la monture de ses lunettes paraissait plus épaisse et son nez plus busqué. Il avait les cheveux courts, coupés en brosse comme un enfant de troupe. Il faisait pauvre.

Jeanne : Alors ?

Génis : Alors c'est fini.

La rue, la rue !... Il mourait d'envie d'aller dans la

rue. Elle démarra. Direction fontaine des Troubadours. Ils commencèrent par repasser devant la gare, une fois, deux fois… Impossible de se rendre à la fontaine des Troubadours. Ils optèrent pour l'allée des Trouvères. Ils repassèrent devant la gare, une fois, deux fois… Pour Jeanne, il n'était plus question d'aller où elle voulait aller, mais seulement de parvenir à ne pas aller où elle ne voulait pas aller.

Quelles matières plus premières que l'espace et le temps ! Et si mal réparties ! Certains pays en regorgent, d'autres en manquent tragiquement. Import-export d'espace. Vous qui manquez de place, ici où elle est si chère, achetez-en là-bas où elle ne vaut rien ! C'est ça le commerce ! Idem pour le temps ! Une heure d'une paisible journée d'un pâtre andin se négocierait une fortune pour un cadre surmené du quartier chic. On exporterait du bruit, on importerait du silence. On importerait du calme, on exporterait du stress. On ferait des affaires, on deviendrait riche. Telles étaient les pensées de Jeanne, impuissante au volant de sa voiture statique.

La situation était désespérée. Génis n'avait qu'une hâte, marcher dans la rue, la rue… Difficile cependant d'assumer le rôle ingrat du rat abandonnant le navire. Il l'avait déjà fait lors de l'Expérience et n'en avait pas tiré gloire.

Croyant détendre l'atmosphère, Gis joua l'animatrice de radios libres :

– *Chers auditeurs, un véhicule coupant une ligne jaune dans une zone bleue doit-il stopper à un feu vert ?*

Tout en scrutant l'océan de ferraille, Génis trouvait que durant son absence sa sœur s'était indiscutablement détendue.

– *Toujours à l'écoute, chers auditeurs : un véhicule*

avançant à reculons dans une rue en sens interdit est-il une fois, deux fois, ou pas du tout en infraction ?

Au moment où Génis, mettant à profit les séances de la Tante, pensait règle des signes, moins par moins ça fait… il hurla :

– Là-bas, Jeanne !

Génis pointait le doigt vers un vide qu'il venait de détecter le long du trottoir. Jeanne, à qui il signalait cette Amérique sur le pavé, n'en crut pas ses yeux. Comme dans les westerns où c'est celui qui tire le premier qui ne meurt pas, elle fonça, braqua, contre-braqua. Ses efforts étaient en train d'être couronnés de succès quand, surgie d'on ne sait où, une minuscule chose, un avorton de voiture écarlate, une auto naine, un zeste de véhicule, vint lui voler la victoire. Outré, Génis sauta de la décapotable.

– Garé ! lança une voix joyeuse du dedans du véhicule minus.

Cela aurait dû mettre une puce à l'oreille de Génis. Emporté par sa fureur, il se précipita :

– Vous voyez bien, gronda-t-il, qu'on était là avant vous !

La portière s'ouvrit. Deux jambes d'abord apparurent. Puis le torse. Et au-dessus du tout, la tête enfin. Visage hâlé de plagiste. Lorsque l'ensemble se fut complètement déplié, il faisait bien une fois et demie la hauteur de Génis. Il se courba et d'une voix suave lâcha :

– ET ALORS ?

Continuant de se pencher, il poussa la portière et ferma à clef sa voiture tomate. Il s'éloigna quand :

– Et alors, quoi ?

Le géant se retourna lentement, très lentement. Tellement lentement qu'on aurait dit qu'il n'en finirait pas de se retourner. Toujours calme, il condescendit à revenir sur ses pas.

– Alors, voilà, j'ai garé MA voiture sur TA place, et si EN PLUS tu veux une tannée, je suis à ta disposition, mon p'tit gars, lui souffla-t-il d'une traite dans le nez.

Ce qui vexa le plus Génis fut « mon p'tit gars ». D'accord pour le Géniscule familial de Gis, mais ce « mon p'tit gars », venant d'un étranger, était insupportable. Il n'en laissa rien paraître, serra les poings secrètement. Progressivement s'imposait à sa conscience la réalité d'une situation si honnêtement résumée par le belligérant qu'une telle franchise honorait. Génis commença à toucher du doigt ce que dans la science de la politique on nomme *rapport de forces*. Regagnant dignement la décapotable qui patientait en deuxième file, le moteur bouillant, Génis entendit Gis prononcer la célèbre maxime de Voltaire, à moins que ce ne soit de Pascal : « Et puisque l'on n'a pas pu faire que ce qui fut juste fût fort, on fit que ce qui fut fort fût juste. »

Allongé sur son lit qu'il retrouvait avec plaisir après une année, il se fit un film. Kamikaze blanchâtre lancé contre ce porte-avion de chair hâlée… Soudain son visage s'éclaira : « Ah, si Simon avait été là. » Mais Simon était rarement là. Cela se serait passé comme dans les films, le géant aurait dit sa fameuse phrase : « Si en plus tu veux une tannée, je suis à ta disposition. » Simon serait apparu à côté de Génis et aurait dit doucement : « Moi aussi, je suis à ta disposition » et il l'aurait cassé en deux. Dommage qu'on ne soit pas plus souvent ensemble !

Depuis le retour de sa douleur, Simon avait des idées sombres. Chaque jour un peu plus, il se disait qu'il n'allait pas passer sa vie ainsi. Soigner une clientèle bien établie, avec des journées et des semaines qui se ressembleraient... Est-ce que cela fait vraiment une vie, tout ça ? De plus en plus souvent, il pensait qu'en tout cas cela ne faisait pas une belle vie.

Semblable aux paysages dans lesquels elle s'était écoulée, sa jeunesse avait été d'une insupportable monotonie. Déjà. Hormis le paysage, rien n'avait véritablement changé. Il devait se l'avouer, il ne lui était arrivé qu'une chose d'importance : son opération. Elle avait réussi à rompre la continuité, par ce jour volé, elle lui avait fait sentir que le temps fuyait. Et cette minuscule hémorragie avait activé sa circulation. Les effets s'étaient émoussés à présent.

Simon eut soudain très envie de partir. Non pas définitivement – il n'avait aucun désir de rompre avec les siens ; il aimait Jeanne, à sa façon ; il aimait les enfants, il aimait son travail – mais partir et revenir. Ouvrir une parenthèse, respirer un autre air, reprendre son souffle.

Il savait précisément où il irait. Il était médecin ici, il continuerait à l'être là-bas. Le soir même il envoyait une lettre de candidature au Service des Missions.

Au Service des Missions, cela avait fait rire tout le monde quand, après avoir lu la lettre à la cantonade, le responsable s'était écrié : « Il y a un type qui s'appelle Calor qui nous écrit pour demander d'aller passer l'hiver en Terre Adélie, à moins 40° ! C'est de la psy ou je ne m'y connais pas. »

Comment savoir ?

Il reste que la réponse du docteur Calor avait été enregistrée. À une ou deux reprises, sur le mode de la plaisanterie, Simon avait parlé de son projet à Jeanne et aux enfants. Hormis Gis, peut-être, personne n'y avait cru. Ils avaient bien raison. La candidature du docteur Simon Calor n'avait aucune chance d'être retenue pour la prochaine mission annuelle en Terre Adélie.

L'incident qui avait opposé Génis au géant l'avait convaincu de cesser d'être petit. Comme il ne pouvait être grand, il décida d'être moyen. Ce qui le contraignit à modifier son slogan. Modification qu'il désira la plus minime possible. De *Petit, mais dense !!!* avec points d'exclamation, il passa à *Moyen, mais dense*, sans points d'exclamation (leur présence ne se justifiant plus).

Dans sa première version, le slogan ne prenait toute sa valeur que prononcé avec l'aide du corps entier. Jambe gauche tendue vers l'arrière servant d'appui, jambe droite s'avançant pour, du plat du pied, frapper légèrement le sol. Attitude indiscutablement théâtrale destinée à préparer l'émission de la phrase entière. Épaulé par le large geste du bras droit s'élançant vers le ciel, le mot *petit* était lancé comme un gant à la face du monde. Sitôt expulsé, voix et geste s'interrompaient, comme si c'était fini, comme si le silence qui avait suivi l'émission du mot, et dans lequel il résonnait encore, était définitif. La main droite, suspendue dans les airs, contredisait cette impression. Immédiatement, voix et geste repartaient à l'assaut pour porter l'estocade sonore. Par deux mots.

D'abord, *mais*, chargé d'élargir l'espace sonore afin de ménager le plus de volume possible à ce qui allait lui succéder. C'est *dense* qui succédait. Vibrant de toutes ses harmoniques. Lorsqu'il avait fini de vibrer, la main droite restait accrochée aux nuages. À eux étaient dédiés les points d'exclamation.

Après une telle chorégraphie, comment le nouveau slogan aurait-il pu ne pas paraître minable ? Il l'était. Le mot *moyen*, par exemple, sonnait comme une véritable catastrophe phonique : *moi-ien*. Qui s'essaierait à pondre la première syllabe verrait sa bouche contrainte à une sorte de moue qui lui ferait, par un renfrognement de tout l'avant, le visage débile. Il fallait être prognathe pour s'en tirer correctement. Pour la deuxième syllabe, c'était la même chose, à la direction près. Tout ce qui venait de se passer vers l'avant, se passait vers l'arrière.

Quand ce premier mot était fini, tout était fini. Alors que l'on n'attendait plus rien, que l'on n'entendait plus rien, l'arrivée de *mais dense* constituait un véritable Waterloo de la communication.

Pour sortir de l'impasse où son changement de taille l'avait fourré, Génis, encore une fois, demanda l'aide de sa sœur. Elle décela d'emblée la faille : il manquait quelque chose au slogan. Un adverbe ! Elle le lui offrit. *Moyen, mais moyennement dense ! ! !* Avec trois points d'exclamation.

Génis décida de se passer définitivement de slogan.

Plus la taille de ses concitoyens croissait en moyenne et plus, relativement à eux, Génis rapetissait. C'est ainsi qu'en grandissant, il redevint petit, et le resta de plus en plus. Les jardins japonais sont petits, les microbes, pas très grands. Se souvenant avec nostalgie de ses débuts dans la vie, Génis se fit cette promesse : « Quand je serai grand, je serai nain. »

Mais, à force d'attendre, il se mit à s'écœurer lui-même : « Petit, mais rance ! Ah, la lave, la lave ! Il y a bien quelque part dans la ville tuile-ardoise un volcan caché. Quand viendra l'irruption qui me submergera ? »

CHAPITRE 8

Où, après un farouche corps à corps avec une remorque de cirque, Génis, s'étant sauvé lui-même, décide qu'il sera désormais son meilleur ami.

Le cirque s'était installé dans la nuit.

Immédiatement la troupe s'était mise au travail à la lueur des projecteurs, plantant son chapiteau sur le terre-plein de la mairie. À l'aube, le navire de toile était monté. Le grand mât regardait de haut les cheminées du voisinage. Dans le silence installé parmi les hommes las, un rugissement terrible ouvrit la porte à tous les fantasmes du petit peuple des rêveurs des maisons alentour.

Déjà, le quadrille d'alezans tournait interminablement dans l'enclos. Tandis que de la ménagerie s'échappaient des relents de sauvagerie, deux fourgons, l'un empli de paille, l'autre de viande, étaient vidés de leur cargaison. Tout à côté, sur une longue remorque, deux clowns disposaient leurs accessoires pendant qu'une écuyère assise au milieu de la fanfare finissait de coller des étoiles d'or aux quatre coins de son visage fardé. Sur le coup de 10 heures, tractée par un puissant camion, la remorque s'ébranla, précédée par une camionnette tapissée d'affiches multicolores représentant les plus beaux numéros du spectacle. La petite caravane commença à sillonner le centre de la ville tuile-ardoise, annonçant la représentation du soir. Le parvis de l'Église, le carrefour du Palais, la fontaine des Troubadours, le rond-point de l'Horloge, l'allée des Trouvères. Après une longue halte sur la place du Marché, elle se pressa vers les quartiers collégiens. Arrivant juste à temps pour la sortie de 11 h 30, la fanfare redoubla d'énergie. Des essaims d'écoliers fondirent vers la remorque de miel.

Installés sur la plate-forme, les artistes donnaient un avant-goût du spectacle et « À ce soir à 20 h 30 précises, place de la Mairie ! ». La caravane avançait au pas, entourée de curieux marchant à ses côtés. De temps à autre, le Clown Blanc, un interminable géant longiligne, lançait des nuages de farine qui blanchissaient la foule, tandis que, faussement caché derrière son compère, l'Auguste balançait des pluies de confettis. Plantée au bord de la plate-forme, jouant à introduire un peu de férocité dans cette atmosphère de fête, l'écuyère en tutu, bras gantés d'argent et jambes gainées, l'une de blanc, l'autre de rose, cinglait l'air de sa cravache au-dessus des têtes collégiennes.

Fasciné par ces longues jambes qui martelaient le plancher, Génis trottinait au côté de la remorque, riant et applaudissant. Claquement des cymbales, éclatement des trompettes, grondement des tambours. Et surtout le martèlement envoûtant des souliers ferrés de l'écuyère. Plongeant la main dans son corsage, elle en ressortit une poignée de prospectus qu'elle lança en direction de l'assistance. Le Clown Blanc en profita pour asperger tout le monde de farine. Aveuglé et ravi, Génis s'élança pour cueillir un prospectus lorsqu'une main le poussa violemment dans le dos. Projeté en avant, il tenta de se rattraper, crut voir le bras d'ivoire de l'écuyère se tendre vers lui, tendit le sien, effleura au passage le prospectus, le rata, et dans l'urgence perçut le frémissement des doigts qui le frôlaient.

Qu'elle est belle, Héra aux bras blancs !

Il voudrait se hisser, saisir cette main et la presser, et qu'elle l'enlève et le ravisse à la chute désormais inévitable. Trop tard. Il bascule déjà. Il a juste le temps de voir la face défigurée de l'Auguste disparaître derrière celle du Clown Blanc qui souriait d'une tristesse sans fin.

Zeus au double visage !

Les cris, la musique et les applaudissements redoublèrent. La caravane poursuivait lentement sa route. Le ciel avait disparu. L'univers avait basculé en une seconde. Génis culbutait interminablement. Un sourire encore sur les lèvres, il tentait de s'agripper à quelque chose de solide qui le retînt, mais sous ses doigts les corps se dérobaient comme s'ils ne voulaient pas être complices et lui porter aide. Ses mains coulèrent le long de la carrosserie qui fuyait. Une éternité ! Sa jambe heurta un morceau d'acier, sans doute un boulon à nu. Une douleur à couper le souffle. Il se retrouva sous la remorque, étendu à terre.

Alors qu'il pensait que c'était fini, que c'était assez, il perçut un bruit sur sa gauche. Avec une précision d'effroi, la même que celle qui avait présidé à sa première sortie avec ses lunettes d'astigmate, Génis vit défiler au-dessus de sa tête les dessous de la mécanique, des tubes, des boulons, des pièces métalliques, une armature sombre et graisseuse puant l'huile. Le prospectus voltigea une dernière fois et atterrit sous la remorque à quelques centimètres de sa tête. « Je ne saurai jamais ce qu'il y a écrit dessus. » Le bruit augmentait.

Seuls ceux qui entouraient Génis l'avaient vu chuter sous la remorque. Les autres spectateurs continuaient d'applaudir, riant encore à la déjà vieille grimace de l'Auguste. La foule cependant se troubla. Une onde invisible avait transmis le message, répandant un étrange malaise parmi les spectateurs. Quelqu'un se mit à crier, une voix fine d'enfant affolé, sans doute un camarade d'école. Une partie de la foule réalisa ce qui venait de se passer.

Allongé sur le sol, Génis se détendit malgré la douleur qui lui martyrisait la jambe. Le danger était passé. Il n'était pas mort. C'était fini.

Le bruit persistait, plus présent encore. Plus pressant. Un crissement ignoble. Dans la terreur, il comprit.

Le camion ne s'était pas arrêté !

Tout là-haut – en surface – un homme courait vers l'avant du camion, hurlant au chauffeur d'arrêter. Enfermé dans sa cabine au milieu du bruit assourdissant du moteur, le chauffeur n'entendait rien. L'homme tambourina sur la portière.

Génis n'osait pas faire un geste. Ce fut plus fort que lui, il tourna la tête. Le train arrière de la remorque, deux roues monumentales accouplées, avançaient droit vers lui. « Rien ne pourra les arrêter. » Avec une insupportable netteté, il distingua les marques incrustées dans la gomme des pneus. Il extrapola leur trajet. « Si elles ne changent pas de direction, elles vont me passer… non… elles vont me passer sur la poitrine et me broyer le cœur. »

Non !

Sans qu'il l'ait décidé, sa jambe, celle qui avait pris le coup, se dressa. Plongeant dans les dessous du camion, elle se mit à fouiller avec frénésie, explorant le fouillis métallique en quête d'une aspérité. De la graisse partout, de l'huile, de la boue séchée. La semelle dérapa, le pied glissa, la chaussure se détacha. Le pied déchaussé poursuivit la recherche, glissa à son tour, se rattrapa, fouilla encore, s'obstina. S'arrêta.

Il venait d'accrocher quelque chose, une barre de métal, un essieu peut-être. Génis comprit alors ce que sa jambe, autonome, était en train de tenter pour le sauver. Le pied, prenant appui sur la barre, se cala solidement. La jambe se replia. Dans l'esprit de Génis, tout cessa. Seule comptait sa conviction que, pour réussir ce qu'il allait entreprendre, il devait se convaincre que l'univers s'était immobilisé et qu'il avait tout son temps. Une urgence sans hâte.

Sur la plate-forme, au-dessus, le long Clown Blanc s'était figé. Bouche arrondie dans un son suspendu, il s'éloignait, naufragé emporté par les vagues. L'Auguste, lui, avait bloqué sa grimace, le regard rivé au plancher vers ce qu'il ne pouvait voir. Pitre involontaire, se bouchant les oreilles pour ne pas entendre les craquements, qu'il imaginait déjà, du corps écrasé sous ses pas, il se dressait sur la pointe des pieds pour se faire plus léger, dans l'espoir que lui au moins ne contribuerait pas à l'écrasement.

Avec un instant de retard sur ses compagnons, l'écuyère avait fermé les yeux. Derrière ses bras blancs, elle cachait son visage. Ses talons d'argent frénétiques continuaient de marteler mécaniquement le plancher avec le crépitement funèbre des castagnettes actionnées par une poupée détraquée.

Exilé à cent lieues de là, Génis s'apprêtait. Toute son énergie concentrée dans sa jambe brisée. Elle était l'arc, il était la flèche. À eux deux ils redécouvraient l'intelligence de la vieille arme de jet. Elle se détendit d'un coup, le propulsa vers l'arrière avec une force inouïe. Son dos racla le sol. Emporté, soulevé, rejeté, Génis gicla des dessous du camion à l'instant même où les roues atteignaient l'endroit précis qu'il venait de quitter. Il se retrouva DEBOUT, aveuglé par la lumière, titubant. La foule muette recula avec horreur. Génis, effaré, se jeta dans la trouée. Une enjambée fragile, il tangua, conserva son équilibre. Dans la foule, chacun espérait secrètement qu'il allait s'effondrer car cette marche bancale faisait peur, elle défiait la vraisemblance. Les miracles puent le soufre.

Génis commença à courir, revint sur ses pas, s'éloigna. Puis, en boitant affreusement, il se mit à décrire un grand cercle dans la place laissée libre par la foule qui reculait. La fanfare, qui n'avait pas cessé un instant de brailler sa musique, s'arrêta brutalement. Dans le silence qui s'ensuivit, Génis se mit à crier, un long hurlement insupportable, la plainte d'une bête blessée, celle des chiens qui crient en s'enfuyant, la patte broyée. Il continuait de courir, décrivant des cercles de plus en plus petits.

Il courait et il criait.

Plus il courait, plus il criait.

Plus il criait, plus il courait.

La peur immense accumulée, la joie folle d'avoir échappé aux roues de la remorque et la fierté d'avoir réussi se déversaient en flots continus. Il courait parce qu'il ne pouvait pas faire autrement. Il criait pour se prouver qu'il respirait, que sa poitrine pouvait encore s'ouvrir, que son cœur pouvait battre. À se rompre. C'était le cri d'un ressuscité, cri frère de celui qu'il avait poussé dans la clinique de la ville tuile-ardoise au moment de son détachement d'avec Jeanne. Par cette furieuse hémorragie de larmes, de sang, de sons, d'énergie, il lui fallait se prouver jusqu'à l'épuisement qu'il était vivant corps et cris.

On aurait dit qu'il voulait se refermer sur lui-même. La foule oscilla, aimantée par la course véhémente, tout à la fois attirée vers Génis pour lui porter secours et repoussée par une répulsion irrépressible devant cette ronde hallucinée. Trois ou quatre nigauds applaudirent à ce qu'ils croyaient être le clou du spectacle. Génis tournoya, toupie déréglée. Lorsqu'il ne lui fut plus possible d'aller plus vite, sa jambe lâcha, avalée par la vitesse. Il s'abattit, fauché. Le hurlement cessa. Personne n'avait bougé. Un peu plus loin, le camion s'immobilisa.

« Docteur Calor ?... » À l'autre bout du fil, une voix blanche avait précisé : « ... écrasé par un camion », avant de raccrocher. Simon quitta son cabinet en pleine consultation, se jeta dans un taxi. « Écrasé... » La voix résonnait dans sa tête. Surtout ne rien imaginer, faire le vide, ne penser à rien. Un camion !

« Où est mon fils ? » Ayant reconnu Simon, l'infirmier, gêné, désigna une porte vitrée au fond du couloir de la clinique et s'éloigna. Simon interpréta son embarras comme la confirmation du pire. Interminable couloir blanc et silencieux ! S'efforçant de ne pas courir, il croisa des médecins, des infirmiers, des patients, qu'il reconnaissait.

La porte vitrée. Il poussa le battant. D'abord il ne vit rien. Puis il vit. Il ne vit que cela. Au milieu de la pièce, Génis trônait sur une table à pansements, pantalon en lambeaux, chaussette déchiquetée. Les cheveux criblés de confettis, le visage marqué de farine.

Mais pourquoi fallait-il que, dans les moments les plus tragiques de sa vie, Génis se débrouille pour fourrer quelque chose au milieu de sa tignasse ? Une plume de couette, des confettis…

Dressé sur son séant, Génis s'agrippait à l'épaule de l'infirmière qui désinfectait ses plaies. Le battant de la porte vitrée se referma avec un bruit sec. Simon traversa la pièce en courant, bouscula l'infirmière, se planta devant Génis qui eut juste le temps de lever la tête pour découvrir Simon la main levée.

On ne gifle que les vivants !

Simon, heureusement, avait retenu son geste. Avec sa force colossale, il lui aurait vraiment fait mal.

Génis éclata en sanglots, c'était bon. Il laissa aller les pleurs. Ils s'écoulèrent tièdes et fluides. Comme par miracle, sa jambe arrêta de le torturer. Dans sa tête, le mouvement qui le terrifiait depuis sa course folle cessa brusquement. Les roues implacables s'immobilisèrent enfin.

L'infirmière, outrée, se retint difficilement, elle aurait voulu agresser le bon docteur S. Calor. Mais il était docteur et elle, infirmière. On ne gifle que les vivants, certes. Mais pas les blessés !

« Ce n'est, se dit Génis, plus mon affaire à présent. Qu'ils se chargent de moi. JE ME SUIS SAUVÉ !… merci à moi… me dois une fière chandelle… m'embrasse très fort. » Dans un ultime effort, il pensa : « Jeanne, plus rien… ne te dois plus rien… » S'endormit, le front posé sur l'épaule de l'infirmière. Décida que dorénavant il sera son meilleur ami.

CHAPITRE 9

Où, lancé dans une longue convalescence, Génis, se faisant explorateur de lui-même, s'en va dresser sa propre carte.

Double fracture ouverte, tibia, péroné.

« Plaies profondes. Plâtrage impossible. Immobilisation absolue durant plusieurs mois. Il n'est pas interdit d'envisager qu'une raideur de l'articulation subsiste », avait diagnostiqué le médecin-chef de la clinique.

Il fallait à l'accidenté un grand lit. C'est donc dans la chambre des parents, la *matrimoniale*, avec son lit à deux places, que Génis devra séjourner quatre mois pleins, temps prévu pour la convalescence. Quand il y pénétra, retour de la clinique, un bouquet de gueules-de-loup multicolores l'accueillit.

Génis devra resté allongé sur le dos, jambes posées sur un traversin de plumes glissé sous les genoux. Afin que les blessures soient à l'abri du poids et du contact de l'étoffe, Jeanne plaça un cerceau métallique sur lequel reposaient drap et couvertures.

Sur le mur, face au lit, elle avait accroché la mappemonde de la pièce-au-bambou. À gauche, du côté de la fenêtre, la côte ouest des Amériques, à droite, au-dessus du radiateur, la côte est de l'Asie.

Les muscles de la jambe fondirent comme motte de beurre au soleil. Lorsque l'on soulevait les draps, on découvrait une sorte de patte de poulet hargneuse qui vous commandait de la recouvrir sur-le-champ. Sommé de fonctionner à plein rendement, l'organisme de Génis s'épuisait à produire ce qu'il fallait de calcium et de tissu épithélial pour souder la double fracture et effacer les marques les plus visibles des blessures. Les plaies se refermèrent, les os se soudèrent mais, faute de jouer, les articulations des membres inférieurs s'engourdirent. La jambe, trop longtemps repliée sur le traversin, finit par former un coude à la hauteur du genou.

Miraculeusement sorties indemnes de l'accident, les lunettes étaient plus souvent posées sur la table de nuit que sur le nez de l'alité. Il s'agissait donc d'une période « floue et sans lunettes » de la vie de Génis. Les imprévus chassés, les repères d'exception abolis, tout ce qui d'ordinaire faisait événement ayant été expulsé, Génis dérivait à travers des journées délicieusement semblables. Ni trop éveillé, ni trop endormi.

Ceux qu'à présent il nommait « les verticaux » croient en la monotonie des plafonds. Erreur ! Suprême divertissement d'un allongé : Génis, les yeux clos, s'amusait à recomposer la diversité infinie du relief de plâtre qui s'étendait au-dessus de sa tête, au moindre craquèlement, à la plus infime fissure près.

Et puis il y avait l'hiver.

Derrière la vitre, le ciel blanc. Et noyée dans la portion de nuages découpée par le cadre de la fenêtre, une longue branche noirâtre tranchait le paysage comme une balafre la joue d'un nouveau-né. Jusqu'à ces jours derniers, pour Génis, hiver signifiait simplement mauvais temps ; son accident lui permit de découvrir qu'il était la saison qui fait blanchir le ciel et brunir l'écorce des grands arbres.

Tout ce que la journée recelait de silence et de calme se concentrait au cœur de l'après-midi, entre 13 et 15 heures. C'était l'heure des enfants malades, des femmes restées seules à la maison, des inactifs et des convalescents. C'était l'heure où ceux qui ont du temps, ont tout leur temps.

Génis suivait la lente transformation des jours. Quand il avait embarqué sur sa couche, le calendrier annonçait : *13 décembre. Sainte-Luce. Lever du soleil : 7 h 43. Coucher du soleil : 15 h 54.*

Il vécut cette période de sa vie comme un engourdissement conscient et désiré, un temps qui s'échappait mais lui appartenait, le contraire même de l'éternité implacable. Par moments, il inspectait les murs, et l'au-delà de la fenêtre, et toutes ces petites choses qui font un intérieur, « le petit peuple des objets », ainsi qu'il l'appelait. Fermant les yeux, elles disparaissaient ; les rouvrant, elles ressuscitaient. Reprenant le dialogue commencé quelques jours après sa naissance dans sa chambre à coucher, et qui s'était peu à peu, par négligence, interrompu.

Pour la première fois de son existence, il ne se sentit obligé à rien.

Je l'ai bien gagné, se dit-il. Comptabilité. Une jambe fracassée, était-ce trop payé, ou trop peu ? Âgé de plus d'années que de doigts des deux mains, mais de moins que de doigts de trois, Génis s'assuma horizontal (*i.e.* il admit que sa tête n'était pas plus haute que ses pieds ; ni plus basse).

Il faisait chaud, il faisait froid. Les gerçures, la morsure du gel, l'engelure aux doigts, les vêtements trempés, les chaussures grêlées, tout ce qui dans l'hiver habituellement fait peine avait été emporté. Il ne restait que le spectacle entrevu à travers le filtre de la fenêtre, d'une saison dépouillée de ses maux, douillettement vécue entre pyjama et traversin, draps et couvertures. Le vent soufflait, la pluie s'écrasait contre les vitres. Génis, infiniment proche, infiniment lointain, prenait possession de lui avec délice. Il se fréquentait. Ce serait si simple d'affirmer qu'il régressait ; c'est tout le contraire, il mûrissait. Comme les bananes débarquant vertes des forêts d'Afrique et qui maturent d'un coup à la chaleur d'appareils à gaz, il mûrissait et il jaunissait.

Génis-jaunisse !

Pour mettre fin à cette safranisation avancée, Simon avait prescrit « une demi-heure de grand air chaque matin », comme il l'avait fait pour Gis avec sa « cuillère à soupe d'eau de mer à jeun ». Au milieu de la matinée, sur le coup de 11 heures, Génis disparaissait au fond de son lit, couvertures tirées jusqu'à la glotte. On aérait. Oxygène. S'engouffrant par la fenêtre béante, un courant d'air venu du Grand Arctique transfusait l'atmosphère confinée. Neuf dixièmes plongés sous les couvertures, iceberg coiffé d'un béret, Génis grelottait. Mais il rosissait peu à peu.

Tel n'était pas le cas du bambou parapluie. Que celui-ci ne rosisse pas n'était pas inquiétant, mais il ne verdissait pas ! Le bruit métallique des tiges était à peine perceptible. Habituellement, à cette époque de l'année, les turions apparaissaient à fleur de terre. Là, rien ne dépassait. Le bambou était en retard. Jeanne plongea les mains dans un grand sac de plastique et répandit l'engrais. Procédant ainsi trois fois au cours de l'année. Une première fois lorsque les jeunes tiges apparaissaient, puis, trois mois plus tard, à la reprise des rhizomes, enfin, lorsque les rhizomes emmagasinaient des réserves.

Génis fut un blessé d'une sagesse exemplaire. Son long cri poussé pendant l'accident semblait avoir exhalé en une fois les plaintes et les gémissements à venir. Un jour sur deux, après le petit déjeuner, Jeanne changeait les pansements. Simon, parfois, assistait à la séance. Pas une fois il ne vit Génis tressaillir. Lui, l'orfèvre en douleur, ne pouvait cacher son admiration devant l'impassibilité de Génis. Un jour, il laissa échapper : « Regarde, Jeanne, comme la plaie est belle ! » Ils admirèrent. Deux marchands de tableaux devant un Vermeer. Génis trouva ses parents répugnants.

Les nouveaux pansements encerclant sa jambe, il se prélassait un peu. Puis on le lavait, on l'essuyait, on le changeait. C'est qu'il tenait à rester coquet. Après l'avoir déposé dans un fauteuil, Jeanne, à grands coups, battait le matelas sans parvenir à effacer sa trace dans la laine. Les draps remplacés, le traversin rhabillé, elle l'allongeait. Génis passait de longues minutes pour se replacer dans ses marques. Quand il y était parvenu, le corps moulé dans son sarcophage de tissu, il partait à la dérive.

16 heures précises, Jeanne poussait la porte. Il l'attendait. C'est qu'il raffolait du quatre-heures qu'elle lui apportait fumant sur un plateau. Elle se faisait une petite place sur le lit. Il buvait-mangeait un gigantesque bol de café-au-lait-pain-beurre-confiture. Elle savourait une tasse-de-thé-biscuits-secs. Ensemble, ils assumaient la fin de la journée.

Un après-midi, tandis que sur les couleurs fades de la

mappemonde se couchait le soleil, Génis partit. À la découverte du vaste monde ? Point !

De mémoire, reconstituer sans trembler le tracé chamellique des côtes de l'Armorique, voilà un art qui n'est pas chimérique, se dit-il. Déterminer quels types d'influence les vents nés en mer de Marmara exercent sur le relief de l'Anatolie, constitue à n'en point douter une science cardinale, admit-il. Saisir l'importance topographique du détroit de Behring et s'enseigner à apprécier la fragilité de ce lien qui unit l'Asie à l'Amérique, voilà un savoir qui vaut d'être su. Qu'en foutre, alors que je suis crucifié sur ma couche !

D'un hochement de tête, il largua ce tas de connaissances qui en disent long, certes, sur la surface du globe, mais qui, en la circonstance, lui étaient d'une totale inutilité. Ôtant ses lunettes, il rejeta la couverture qui lui pesait plus que de coutume et il porta la main sur lui.

La poitrine, d'abord. C'est elle, il ne pouvait l'oublier, qui avait failli se faire laminer. Un torse passé au rouleau compresseur ! Deux ou trois centimètres d'épaisseur, respire avec ça ! Qu'est-ce que ça fait d'avoir failli être plat ? Hou-là-là... À quoi bon se faire du mal en imaginant ce qui n'était pas arrivé ?

Au bout d'un temps assez long, il ressentit le contact de sa peau appliquée contre sa peau. Sensation étrange qui l'obligea à se poser la question : qui est moi ? La main, MA main ? La poitrine, MA poitrine ? Impossible de répondre. Alors, il se caressa. En se caressant, qui, finalement, caressait qui ? Il fut la main sur la poitrine et la poitrine qui la soutenait, la main qui caressait et la poitrine caressée. Puis, d'un coup, il fut les deux. À LA FOIS ! Court-circuit.

Génis et Génis-bis.

Il s'était naguère offert une devise, des armoiries, une cause à défendre. Il ne lui avait manqué à l'époque qu'un territoire. Il l'avait sous la main ! C'était parti. Nu et léger, les yeux clos, il se fit explorateur de lui-même, décidé à s'enfoncer dans ses terres inconnues pour s'en aller dresser sa propre carte.

Qu'est-ce que c'est que ça ? Au sud du sternum, un affaissement inquiétant ! Au lieu que les côtes se terminent en pente douce, comme c'était d'usage, elles chutaient brutalement, ouvrant au centre de la cage thoracique une fosse abyssale. Où il s'abîma. Là, dans ses bas-fonds, naissaient ses tempêtes et se terraient ses stress qui jaillissaient en des geysers d'adrénaline. Il plongea l'index. Coup de dague dans le plexus, en plein dans le nœud de vipères ! Un raz de marée le souleva. On ne joue pas avec ça ! Il eut juste la force de retirer son doigt avant que, navire retenu par les glaces, il ne reste pris dans les rets de la contracture. Si tu tiens à aller jusqu'au bout du voyage, respecte le navire, la coque et le hauban.

Il mit du temps à retrouver son souffle. Puis, précautionneusement cette fois, il repartit ; dérapant sur les marches du ventre, évitant le puits de l'ombilic, il atterrit dans le plis de l'aine où il se coula. Attiré par la moiteur, il longea le bas-ventre, ça lui fit quelque chose. Il se souvint de la couette de la station du bord de mer. Était-ce bien le moment ? Il avait un monde à explorer.

Il fit jouer un muscle ici, là un ligament, là un tendon. Tout cela coulissait à merveille. Faisant demi-tour, aidé par le soufflet de ses poumons alimentant son orgue intérieur, il se mit à pianoter sur les touches blanches du clavier thoracique. Les hautbois dans le bas, les bassons dans le haut, l'enfant-orchestre, jouant de lui-même, s'offrit un fameux concert.

Il se souvint de la promesse qu'il s'était faite au sortir de la clinique, juste après la gifle de Simon : être son meilleur ami. Il devint son meilleur amant. Il se travailla au corps.

Il aima sa musique.

Mais… aux confins des orteils, il découvrit l'inconcevable : son petit doigt de pied ne répondait plus ! Génis tempêta, implora, menaça. Aucune réaction. Personne au numéro que vous avez demandé ! L'orteil minus avait fait sécession !

Et s'il n'était pas le seul ? La réponse ne tarda pas. Entre la base du cou et la ligne des lombes, un continent entier était livré à la jachère. Son dos !

À force de s'obséder de l'endroit et de mettre son avant en avant, il avait fini par se laisser déposséder de l'envers. Il avait vécu comme tant d'autres, homme sans profondeur, follement doté d'un devant et auquel manque tragiquement le derrière. Un recto sans verso, individu sans retour. Une surface à une face !

Un jour, ô surprise, Simon lui passa le combiné du téléphone. La Tante ! Elle prenait de ses nouvelles. Quand elle raccrocha, Génis se dit qu'il détenait à présent une réponse de plus à la question qu'elle lui avait naguère posée : pourquoi descendre dans la rue ? S'il est une chose qui ne peut arriver que dans la rue, c'est bien de passer sous une remorque de cirque !

Du plus rude combat qu'il avait eu à mener de toute son existence, il était revenu estropié mais vivant. Après la guerre vient le temps des fleurs. Les monuments aux morts sont des jardins de pierre. Sa première sortie fut pour le balcon. Il s'y traîna douloureusement.

Une somptueuse razzia s'abattit sur le peuple d'antirrhines. Longuement préparée dans la moiteur des couches, l'opération n'avait rien d'un raid aveugle. Il s'agissait d'une cueillette minutieuse soumise à des règles strictes : chaque coloris était mis à contribution de façon calculée, chaque pot payait sa dîme.

Se souvenant de l'époque où, fier et belliqueux, il avait, dans la cuisine, orchestré cette guerre des monstres entre le frigidaire et la cuisinière. Génis rampait, tirant son béret bourré de fleurs, s'aidant des bras comme, aux Actualités, il l'avait vu faire par les commandos dans les cours des casernes. S'arrêtant à chaque carrefour, épiant les bruits de chenillettes, guettant le bourdonnement des hélicoptères, il parvint à la cuisine. Il vit, cette fois, d'un tout autre œil le carrelage bleu. D'un bleu pacifié.

À un bout le frigidaire, à l'autre, dans l'entrée, la cuisinière. Flambant neufs. Pfft ! Sans un regard pour ces objets domestiqués, il entra. Mettant à profit le quadrillage du carrelage, Génis commença à disposer les gueules-de-loup.

Un général couleur de neige,
Deux colonels d'ivoire,
Trois commandants d'albâtre,
Quatre capitaines d'hermine,
Et cinq lieutenants de lait.

Conformément aux us militaires, Génis avait placé en tête le plus âgé dans le grade le plus élevé. Derrière lui, disposés en triangle, les officiers dessinaient sur le sol bleu un vol lacté dans un ciel sans nuages. Venaient ensuite, à un carreau de distance, deux rangées compactes d'adjudants couleur de suie. Ils avaient, coincé en travers de la gueule, un quart d'allumette qui leur faisait la bouche braillante. Immédiatement derrière, les simples soldats en rangs serrés, assemblés en escouades, pelotons et compagnies. Chaque rangée comportait cinq soldats et il y avait six rangées par pavillon.

En avant les corail, les carmin, les vermeils, les pourpres. Suivaient les safran, les or, les fauves et les topaze. Les mauves, les lilas, les prune et les violets fermaient dignement la marche. Alignements impeccables, formidable armée déployée en rase cuisine sur la surface lisse du carrelage. Une mouche kamikaze atterrit à quelques centimètres du gros des troupes. La fleur tigrée qui lui faisait face s'en chargea. Elle en fit une boulette.

Béret de baroudeur enfoncé jusqu'aux oreilles, port altier, visage impassible et bête, Génis, chevauchant la poubelle ex-embrochée – qui n'avait, elle, pas été remplacée –, lança un mâle « En avant Aarche !... » qui délivra le général de neige de son immobilité glacée. L'immense troupe de mercenaires végétaux s'ébranla. Devant un Génis sérieux comme un portemanteau, défila le défilé. Chaque fois qu'un pavillon passait à sa hauteur, Génis saluait longuement.

À un moment donné, tandis que les safran, les or et les topaze évoluaient devant lui, Génis, fatigué par tant de régularité, ferma les yeux. Le quadrillage régulier du carrelage, que plus rien n'obligeait, se brisa. L'impeccable ordonnancement se défit, l'armée se disloqua, les pelotons se débandèrent. Révolte des gueux, révolte des gueules-de-loup. Fleur au fusil, les soldats rompirent les rangs, mêlant fraternellement leurs couleurs. La frêle hiérarchie instaurée le temps d'un défilé se désagrégea.

Palpitations, froissements, frôlements, les fleurs mutines s'étourdissaient de leur égalité retrouvée. Même le vieux général de neige s'était fondu dans la masse. Commença un fantastique bal. Les ex-officiers firent d'étonnantes danseuses gainées de robes de tulle virginales. Gueules toujours ouvertes, les adjudants vêtus de fracs d'ébène, chœur de l'Armée Noire, animèrent la soirée avec éclat. Tangos argentins et blues d'amour.

Un petit couple, gris de leurs senteurs partagées, s'était arrêté de valser. Il s'agissait d'un fauve et d'un corail. Tendrement enlacés, ils voulaient s'éclipser pour, à l'abri, échanger leurs senteurs jusqu'à l'ivresse. Mais une ronde menée par un lilas agité les intercepta. Entraînés dans une valse folle, ils se perdirent dans une fricassée de coloris.

Et la musique, alors ? Simon avait prêté à Génis un tas de vieux 78-tours. L'un d'eux débutait ainsi :

Quand nous jouions à la marè-è-lle
Cerisiers roses et pommiers blancs,
J'ai cru mourir d'amour pour è-è-lle
En l'embrassant.

De loin, on l'entendait chanter à tue-tête : « marè-è-lle… d'amour pour è-è-lle… en l'embrassant… » Jeanne pensa que « ça le travaillait ».

Frotte la soie grège sur le corps nu.

Ah ! pouvoir rejouer à la marelle. Sauter de case en case ! Sauter de nombre en nombre, et atteindre le Paradis ! Mourir d'amour pour elle ! Oh oui, il avait bien failli. Et sans l'avoir embrassée…

Sa seconde sortie fut pour la pièce-au-bambou. Il s'y traîna dans le plus grand silence. Du premier coup d'œil, il vit ce qu'il avait à voir. Son long tête-à-tête avec les antirrhines de Simon avait aiguisé son sens des couleurs. Aucune tige d'un vert frais n'illuminait la cohorte. Autant dire qu'aucune nouvelle tige n'avait poussé. Jeanne le surprit en pleine observation. Elle vit immédiatement ce qu'il avait remarqué et l'informa de ce que cela pouvait signifier.

– Ah ! fit Génis.

Et sans paraître s'apercevoir de la crainte chevillée au visage de Jeanne, il retourna en rampant dans sa chambre sans qu'elle esquisse un mouvement pour lui porter aide.

Un après-midi, alors qu'il était en pleine goualante, la porte s'ouvrit ; une nuée de garçons, ses camarades d'école, s'abattit jusque sur son lit. Immédiatement, Génis se fit une tête d'accidenté.

Le matin, le professeur avait parlé de Génis, disant qu'il avait bien failli mourir. La classe entière avait débarqué quelques heures après. Ils voulaient voir *de visu* et toucher *de tissu* le premier d'entre eux à avoir frôlé la mort. La mort, qu'ils croyaient réservée aux autres – en fait, aux plus vieux qu'eux –, pouvait donc s'intéresser aussi à eux ! Profitant d'un silence, le délégué des « presque aveugles en lutte » adressa à Génis les fraternelles congratulations des Bislouches des autres classes. Le leader des « non-paralytiques de combat » ne fut pas en reste, il apportait une lettre signée des éclopés de l'établissement priant Génis de rejoindre leur milice. Mais Génis n'écoutait plus, au milieu des conversations quelqu'un avait glissé une petite phrase : la veille, le cirque avait quitté la ville tuile-ardoise. Génis, qui n'avait cessé d'espérer la visite de l'écuyère, comprit qu'elle ne viendrait pas. Ça lui fit triste.

Ce soir-là, que sa jambe lui fit mal !

Après le repas, fait inhabituel, Simon entra dans sa chambre. Génis dormait, la veilleuse allumée. Il glissa un paquet enrubanné sous son traversin. Génis geignit, tenta de se mettre sur le côté, mais l'habitude le contraignit à rester sur le dos. Simon éteignit la lumière et sortit.

Le lendemain, Génis découvrit le paquet. Cela lui rappela le cadeau que la « petite souris » déposait sous son traversin quand il avait perdu une dent. C'était une toute petite peluche, une sorte d'ours noir et blanc tenant un morceau de bois autour duquel était enroulée une feuille de papier. Génis mit ses lunettes, déroula la feuille et lut :

« Le grand panda, ou “ours-à-lunettes”, est un fou de bambou. Il a une tête ronde, une queue courte, quarante-deux dents et… un sixième doigt aux pattes antérieures. Ce doigt est un pouce. Un pouce opposé aux autres doigts, ce qui lui permet de tenir les tiges de bambou pour les effeuiller, les décortiquer et les éplucher. Il est la troisième espèce, avec l'homme et le singe, à être doté d'un tel pouce. Il est maladroit, mais doté d'une force colossale. Il entend très bien, et il ulule.

« Il y a 1 000 grands pandas dans le monde. 900 en liberté.

« Il est très pudique. Ses organes génitaux sont si bien dissimulés qu'on parvient difficilement à reconnaître un mâle d'une femelle.

« Et il mange ! Quinze heures par jour ! Uniquement des bambous et uniquement deux d'entre eux, le bambou flèche, *Sinarundinaria nitida*, et le bambou parapluie, dont on ne connaît pas encore l'identité exacte. Il dévore jusqu'à 30 kilogrammes et 3 000 tiges de bambou en une journée.

« Mais il digère mal. Ce qui n'est pas surprenant puisque le grand panda est un carnivore devenu sur le tard herbivore. Il n'a qu'un seul pli à l'estomac et un intestin pas long du tout, comparé à celui d'un bœuf, qui est vingt fois plus long que la taille de la bête adulte.

« Alors il défèque énormément, de 10 à 12 kilogrammes par jour !

« Le grand panda est malin. En choisissant de manger des bambous – toujours verts, même en hiver sous la neige – il est assuré de disposer d'une nourriture fraîche toute l'année.

« Quand il se met à boire, il ne peut plus s'arrêter et continue jusqu'à ce que son ventre gonflé comme une outre l'empêche d'avancer. Alors, il s'endort, ivre, sur le bord du ruisseau. Aucune explication satisfaisante de ce phénomène n'a été trouvée jusqu'à présent.

« Sa fourrure est blanche avec des taches noires, toujours situées aux mêmes emplacements : la truffe, les oreilles et les pattes, avec une bande noire remontant des pattes avant pour aller se refermer au milieu du dos comme un bustier. Enfin, ses yeux, qu'il a petits, sont entourés de cercles noirs, d'où son nom "ours-à-lunettes". Une légende chinoise raconte pourquoi les taches sont placées là et pas ailleurs, la science, elle, ne fournit aucune explication. Le masque noir encerclant ses yeux empêche de lire dans son regard et, comme il ne bouge presque pas ses oreilles, il n'est pas facile de savoir dans quel état émotionnel il se trouve.

« La mère grand panda met bas dans un vieil arbre creux qu'elle a au préalable longuement tapissé de végétaux. Le petit grand panda naît aveugle, tout rose, avec quelques poils. Il n'est pas plus lourd qu'une mangue, mais sa queue mesure le tiers de la longueur de son corps. Il est 900 fois plus léger que sa mère. Seul le petit que celle-ci porte dans les bras survit, les autres sont dévorés par les bêtes sauvages…

« Il vit environ 30 ans.

« Le premier spécimen répertorié a été envoyé en 1869 au Muséum d'histoire naturelle de Paris par le missionnaire français Armand David.

« Cent ans après, en 1973, le président Mao Tsé-toung a offert au président Pompidou un couple de pandas. Dès leur arrivée, Li-Li et Yen-Yen furent installés au zoo de Vincennes. On espéra longtemps une naissance qui ne vint pas. Il fallut la mort de Li-Li pour qu'on en découvre la raison : Li-Li et Yen-Yen étaient deux mâles. Les diplomates se sont longtemps demandé s'il s'agissait d'une erreur ou d'un choix délibéré des autorités, afin que la France capitaliste ne puisse s'autonomiser en pandas et soit dépendante de la Chine communiste pour son approvisionnement en ces animaux précieux. Aucune réponse indiscutable n'a été apportée jusqu'à ce jour. »

Simon avait ajouté une note :

« IDENTIFICATION DU GRAND PANDA : Ours, raton laveur ou chat ? Le grand panda appartient-il, avec les ours, à la famille des *Ursidae* ? Ou, avec le raton laveur, à celle des *Procyonidae* ? À moins que ce ne soit, avec les chats, à celle des *Felidae* ? La réponse est surprenante : à aucune ! On a dû créer à son intention une nouvelle famille, dont il est l'unique membre : *Ailuropodidae*. Son identité complète, maintenant connue, est *Ailuropodida melanoleuca*. »

Génis lut le texte d'une traite. Où donc Simon était-il allé chercher tout cela ? « Le voilà qui se met à jouer les Jeanne ! » se dit-il avec malice, étonné et ravi. Soudain il se mit à rire. « Pas du tout ! Il ne joue pas les Jeanne, il joue les Simon ! » Par ce texte, Simon lui confiait son désir secret qu'un grand panda survienne enfin dans la maison tuile-ardoise et dévore le bambou parapluie jusqu'à la dernière tige…

Profitant de l'occasion, Simon venait de donner à Génis la peluche qu'il ne lui avait pas offerte quand il était bambin. Elle était douce à caresser. Vaudrait mieux ne pas trop l'exhiber.

Il fallut bien qu'un matin l'ours-à-lunettes se retrouvât sur pieds. *Miracolo ! Miracolo !* gazouillaient, excités, les petits anges invisibles.

Surpris de se retrouver vertical après plusieurs mois, Génis s'exclama : « Je suis debout : Deux bouts ! » En se remettant sur ses jambes, il récupérait son deuxième bout ! Il eut juste le temps d'en prendre conscience. Plouf ! il était affalé. À peine récupéré, son deuxième bout l'avait lâché. Pour l'heure, il ne pouvait compter que sur sa tête. De ce moment date le surnom de sa jambe blessée : « la lâcheuse ».

Lorsque Génis quitta définitivement son lit, le calendrier affichait : *Lever du soleil : 5 h 51. Coucher du soleil : 18 h 05.* Il aura fallu aux journées de Génis quatre heures de plus pour qu'en quatre mois son organisme répare les dégâts causés par le camion.

Ce qui n'est pas interdit finissant toujours par arriver, la raideur dans l'articulation du genou subsista.

CHAPITRE 10

Où, grâce à une revue scientifique oubliée dans la maison de Garin, Jeanne découvre l'existence d'une plante étrange à floraison grégaire, synchrone et séculaire: le bambou parapluie.

Village sur le chemin du col.

En contrebas de la route, une petite maison. Deux femmes habitent la maison, une vieille paysanne et sa petite-fille. Jeanne est cette petite-fille. Elle n'a jamais quitté le village. Sauf pour se rendre à Luchon, dans la vallée. Ses cheveux noirs, ramenés sous la nuque comme un coussin, à la manière des montagnardes, lui font un visage étonnamment sérieux pour son âge. Quinze ans à peine.

Après des années d'absence, elle était de retour. Dégustant une tarte aux myrtilles sur le quai vide de la gare de Bagnères-de-Luchon – dire simplement Luchon –, Jeanne attendait Génis qu'elle avait devancé de quelques jours.

Avec son air de petite ville chic qui se laisse hypocritement traverser par les allées d'Étignies, où il est bon de se faire voir à 6 heures du soir en été, Luchon, ville de cure, n'a rien d'une ville malade. Les curistes y fourmillent, mais se font le plus discrets possible. Dans un tel décor il serait inélégant de ne pas faire oublier que son séjour est remboursé par la Sécurité sociale.

De parterres en massifs, de plates-bandes en gros pots, s'il pousse à Luchon autant de fleurs, ce n'est pas pour leurs couleurs mais pour leurs senteurs. Dans les sous-sols sourdent quarante et une sources d'eau sulfureuse dégageant une émouvante odeur d'œuf pourri. Plutôt que de les tarir, car elles sont dotées de fortes vertus thérapeutiques, les habitants les ont emprisonnées dans des thermes qui depuis des lustres font la richesse de la cité.

Derrière la montagne barrant l'horizon à l'est : l'Espagne. À vol d'oiseau, c'est la porte à côté, mais par la route, une expédition. Mieux vaut donc l'oublier. Ici, pas de trace de turon, de paella ou de soubressade.

Il descendit à l'autre bout du quai. Ne l'apercevant pas, il se dirigea vers la sortie. Elle le suivit. À le voir, de loin, de dos, on aurait dit qu'il était deux à marcher, tanguant tant qu'elle en eut le mal de mer. Qu'il boite serait peu dire, il clochait, il clopinait. Mais il avançait. Elle le rattrapa, se plaça sur le bord droit, d'un coup d'épaule le redressa. Puis, levant haut le coude, elle lui fit une place ; il s'encastra au creux de son aisselle, jetant son bras maigre autour de sa hanche ferme. Calquant son pas sur le sien, il se sentit désembourbé. Elle l'embarqua, il décolla.

Au premier lacet, dès la sortie de Luchon, sur la route du col de Peyresourde, le chauffeur rétrograda. L'autocar trembla de toutes ses tôles. Les tremblements ne le quittèrent plus.

Génis regarda par la fenêtre : Nom de D… ! La roue

frôlait le précipice ! Il se jeta sur l'autre vitre : Nom de D… ! La roue frôlait le précipice ! Le vide l'encerclait. Le virage suivant était tellement en épingle à cheveux que Génis eut l'impression que la route se refermait sur elle-même, et qu'il tournait en rond. Le chauffeur klaxonna. Ils étaient arrivés.

Garin, enfin ! Dernier village sur le chemin du col.

Pour ne pas paraître les attendre, la vieille s'était mise à récurer une brouette devant la porte de la maison. Les entendant arriver, elle lança trois coups de grattoir. La vieille et l'enfant s'aperçurent. « Mais qu'est-ce que c'est que ça ? », pensèrent-ils en même temps. « Ça », c'était Génis pour la vieille et la vieille pour Génis. Ce petitou qui boite bas, c'est donc lui le petit de Jeanne ? Cette vieille rabougrie, c'est donc elle la grand-mère de Jeanne ? Les présentations étaient faites.

Ils se rapprochèrent. Ils étaient de la même taille. Jeanne dit : « C'est Génis. » La vieille dit : « Génis ? » Elle sembla réfléchir et finit par ajouter : « Comme le petit de la vache ? » Jeanne fit un drôle de mouvement de la tête qui pouvait signifier oui et non à la fois et elle rectifia : « Avec un seul *s*, Mamé, et sans *e*. – Oh, moi, l'orthographe », répondit la vieille. Elle retourna la brouette pour en chasser les raclures qu'elle venait de détacher.

Les enfants des enfants de nos enfants sont-ils encore nos enfants ? Au bout de quatre marches, le grand escalier de la généalogie conserve-t-il toute sa solidité ? Il ne s'agissait pas de cela. Génis, simplement, arrivait trop tard dans la vie d'Amélie. À son âge, partir à la découverte d'un être nouveau, fût-il le propre fils de Jeanne, elle n'en avait plus la force. Ni l'envie. Il suffisait à son bonheur de revoir, pour la dernière fois, elle le savait, sa petite-fille et d'en profiter. Heureux accident – elle disait toujours ce qu'elle pensait – qui lui permettait de revivre ce qu'elle n'espérait plus. De cela, elle fut profondément reconnaissante à Génis. Lui qui redoutait les avances collantes n'eut pas une seule fois à se plaindre d'elle. Ne faisant montre d'aucune curiosité pour son arrière-petit-fils, elle se révéla une vieille dame digne qui lui foutit la paix. Exactement ce qu'il demandait.

Le premier jour, ils se réveillèrent tôt. Bien décidée à lui faire découvrir « sa montagne », Jeanne commença, c'était dans l'ordre des choses, par la moraine. Là, se dressaient les ruches de la vieille, deux longues rangées, bourrées de miel de fleurs de montagne dont la vente constituait l'une des principales ressources d'Amélie. Elle possédait également quelques vaches et, durant l'hiver, tissait des écharpes et des bonnets qu'elle déposait dans les boutiques de Luchon. Amélie avait toujours été pauvre. Depuis qu'elle avait quitté Garin, Jeanne lui envoyait chaque mois quelque argent.

Sur les rochers qui affleuraient, des tapis de lichen. D'un ton détaché, Jeanne expliqua à Génis le mécanisme de symbiose liant l'algue et le champignon. Cela ne sembla pas intéresser Génis.

En lisière de la moraine, Jeanne aperçut la maison du retraité. Le chemin était traversé de ronces. La maison, volets clos, paraissait inoccupée. Puis elle traîna Génis jusqu'à un petit promontoire d'où ils découvrirent au loin, en territoire espagnol, recouverts de neiges éternelles, la *Maladetta*, les Monts Maudits.

Ils furent de retour bien après que le soleil se fut

couché, affamés, suants, sales. La vieille les cueillit sur le pas de la porte, la louche à la main. La soupe s'abattit dans leurs assiettes. C'était bon. Entre deux cuillerées, brusquement, Jeanne demanda des nouvelles du retraité de la moraine.

– Il a pris sa retraite pour de bon, cette fois, hihi ! ! jubila la vieille avec un sourire qui lui déchira le visage.

Génis pensa qu'elle ressemblait à une figue qui s'ouvrait. Elle avait lancé la phrase avec ce plaisir qu'ont les vieillards à annoncer la mort d'un plus jeune qu'eux.

– Il s'était mis en ménage avec une jeunesse. Une jeunesse qui a vendu la maison pas plutôt qu'il a été enterré. Qui l'a vendue à des Parisiens ! À des Parisiens qui ne viennent jamais. Parce que la femme n'aime pas la montagne. Moi, je me dis, si elle n'aime pas la montagne, ils n'avaient qu'à acheter ailleurs ! Va comprendre ! Résultat, une maison de plus de fermée dans la vallée. Tu veux que je te dise, Jeanne, j'aimais pas trop quand tu allais chez cet homme. Un homme qui a passé son temps dans les trains… Regarde ton p'tit, il cligne.

Jeanne retrouva avec délice son lit de jeune fille ; les draps rêches et glacials, le bruit des ressorts, l'odeur âcre de l'édredon. Il n'y a qu'à la campagne que les lits sont si hauts ! Elle se mit à penser au retraité. Elle n'avait pas réagi quand la vieille lui avait appris sa mort. Devant elle, c'était le jeu, Jeanne ne montrait jamais ses émotions. Alors il a fini par prendre une jeunesse.

Mississ Djaine.

À la fin, il s'était mis à l'appeler Mississ Djaine avec la voix de John Wayne dans *La Chevauchée fantastique*. Drôle de type. Quand la séance de traduction était terminée, en la raccompagnant jusqu'à la route, il lui parlait de ses trains. Ça aussi ça le travaillait. Jeanne n'avait jamais pris le train. Seulement des autocars ; ils portaient, elle s'en souvint, un drôle de nom : Isobloc !

– Dans un convoi, voyez-vous, Mississ Djaine, la seule chose qui vit vraiment, c'est la machine. Le reste, c'est de la chose morte. Les wagons, nous, les conducteurs, on ne les voit jamais, seulement dans les grandes courbes. Ils suivent, c'est tout ce qu'on leur demande. Jamais il y en a un qui te dépassera ! (Ça l'avait fait rire aux larmes.) Quand tu conduis, tu as l'impression que c'est toi, toi, pas la machine, qui tires le convoi.

Un jour, il lui avait expliqué pourquoi il avait choisi cette maison perdue sur la route du col au bord du précipice. Parce qu'il n'y avait rien devant comme lorsqu'il se trouvait dans sa locomotive.

Il lui avait aussi dit qu'il avait fait les grandes grèves de 47. Il était syndicaliste, du genre anarcho.

– Le conducteur, c'est le capitaine du navire : Maître, après Dieu. (Puis il avait ajouté :) Ni Dieu, ni Maître. Moi j'y crois à cette phrase. Je vais vous dire une chose, Mississ Djaine : à la fin, c'est toujours les petits qui mangent les gros. C'est comme ça dans la nature, c'est comme ça dans la société. Mais il ne faut pas être pressé, Mississ Djaine. Les aristos, ils ont tous été boulottés, ça a mis du temps, mais c'est arrivé. Regardez, il y a plein de fourmis partout, et pas la queue d'un diplodocus. Les gros poussahs, les pleins de soupe qui font trimer l'ouvrier, ils vont finir par disparaître. La fin des diplodocus, c'est pas une histoire. Je vous le dis, c'est comme ça dans la nature, c'est comme ça dans la société !

Jeanne n'y tint plus, elle sauta de son lit, ouvrit l'armoire de chêne qui occupait un pan entier de mur. De la dernière étagère, là où vingt années plus tôt elle l'avait laissée, quand elle avait quitté Garin, elle retira la revue scientifique.

UN BIEN VERT CENTENAIRE
QUI NOUS VIENT DE CHINE

Le titre, encore bien lisible, barrait la couverture usée : la typographie, la taille, le style des caractères, tout y était semblable à son souvenir.

Elle referma l'armoire sans bruit, descendit dans la pièce du rez-de-chaussée et s'installa dans son coin favori, sur le canapé, en face de la cheminée où se consumait un petit feu d'été.

Trois pages. Trois pages seulement !

L'article débutait sur une page de gauche qui, hormis le titre, était entièrement colonisée par deux longues colonnes faisant « pavé ». En vis-à-vis, pleine page, dans un but évident d'équilibre, une planche aux couleurs fanées, représentant un *bambou parapluie* âgé d'un demi-siècle. La dernière page mêlait équitablement dessin et texte.

Son regard, comme la première fois, fondit sur la phrase :

« Le bambou parapluie, répertorié sous divers noms, mais dont on ne peut encore connaître l'identité complète… »

Génis, que sa jambe, par trop malmenée au cours de la longue balade, chagrinait, se réveilla au milieu de la nuit. Il descendit à tâtons dans la grande salle, la faible lueur de l'âtre éclairait le visage de Jeanne. Elle dormait, assise sur le canapé. Il lui retira la revue des mains, s'apprêta à la poser sur la table. Qu'est-ce qu'elle pouvait bien lire en pleine nuit ? Il jeta un regard et il vit ! Enfin, il allait savoir ce qu'il n'avait jamais osé lui demander. S'asseyant machinalement à l'autre bout du canapé, il se mit à lire :

« Le bambou parapluie, répertorié sous divers noms, mais dont on ne peut encore connaître l'identité complète, ne fleurit qu'au bout de cent années. »

Cent années ? Impossible ! Les plantes fleurissent chaque année, au plus tous les deux ans, mais cent ! Qu'est-ce qu'il raconte ? L'article était on ne peut plus clair : le bambou parapluie met un siècle pour fleurir. Génis relut la première phrase. Puis :

« Les seuls exemplaires de cette espèce proviennent des graines cueillies à la fin du dix-neuvième siècle sur un unique spécimen de la ville de Yi-tch'ang dans la province du Hubei. Ainsi, tous les bambous parapluies recensés dans le monde sont les fils de ce bien vert centenaire qui nous vient de Chine. Des spécimens présumés de cette plante se trouvent en particulier dans les jardins botaniques de Kew Garden à Londres et dans ceux de New York et de Munich.

« Ainsi que chacun de nos lecteurs le sait… »

Jeanne remua, Génis retint sa respiration. Le froid du petit matin tombait rapidement. Il reprit sa lecture :

« Ainsi que chacun de nos lecteurs le sait, l'identification et la classification définitives des végétaux à fleurs ne peuvent s'opérer qu'après l'étude complète de celles-ci. Aucun botaniste de l'époque moderne n'ayant jusqu'à ce jour assisté à la floraison d'un bambou parapluie – et pour cause ! –, ses fleurs n'ont jamais été étudiées scientifiquement. Il faut donc s'armer de patience et attendre la prochaine floraison pour pouvoir enfin attribuer au bambou parapluie sa véritable identité, c'est-à-dire son genre et son espèce. »

Génis essuya ses lunettes. Dans la cheminée, les restes de bûches ne parvenaient pas à réchauffer la pièce. Ce qu'il lut ensuite l'étonna plus encore :

« Tous les bambous parapluies issus de la même récolte de graines fleurissent simultanément, quel que soit l'endroit du globe où ils ont été plantés. Phénomène unique dans la nature que cette floraison grégaire, synchrone et séculaire. Un mystère qui, malgré les efforts des botanistes et des biologistes, reste entier. La prochaine floraison – encore lointaine ! – permettra-t-elle de l'élucider ? »

Grégaire et synchrone et séculaire ! S'il avait réveillé Jeanne, elle lui aurait confirmé que cela signifiait : ensemble, en même temps, au bout de cent ans. Ses yeux clignaient, les lignes de l'article allaient à vau-l'eau, le texte se débandait. Il ajusta ses verres. Ce qu'il lut ensuite le laissa sidéré. C'était une question posée par l'auteur.

« Y a-t-il, insérée au sein de chaque graine, une horloge végétale qui comptabiliserait le temps ? S'il en était ainsi on aurait affaire à une véritable bombe à retardement naturelle et que rien, semble-t-il, ne peut désamorcer : ni le froid ni la chaleur, ni la pluie ni la sécheresse. Une bombe dont le ressort a été remonté cent ans plus tôt, programmée pour exploser à la date prévue, quel que soit l'endroit du globe où la graine a été plantée. Une torpille insensible aux tribulations des éléments, qui filerait à travers le temps, et qui atteindrait sa cible cent années après avoir été lancée. Qu'on imagine un fil invisible reliant tous les plants dispersés de par le monde et qui, par-delà la distance et le temps, sonnerait la floraison simultanée des bambous parapluies, issus de la même plante mère. »

Génis imagina. Ici même, vingt ans plus tôt, Jeanne avait imaginé. Et ce qu'elle avait imaginé avait changé sa vie d'adolescente.

C'était l'hiver, jour avorton et nuit sans fin. Souper avalé dès la nuit tombée. Calquant son rythme sur celui des saisons, la vieille disparaissait avec le jour, elle hivernait : « Je me refais pour quand reviendra l'heure du labeur. »

Durant l'une de ces soirées, Jeanne, livrée à elle-même, fouillant une malle, était tombée sur une revue de vulgarisation scientifique arrivée là on ne sait comment. « … doit attendre cent années avant de fleurir… » La phrase, lue et relue, l'avait bouleversée ; elle sonnait comme une phrase de légende. Lui revint à l'esprit un conte qui l'avait enchantée, dont elle transforma le nom pour le bambou parapluie : le Beau au Bois Dormant…

À Jeanne qui se nourrissait de légendes, cette plante offrait une occasion inespérée. Vivre un mythe. Non plus le lire ou l'entendre, mais le vivre ! En proie à une émotion intense, elle se fit le serment qu'elle posséderait un jour un bambou parapluie et qu'elle assisterait à sa floraison.

La revue mentionnait la date, attendue par tous les spécialistes, de la prochaine floraison des bambous parapluies. Jeanne prit rendez-vous. Elle venait d'avoir seize ans.

La Chine est loin de la France, le Hubei des Pyrénées, et Yi-tch'ang de Garin. Jeanne voulut immédiatement tout savoir sur les bambous parapluies. À Garin, Haute-Garonne ! Au lycée, à Luchon, le bambou, en général, n'était pas au programme, le bambou parapluie moins encore. Elle s'était mise à questionner curé, facteur, chasseurs, pêcheurs. Elle, habituellement si farouche, interpellait des gens à qui elle n'avait pas adressé dix mots jusqu'alors.

Elle questionnait bambou, on lui répondait pins, hêtres, acacias, mélèzes et, pour finir, un ingénieur des mines alcoolique tint à lui rappeler que « l'arbre le plus beau, c'est celui que l'on plante devant sa maison ». Elle s'était entêtée ; étendant ses recherches jusqu'à une trentaine de kilomètres, Saint-Gaudens, Arreau, Mauléon-Barousse, elle avait écumé tout ce que la région comptait de bibliothèques municipales, de clubs de lecture et avait fini par dénicher l'adresse d'un éditeur anglais spécialisé dans les plantes d'Asie, auprès duquel elle avait passé commande d'un livre bien documenté. Hormis une poignée de mots volés dans les chansons à la mode écoutées à la radio, elle ne connaissait pas l'anglais.

On lui indiqua un nouvel arrivant dans la région. L'homme aurait appris l'anglais à Londres, durant la guerre. Elle le rencontra. C'était l'homme qu'il lui fallait. Elle en sut des choses par lui ! Par exemple, qu'un bambou peut supporter une pression d'une tonne par centimètre carré. Elle imagina une tonne posée sur son ongle ! Elle eut mal.

Chaque samedi, sitôt descendue de l'autocar de Luchon où se trouvait le lycée, elle se rendait dans la maison de la moraine. En fait, il n'était jamais allé à Londres, il avait appris l'anglais entre deux voyages, durant ses longues nuits dans les dépôts des chemins de fer. Ayant fait l'acquisition d'un dictionnaire spécialisé, bientôt aucun terme technique ne lui résista. À la fin d'une séance où ils avaient peiné sur un passage ardu, il s'était lancé dans une ode au bambou :

– Résistant comme l'acier, souple comme la peau, coupant comme le corail, que la sécheresse ne peut flétrir, que l'humidité ne peut gâter. Un arbre dont on fait les flûtes, avec lequel on construit les huttes et les ponts et les rames et les pirogues et le papier, les flèches, les colliers, les arcs, les couteaux, voilà une herbe qui…

Il se tut brusquement, blêmit, tapota avec insistance un passage précis du traité, pour attester que c'était bien écrit là. *Bamboo is not, as many people believe, a tree*, s'exclama-t-il tragiquement. Il y avait du Hamlet dans sa voix. *Not a tree !* eut-il besoin de répéter pour lui-même. Puis, pour Jeanne :

– Voilà un arbre, Mississ Djaine, qui n'est pas un arbre !

– Qu'est-ce que c'est, alors ? demanda-t-elle, exaspérée.

Elle sortit, claquant la porte, et revint immédiatement.

– Qu'est-ce que c'est, alors ? demanda-t-elle à nouveau.

– Une graminée, Mississ Djaine, une graminée !

– Une graminée, c'est quoi ?

– Une herbe !

– Une herbe ?

– Une herbe comme l'agrostide, l'andropogon, la canche, la crételle, le dactyle, la fétuque, la fléole, la flouve, la glycérie, Mississ Djaine. (Il reprit sa respiration.) Comme le gramen, la houlque, le vulpin, le panic, l'oyat, qu'on appelle l'élyme des sables mouvants parce qu'il sert à fixer le sable des dunes. Comme le phragmite, qui pousse dans les marais : le roseau. Le roseau est une herbe, lui aussi, comme le pâturin et le sparte, vous savez, la corde à genêts, celle de vos jolies espadrilles. (Il lui prit le pied, qu'il serra.) Et le vétiver, qui sent drôlement bon, vous aimez le vétiver, Mississ Djaine ? (Il approcha son visage des cheveux de Jeanne.) Et la vulpe. (Elle sut plus tard qu'il connaissait par cœur des tas de listes de mots qu'il égrenait pour passer le temps pendant qu'il conduisait sa locomotive. Il continuait, infatigable :) Et l'alfa avec lequel on fait des nattes, sur lesquelles il est si agréable de s'étendre et de… (Il eut un petit sursaut.) Et l'alpiste des cataplasmes, que l'on passe doucement sur la peau fatiguée, et le nard, et l'ivraie… qu'on sépare du bon grain, car elle produit l'ivresse. (Ses yeux brillèrent. L'ivresse. Il se pencha vers Jeanne. Elle ne recula pas, le regarda. Il se troubla, bégaya :) Et le mama, le mama… le maïs, et le seigle et le froment, des graminées eux aussi. Et le blé, nom de Dieu. Toutes les céréales ! Qu'est-ce qu'on vous apprend à l'école ? Des graminées, il y en a partout. Où croyez-vous que passent nos trains ? À travers les champs et les prairies de graminées où j'ai tant de fois rêvé m'étendre avec une jolie qui vous ressemblerait, Mississ Djaine…

Cette fois, elle l'avait laissé aller plus loin.

Le premier amant de Jeanne était un retraité de la SNCF.

Après, il lui avait raconté la terrible lutte qui depuis toujours oppose les arbres aux graminées.

– Au tout début, il n'y avait pas de graminées. La Terre était recouverte d'arbres, d'eau et de déserts. Pas de prairies ni de champs. Mais petit à petit, les herbes ont remplacé les arbres ! Je vous l'avais dit, Mississ Djaine, glousse-t-il rayonnant, les petits finissent toujours par vaincre les gros.

Ce qu'elle venait d'apprendre l'avait chiffonnée. Elle qui avait toujours été du côté des vaincus, elle qui prenait systématiquement le parti du lapin contre la belette, qui s'était enflammée pour ceux de Paris contre ceux de Versailles, qui avait lutté avec les hordes de Spartacus contre les armées de Crassus, voilà que son héros, elle le choisissait dans le camp des vainqueurs.

Pire. Elle rêvait d'un arbre miraculeux, d'un arbre de légende. Elle se retrouvait avec une herbe ! Il faudrait pourtant qu'elle s'y fasse. Mais il s'agissait d'une herbe trompeuse, qui ressemblait plus à un arbre qu'à une herbe. L'infinie vigueur de la seconde parée de la noblesse du premier.

À l'aube, Amélie découvrit le feu agonisant, Jeanne recroquevillée sur le canapé et Génis transi, à ses pieds, sur le tapis râpé. N'ayant plus la force de porter sa petite-fille, ainsi qu'elle l'avait si souvent fait, elle jeta une couverture sur elle, fouilla la cendre à la recherche d'une braise pour faire repartir le feu, enfourna un fagot dans l'âtre et souleva Génis, qu'elle emporta, surprise de sa légèreté. « Un moineau », bredouilla-t-elle.

La revue, ayant glissé des mains de Génis, gisait, ouverte, à terre. « Maudit journal ! » La vieille l'avait immédiatement reconnue.

Mauvais souvenirs. Été pourri, nuages sales, pluie ininterrompue, même à la fonte des neiges, le ruisseau n'avait jamais atteint un tel niveau. Tout était sur le point de se détraquer, la vieille le sentait avec son instinct de paysanne.

Lorsque le traité anglais de botanique fut épuisé, que chaque note de bas de page fut traduite, Jeanne s'aperçut qu'elle ne savait rien du bambou parapluie. Existait-il seulement ? N'était-il pas une fiction inventée par l'auteur de l'article ? En relisant le texte, elle s'aperçut avec stupeur que certains passages étaient soulignés. Oh, très légèrement. Les traits de crayon étaient si légers qu'elle n'y avait pas prêté attention à la première lecture. Qu'importe. Elle les voyait à présent. Elle ne voyait qu'eux ! Ces passages soulignés revêtaient une importance capitale, ils étaient la preuve que quelqu'un avait lu l'article avant elle. Et qu'il y avait porté intérêt. Les mots posés sur les traits de crayon chantaient comme les notes d'une partition écrite – elle en était sûre à présent – à son intention.

La personne qui avait souligné ces passages était la même que celle qui avait introduit la revue dans la maison de Garin. Seule la vieille pouvait lui révéler l'identité de celui qu'elle nomma « le souligneur ». Celui-ci identifié, elle pourra remonter à la plante elle-même. C'est ce quelle croyait.

Jeanne avait fondu sur la vieille, la revue à la main, désignant d'un doigt accusateur des traits de plume scarifiant la page. Qu'est-ce qu'elle en avait à faire, la vieille, de ces traits de crayon ! Elle ne lisait jamais. Quoique... depuis quelques années, il y avait de plus en plus de livres dans la maison. C'est grâce à eux que sa petite-fille, parfois, lui racontait ces si belles choses.

Tout enfant, Jeanne avait découvert le monde de la mythologie. Que de soirées passées face à la cheminée, la vieille à ses côtés, les mains occupées à quelque ouvrage. Jeanne, immobile, statue active, vibrant à ces histoires des temps anciens ! Parfois la pression était si forte, l'univers des légendes si tangible, que la pauvre masure craquait de tous ses bois, ouvrant en Jeanne des failles par lesquelles s'échappaient les pans d'une légende lue ou inventée, elle ne savait plus trop. À mi-voix, elle racontait. Les flammes entremêlées, conjuguées aux mots dansant sur les pages dorées, donnaient naissance à un univers où l'adolescente chavirait, embarquée par les Dieux et les Héros, remuée d'amour, d'injustice et de puissance. Silencieuse, la vieille, bercée comme une enfant, dérivait à sa suite vers ces rivages que jamais elle n'aurait imaginés seule. De la campagne alentour figée par le lent hiver, ou des cieux habités par la forge d'Héphaïstos et les pleurs éternels de Myrrha, lesquels étaient les plus réels ? La vieille continuait son apparent sommeil, Jeanne, d'une voix sourde où grondait la passion, poursuivait son récit. Alors, pour leur seul plaisir, dans la pièce sombre ils débarquaient en foule, les hôtes mythiques, la tête irradiée du soleil de Délos, le visage éclaboussé des embruns des Cyclades ! Et la vieille paysanne, ravie, passait là une soirée d'importance. Rôties à la chaleur de l'âtre, les deux femmes, habitées, s'endormaient, protégées par cette bulle hellène encerclée de blizzards pyrénéens.

Ce retour impromptu de Jeanne, après tant d'années ! N'était-ce pas normal que tout resurgisse sauvagement ? À l'époque, il n'y avait pas encore de Génis, ni de… – comment s'appelle-t-elle celle-là ? Ah oui, Gis – ni de Gis, ni de Simon. Seulement Jeanne et moi, toutes les deux… jusqu'à cette maudite revue à l'origine de tout, le départ de Jeanne à la ville, et ce qui s'était ensuivi, ce docteur… Calor, quel nom ! Gis, Génis. Quels noms ! Comme le petit de la vache. Elle sourit.

Jeanne s'était mis en tête de faire accoucher la vieille de ce nom. Dès cet instant, elle ne l'avait plus lâchée.

– La revue n'est pas arrivée ici comme ça, par l'effet du Saint-Esprit. Souviens-toi bien, qui l'a apportée ? Ce n'est pas possible que tu ne t'en souviennes pas, Mamé, il ne vient pas tant de monde ici ?

La vieille avait fini par bredouiller :

– C'était sûrement avant que tu naisses. Parce qu'après, j'en suis sûre, personne n'a jamais mis les pieds ici. Personne.

– Alors, avant, qui est venu ?

– Je ne me souviens pas que quelqu'un soit venu avant.

– Fais un effort. Quelqu'un est forcément venu. Avant ou après, ce n'est pas important.

– Je te dis, pas après. Je suis sûre de ce que je suis sûre.

– Alors qui, avant ?

La vieille fit un effort. On aurait dit qu'elle poussait une brouette trop lourde pour elle et qu'elle butait sur une pierre. Pressée, bousculée, harcelée, elle peinait. S'excusant, elle revenait bredouille. Jeanne, s'exaspérant de cette impuissance, avait redécouvert les techniques ancestrales des polices. Les appliquant avec une compétence inquiétante, elle alternait douceur et violence, mise en confiance et mise en danger, silence prolongé et déluge verbal. Il arrivait parfois que, trahissant le contrat implicite qui les liait, la vieille glissât le souvenir d'un événement « gratuit », dont elle savait qu'il n'avait aucun rapport avec la recherche de sa petite-fille. Jeanne s'en servit. Changeant de tactique, elle demanda à la vieille de raconter comme ça lui venait des choses du passé, sans chercher à se souvenir d'un événement précis.

La vieille était remontée loin. Chaque fois qu'elle se souvenait de quelque chose, elle disait : « Tiens, je ne m'en souvenais pas. » D'autres fois, elle disait : « Je me souviens que de ce que je me souviens, hein. » Et elle repartait avec un petit rire, les yeux secs, vadrouillant dans ses souvenirs, s'épuisant en courses infructueuses. Une fois, elle parla d'Ange, son mari, mort dans une avalanche en 1939, en allant chercher des républicains espagnols qui tentaient de passer la frontière pour fuir les troupes franquistes.

Une autre fois, elle prononça le nom de sa fille, Sylvie, la mère de Jeanne.

Ces plongées dans le passé n'étaient pas sans effet. Elles avaient réveillé dans l'esprit de la vieille des monstres assoupis qui lui avaient rendu le présent plus dur à porter. Elle délaissait de plus en plus souvent le travail de la ferme, leur principale ressource.

Le désespoir caché et la peur que rien ne sortît de cette recherche, la vieille les lisait plus manifestes chaque jour sur le visage de sa petite-fille, dont l'entêtement ne faiblissait point.

La vieille, au fond, se savait utilisée. Elle accepta sans broncher d'être un instrument. Une chose importait et lui faisait une révolution sur le tard de sa vie : pour la première fois, quelqu'un prenait en considération le fait QU'ELLE AVAIT VÉCU. En s'intéressant, même de façon purement égoïste, à son passé, Jeanne rendait ce passé bien réel, en même temps qu'elle le valorisait aux yeux de la vieille, qui s'épanouissait à mesure qu'elle se réappropriait des morceaux entiers de sa vie fraîchement exhumés. En s'entendant les rapporter, elle pensait : « Ça, je l'ai vécu ! » Et elle était fière, parce qu'à la longue ça en faisait des choses qu'elle avait vécues. Elle n'inventait rien, elle n'en avait pas l'imagination.

Pour faire parler la grand-mère, Jeanne alla jusqu'à la faire boire. Du bistrot, elle avait rapporté des chopines et elles avaient bu. Au milieu de la soirée, la vieille, les joues en feu, avait dit, joyeuse :

– Voilà que ma petite-fille me fait boire ! C'est Ange qui va se retourner dans sa... le pauvre, il n'a jamais eu de tombe. On n'a jamais retrouvé son corps, même après la fonte des neiges. (Elle se mit à rire.) C'est mieux comme cela, il dormait toujours les fenêtres ouvertes.

Un jour, au cours de l'un de ces interrogatoires, sans que rien ne l'ait laissé présager, la vieille brusquement s'était ouverte. Un déclic !

Il s'agissait d'un parent éloigné qui avait débarqué sans prévenir – il était en cure à Luchon. Il avait fait les colonies. « Âgé déjà », n'avait pu s'empêcher d'ajouter la vieille, avec quelque chose que visiblement elle n'avait pas aimé. « On n'a plus entendu parler de lui. »

Comment le retrouver ? Était-il encore vivant ?

Au milieu du repas, Amélie avait tendu la main au-dessus de la table. Sur une page salie d'un carnet tout corné, un nom, une adresse :

Ferdinand LEBEL
MAS T'CHI, FAYENCE (près de GRASSE)

Lebel ! C'était leur nom de famille. Jeanne avait explosé de joie. C'était splendide à voir. La vieille ne l'avait jamais vue ainsi. Pour dire, ses cheveux, qu'elle tenait toujours ramenés derrière la nuque comme un coussin, avaient lâché d'un coup. « Elle est belle, ma petite ! » Elle s'en rendait compte pour la première fois. « Belle comme sa mère. » Jeanne avait pris la vieille par les hanches et l'avait entraînée dans une danse échevelée. Dans sa longue robe noire frôlant le sol, Amélie hoquetait de plaisir :

– Arrête, ma petite, arrête, j'ai plus l'âge.

Pythie possédée, la vieille s'était prise au jeu, elle continuait à déverser son passé, ne s'apercevant pas que c'était fini. Ses souvenirs étaient devenus sans intérêt. La danse finie, elle leva la tête. Découvrant le regard de Jeanne déjà happé par le lointain, elle avait pâli. Deux ou trois mots s'étaient échappés d'elle encore. Puis elle s'était tue. Les jets d'eau des bassins baissent les bras quand l'eau se tarit dans les tuyauteries. Ce fut sa dernière danse.

Dans la vallée d'Arreau, il y avait un dicton pour ce qu'elle venait de vivre : « Qui fouille la cendre, soulève la poussière. »

Le retour de Jeanne, mais surtout la vision de ce maudit journal, lui avaient remis tout cela en tête. Amélie s'en serait bien passé. Le lendemain, alors qu'elle était allée nourrir les bêtes, elle vit Génis quitter la maison, un croûton à la bouche. Il lui adressa un geste de la main, auquel elle répondit en levant sa bêche. Jeanne n'avait pas encore donné signe de vie. Quand elle se réveilla, surprise de se retrouver sur le canapé, elle sentit une petite chaleur. Elle s'étonna que le feu ait tenu si longtemps. Aux rayons du soleil, elle sut qu'il était tard. Elle était en retard.

Elle fonçait vers le ruisseau. Génis avait profité de son sommeil pour tenter d'arriver le premier au rendez-vous qu'ils s'étaient fixé la veille. Il n'a pas encore gagné, se promit Jeanne. Elle connaissait un raccourci, dévala le chemin, les pierres étaient traîtresses, elle tomba, se releva, repartit. Il longeait la haie, se hâtant, toujours boitant. Elle redoubla de vitesse. Il entendit son souffle, précipita le pas. Génis-la-tortue l'emporta d'une courte tête sur Jeanne-le-lièvre.

Pour se venger, elle lui fit « la totale ». Il était là pour faire de l'exercice, pour retrouver ses forces, il était là pour respirer le bon air des montagnes, eh bien, il allait en respirer ! Elle n'y alla pas de main morte. Avant la fin de la matinée, elle l'avait enseveli sous des tombereaux de verdure, noyé dans un ruisseau glacé, hissé jusqu'au faîte d'un vieux chêne monumental. Ah, le bambou n'est pas un arbre ! Jeanne descendit la première, Génis la suivit lentement, s'agrippant aux branches. Quand elle le reçut dans ses bras il lui demanda brusquement :

– Tu ne m'as jamais parlé de ta mère. Cela ne me gênait pas avant de connaître Amélie. Maintenant si.

– Je sais seulement son nom, Sylvie. Elle est morte quand je suis née.

Cela se passait le jour où Génis réapprit l'usage de son corps. Mais elle, Jeanne la preste, la leste, où était passée son agilité d'antan ? Femme de la ville, va ! Elle manqua chuter là où naguère elle volait, s'asphyxia dans des côtes qu'autrefois elle gravissait en dansant, se retint aux ronces dans des ravins que jadis elle dévalait dans ses espadrilles catalanes aux lanières de lierre. Il ne s'aperçut de rien, comment pouvait-il comparer ? Génis, lui, était fier, « la lâcheuse ne l'avait pas lâché » ! Désormais, il pourrait compter sur sa jambe.

Émerveillé, il la suivait ; essayant de ne pas se laisser distancer, elle ne lui fit pas le moindre cadeau. Dans un raidillon, mettant en action ses réacteurs, le « petit de la vache », dépassant en trombe Jeanne-le-lapin, demanda :

– À la maison, c'est bien un bambou parapluie ?

À présent, elle savait qu'il savait. À présent, il savait qu'elle savait qu'il savait.

Les journées se succédèrent à un rythme fou. Bientôt Génis sut d'un seul coup d'œil reconnaître l'unique vache cachée au milieu d'un troupeau de taureaux, distinguer une guêpe d'une abeille, un rat des champs d'un autre rat des champs, une vipère d'une couleuvre – mais pas l'inverse – et bien d'autres choses encore dont il ne se souvient pas du nom.

Il portait les joues roses d'un pâtre adolescent. Sa convalescence était terminée. Amélie apostropha Jeanne :

– Ton bancal peut voler de ses propres ailes maintenant.

Le lendemain, Jeanne et Génis repartaient pour la ville tuile-ardoise.

CHAPITRE 11

Où, suivant les mots de Léonard de Vinci, Jeanne comprend qu'une chose qui se meut acquiert autant d'espace qu'elle en perd. Et où Génis, à sa suite, est bien forcé d'admettre que ce que l'on abandonne d'avoir avancé, on le regagne du fait d'avancer.

Chemin de fer, chemin de mer.

Depuis son accident, Génis avait souvent repensé aux Sirènes et aux Centaures, Thétis, Héra, Héphaïstos. Héphaïstos ! Le fils d'Héra précipité entre ciel et terre dans les entrailles de la mer, celui de Jeanne projeté entre asphalte et boulons dans les profondeurs sous camion.

Héphaïstos est boiteux, Héphaïstos est un dieu.

Génis est boiteux, Génis est… Eh, où tu vas ?

Pourquoi Jeanne lui avait-elle raconté tout cela ? Assise sur la banquette, juste en face de lui, elle dormait lâchement, dodelinant de la tête avec la régularité d'un métronome. Au passage des aiguillages, son corps tressautait.

En lui faisant partager la Légende des Sirènes et des Centaures, avait-elle voulu le préparer à son infirmité ? L'avait-elle prévue, et si elle l'avait prévue, pourquoi ne pas l'en avoir averti ? Génis la fixa durement : son sommeil était-il feint ? Il avança le bras, posa la main sur son épaule. Elle ne bougea pas. La caresser ou la secouer ? Il n'allait tout de même pas la réveiller pour s'assurer qu'elle dormait !

Quittant le compartiment, il se retrouva devant un choix : remonter le train ou le descendre. Avenir ou passé ? Ting, tac, cac… Ting, tac, cac…

Ting, tac, cac… Jeanne avait choisi. Son sommeil l'emportait dans un autre voyage accompli lorsqu'elle avait seize ans. Rythme saccadé des roues… Ting, tac, cac… le petit train Luchon-Toulouse, puis l'interminable transversale qui la mena des Pyrénées aux Alpes : Carcassonne, Narbonne, Béziers, Sète, Montpellier, Nîmes, Arles, Marseille, Toulon, Cannes. Puis l'autocar pour Grasse, la ville des parfums, puis un autre encore qui la laissa sur la route à l'entrée d'un chemin entre Fayence et Seillans. En haut du chemin, un chat gris aux yeux bridés, et un homme qui la regardait s'approcher. Ferdinand Lebel.

Des yeux noirs, le teint clair, une longue cicatrice au bas du menton, ni mollesse ni lassitude dans son maintien. Seulement une lenteur imprimée dans les mouvements signalant une sorte d'absence ou de détachement. Il paraissait bien âgé. Jeanne avait envoyé un télégramme. Elle lui emboîta le pas vers une grande bâtisse.

Le mas T'chi.

Ferdinand Lebel n'avait pas toujours résidé dans cette bastide isolée des petites Alpes méditerranéennes. Il était né en Chine où son père, originaire de Luchon, avait émigré. Il s'y était installé à son arrivée en Europe quelques mois avant la guerre de 40. Singulier retour de celui qui revient d'où il ne vient pas.

C'est un étranger de nationalité française qui avait débarqué sur les quais de la Joliette, dans le port de Marseille. Depuis Canton, il avait acquis une petite propriété dans l'arrière-pays méditerranéen, près de Grasse.

L'Exil.

Il n'était plus de là-bas, il ne serait jamais d'ici. Acceptant son sort avec philosophie, mais se refusant à collaborer avec un avenir qui lui avait été imposé.

Ils marchèrent dans l'allée, Ferdinand Lebel regarda Jeanne à la dérobée. Il la trouva belle.

Était-il vraiment « le souligneur » ? Pourquoi avait-il sur lui la revue scientifique lors de son passage à Garin ? Se souvenait-il de l'y avoir oubliée ? Pourquoi avoir rapporté ce bambou de Chine ? Mais elle ne lui posa aucune question. Il venait de lui promettre de lui envoyer un plant de bambou parapluie. C'est ce qu'elle voulait obtenir.

Ting, tac, cac... Tandis que, dans son sommeil, Jeanne s'éloignait du petit bois de conifères à la lisière du mas T'chi où poussait le bambou parapluie de Ferdinand Lebel, Génis progressait dans le couloir en sens inverse de l'avancée du train.

Même des trains les plus longs on finit par toucher le fond ! Génis atteignit le wagon de queue, puis, passant l'ultime compartiment, il fit un pas de plus, tendit la main et toucha du doigt le bout du train. Il était le dernier passager !

Nez plaqué contre la vitre finale.

Le paysage, avalé en amont par la locomotive, ressortait tout neuf sous ses pieds. Loin devant, le conducteur, actionnant une gigantesque paire de ciseaux, taillait dans le vif. Il incisait la surface du globe. Par la plaie s'échappait toute la matière du Monde. Arrêter le train !

Génis qui, hier encore, voulait manger l'univers entier, le voilà aujourd'hui prenant peur qu'il se vide. Si, comme les autres passagers inconscients ou lâches, ou endormis comme Jeanne, il ne faisait rien pour empêcher cela, il n'y aura plus à l'arrivée qu'un univers exsangue, tripes à l'air, dont il ne resterait que la peau !

Dos calé contre la porte des toilettes, il entreprit d'enrayer l'hémorragie. Il fallait couturer la plaie, et la couturer aussi vite qu'elle se formait. Appliquant l'un contre l'autre les deux bords du ballast, il les recousait avec obstination. Merveilleuse efficacité de Génis. Sous ses pieds, traverse après traverse, le dispositif qu'il avait mis au point unissait les deux rails et les ressoudait comme le ferait une gigantesque fermeture Éclair. Derrière lui, le sol se refermait. Le Monde l'avait échappé belle !

Au bout du couloir, il aperçut Jeanne. La petite gare traversée à vive allure ne l'éclaira que quelques secondes. Son visage fut criblé de lumières, puis retourna dans l'obscurité.

Un instant encore elle laissa vagabonder ses souvenirs. Quelques années après son voyage au mas T'chi, deux transporteurs hissaient une lourde caisse emplie de terre dans la maison tuile-ardoise. Dans la caisse, le bambou parapluie, un bristol agrafé à une tige :

« Pour Jeanne. Un proverbe chinois affirme qu'on n'assiste jamais deux fois à la floraison d'un bambou parapluie. »

C'était signé F.L.

Aux initiales de la signature, elle se souvint d'avoir machinalement ajouté trois lettres : E.U.R.

FLEUR !

Après un tel retour en force du passé, Jeanne n'avait qu'une hâte. Dès son entrée dans la maison tuile-ardoise, elle se précipita dans la pièce-au-bambou. Sans prendre la peine d'ôter ses souliers, elle avança sur le petit pont qui trembla sous son poids. Traversant la cohorte, elle inspecta minutieusement la plante. Aucune tige n'avait poussé durant leur séjour à Garin ! Et ce qui était plus inquiétant, aucune feuille non plus. Chaque année à pareille époque, c'était une orgie de feuilles nouvelles. Jeanne vérifia l'état de la terre. Nulle trace de parasites, insectes ou champignons. Tout se passait comme si, interrompant son développement, le bambou s'était arrêté de pousser. Était-ce seulement une interruption ? se demanda-t-elle avec anxiété.

Elle ne fut pas la seule à s'interroger. Depuis son voyage à Garin, le rapport de Génis avec le bambou parapluie avait changé. Il se sentait attiré par cette plante qu'il avait jusqu'alors considérée comme l'affaire privée de Jeanne. Une affaire dont elle l'avait exclu. Lui, tout autant que les autres membres de la famille.

Le lendemain, il poussa la porte de la bibliothèque municipale. Il s'installa en face d'une lectrice portant un drôle de bonnet. Elle semblait plongée dans un petit opuscule.

Il était venu chercher les réponses aux questions que sa lecture de la revue avait suscitées. Voilà comment, après la Mécanique, la Cinétique, la Physique des particules et l'Optique de sa tendre jeunesse, il se trouva entraîné vers la Botanique.

En fait, il y avait peu de questions. Deux, seulement. Et elles étaient on ne peut plus simples à formuler :

« Pourquoi le bambou parapluie ne fleurit que tous les cent ans ? »

« Pourquoi tous les bambous parapluies du monde fleurissent en même temps ? »

Les autres questions se rattachaient en fait à ces deux-là. Qui lui indiquèrent l'ordre dans lequel il devait aborder son enquête. D'abord le temps, ensuite l'espace. Il se plongea dans une encyclopédie.

Le temps. Il tomba immédiatement, c'était inévitable, sur une vieille connaissance, le 60 ! Ah, Xéranthème et Xénon !... Ce qui l'intéressait, c'était le cycle du bambou parapluie. Rien sur le sujet. Il finit par s'apercevoir qu'il faisait fausse route. Dans la revue de Garin, l'auteur n'avait pas écrit que le bambou parapluie fleurissait *tous les cent ans*, mais qu'il fleurissait *au bout de cent ans*. Il n'était donc pas question de cycle. Mais il s'agissait tout de même de temps.

Unité de temps : la seconde. Génis sentit un regard posé sur lui. Ça l'irrita. De l'autre côté de la table, la jeune fille, depuis quelques pages, le dévisageait. Il changea de position, elle le suivit des yeux. Il tenta d'esquiver et porta son regard sur un point imaginaire. Au bout d'un instant, les yeux lui piquaient. Il louchait.

En face, elle s'en donnait à cœur joie, l'observant sans aucune gêne. Ultime refuge, l'encyclopédie. Génis s'y replongea. Lignes floues, figures vaporeuses. Redressant brusquement la tête, il l'affronta. Elle l'attendait. Dans ses yeux grands ouverts, elle planta son regard. Génis, ville ouverte ! Elle se baigna avec délice entre blanc et bleu, entre sclère et iris, se laissant dériver jusqu'aux limites du cristallin. Il se rebella. À portée de main, un atome de césium ! Il s'en empara au moment où il émettait deux radiations d'un bleu étonnamment pur. Le bleu de ses yeux. « Césium », du latin *caesium* : bleu du ciel.

Délicatement, comme on effeuille une marguerite, il préleva une période de la radiation. Puis une deuxième. Une troisième. Une autre encore... Lorsqu'il eut dénombré neuf milliards cent quatre-vingt-douze millions six cent trente et un mille sept cent soixante-dix périodes, IL S'ÉTAIT EXACTEMENT ÉCOULÉ UNE SECONDE !

Avec une pointe de regret, il dégagea ses yeux de ceux de la jeune fille. Sur le livre ouvert devant lui, une phrase encadrée : *Durée de temps égale à 9 192 631 770 périodes de la radiation correspondant à la transition entre les deux niveaux hyperfins de l'état fondamental de l'atome de césium 133*. XIIIe Conférence internationale des Poids et Mesures, nouvelle définition de la SECONDE. Il eut juste le temps de voir la jeune fille se lever et s'éloigner.

Le reste de l'après-midi ne suffit pas à lui apporter les réponses recherchées. Il apprit cependant deux nouvelles concernant le bambou parapluie. Une bonne et une mauvaise.

Paradoxalement, la bonne nouvelle avait trait aux feuilles, qui n'avaient pas poussé. Dès qu'il en prit connaissance, il eut envie de se précipiter pour avertir Jeanne. Elle sera folle de joie. Il ne le fit pas. À elle la quête, à lui l'enquête. Par la possession de ces deux informations, pour la première fois il prenait de l'avance sur Jeanne. Génis-le-lièvre.

Quand Génis et Jeanne étaient partis à Garin, Simon n'avait pas regagné la chambre commune. Il avait continué d'occuper le petit coin qu'il s'était aménagé dans son cabinet de travail. À son retour, Jeanne avait réintégré, seule, la *matrimoniale*.

Tandis que, sur les couleurs fades de la mappemonde, le soleil se levait, Jeanne, convaincue qu'elle ne pouvait plus reculer, poussa la porte de la pièce-au-bambou. La catastrophe était manifeste. Aucun doute n'était permis. Le bambou se mourait. Misère. Il périssait avant d'avoir fleuri, il périssait stérile ! Comment tolérer qu'il meure juste avant la date prévue de sa floraison, qu'il meure l'année même où, centenaire, il devait donner ses fleurs ? Comment tolérer de voir au dernier moment l'événement avorter sous ses yeux ? Après avoir si longtemps attendu !

Tristesse et rage. Elle y aurait succombé si une idée soudaine ne l'en avait pas libérée. Elle venait d'entrevoir un lien qui la fit frissonner. Un lien entre Génis et le bambou parapluie ! Plus exactement, entre la survie miraculeuse de l'un et le dépérissement imprévu de l'autre.

Donnant, donnant. Comme si, dans une algèbre tragique, la mort de la plante était le prix à payer pour que Génis reste en vie. À payer après coup. Que Génis soit sorti vivant des dessous du camion était inconcevable, elle l'avait toujours ressenti ainsi. Il fallait bien que quelque chose ait autorisé ce prodige. Le dépérissement du bambou était la facture de la fracture. C'est ce que Jeanne voulut penser. Elle regarda affectueusement le vieux bambou qui s'était sacrifié. Ses tiges d'or ramifiées à chaque nœud, ses feuilles lancéolées, avec leurs petites veinures tesselées, ses pétioles agiles. Non ! La construction qu'elle était en train d'échafauder ne tenait pas, il n'y avait aucun rapport entre les deux événements. Il ne pouvait y en avoir. L'existence d'un quelconque lien impliquerait un tel réseau de connivences dans l'ordre du monde que cela lui donna le tournis.

À l'inverse, si le miracle concernant Génis pouvait avoir eu lieu sans que le bambou périsse, la mort de ce dernier, devenant non nécessaire, était inacceptable.

Jeanne fit un effort pour reprendre ses esprits. Puisqu'elle ne pouvait rien prouver, qu'elle ne pouvait rien confirmer ou infirmer, l'un et l'autre des deux regards qu'elle portait sur ce couple d'événements étaient imaginables. Un miracle et une mort indépendants l'un de l'autre. Ou bien un miracle et une mort reliés.

Elle choisit. Un miracle et une mort reliés.

Le choix pour lequel elle venait d'opter fournissait un début d'explication à son attachement déraisonnable envers le bambou parapluie. Dans son village de Garin, elle aurait pressenti qu'il lui fallait se procurer cette plante et l'apprêter afin que, le moment venu, elle soit parée pour le sacrifice. Comme les vierges aztèques – mais en permutant les âges – dont les prêtres façonnent la beauté tout au long de l'adolescence pour qu'égorgées, leur sang juvénile empêche le vieux soleil de mourir. Durant des années, dans ce bac, Jeanne avait fait pousser une plante expiatoire. Elle ne l'aima que plus. Avec une fulgurante limpidité, elle comprit alors pourquoi, adolescente, elle avait été invinciblement attirée par le Beau au Bois Dormant.

CHAPITRE 12

Où, par une divine surprise que lui offrait son bambou, Jeanne prend conscience que la distance est peu de chose au regard de la durée.

Redoutable exactitude.

Elle l'admirait autant qu'elle la redoutait. Elle y voyait de la noblesse et aussi la présence froide de la mort. Devoir se trouver en un lieu précis, à un instant précis, et y être ! Cela, à ses yeux, tenait du miracle. Un type de miracle qui l'écœurait un peu.

Ce dimanche-là, pourtant, Jeanne était exacte au rendez-vous. Elle était même arrivée en avance, tristement, vers les 8 heures du matin. Seule dans la maison silencieuse. Elle s'était « débarrassée » du reste de la famille, insistant pour que Simon emmène Gis et Génis à la campagne pour la journée. Campagne pour campagne, Simon décida de leur montrer celle où il avait passé sa triste enfance.

La campagne de Simon est une campagne à cailles. Cela signifie qu'elle est une campagne à blé. Au temps des moissons, c'est de ces oiseaux-là qu'il pousse à foison. Rien d'autre ? Si. Dans les champs dorés, des coquelicots et des centaurées bleuets. Ni arbres, ni bosquets, ni haies. Tout ce qui impose aux machines des détours improductifs a été impitoyablement balayé. Ici, le paysage n'a que faire d'esthétique, seul importe le rendement. Mine à ciel ouvert d'où l'on extrait les céréales.

Abordant l'interminable ligne droite qui mène à son village natal, il accéléra pour traverser le plus vite possible l'accablante monotonie du paysage, ressentant le même abattement que naguère. « Terres sans fin comme un jour sans pain », disait-on dans la région.

Cul mordant la chaussée, une dizaine de véhicules étaient garés sur le bas-côté. On était en pleine moisson. Un bruit d'apocalypse. Réveillé en sursaut, Génis se dressa. Quasiment sous leur nez, une monstrueuse machine cramoisie démarra. La moissonneuse-batteuse fonçait vers les blés. Devant cet immense champ doré, Génis ne put s'empêcher de sourire malicieusement, en pensant à Jeanne, là-bas, face à d'autres tiges d'or, se préparant à une autre moisson. C'était pour cela qu'elle s'était débarrassée d'eux ! Gis cria à Simon de s'arrêter. Il n'en avait aucune envie. Ils insistèrent. Ils voulaient voir. Qu'ils voient !

Ici, le blé se rase en allant du pourtour vers le centre du champ. La moissonneuse-batteuse progressait en dessinant une spirale. À sa gauche, la partie moissonnée, à sa droite, celle non encore travaillée. Debout près des voitures, un groupe d'hommes bavardaient. Dans le bruit assourdissant et la chaleur intense, dans l'air saturé de poussière et de paille, Génis et Gis suivaient le lent grignotement de la récolte. À mesure que la machine avançait, le carré des blés encore debout au centre du champ s'amenuisait, raboté sur la frange. Resté à l'intérieur de la voiture, Simon se désintéressait du spectacle auquel, enfant, on l'avait plus d'une fois contraint à assister.

Bientôt, alors qu'il ne restait plus qu'une misère de champ dont la machine s'apprêtait à faire une bouchée, le bruit cessa brusquement. La moissonneuse-batteuse s'immobilisa. Interrompant leur conversation, les hommes se dirigèrent d'un pas décidé vers le centre du terrain. La face rougie des chaleurs, ils se déployèrent, cernant la parcelle où les blés s'élevaient. C'est à ce moment que Génis aperçut les fusils. Ces rougeauds suants, dont les command-cars étaient garés sur les bas-côtés, étaient de paisibles chasseurs.

Quand ils furent en place, disposés en un cercle parfait, avec chacun dans le viseur son morceau de ciel, l'un d'eux, sans doute le propriétaire du champ, fit un pas en avant, pointa son arme vers le sol et tira en plein milieu des blés restants. Un seul coup.

Un bruit étrange, une palpitation feutrée, déplaisante, monta de l'intérieur des blés. Soudain, quelque chose surgit. S'arrachant du sol avec peine, une masse sombre se détacha.

Pour les cailles, depuis la fin du printemps, dans le champ, tous les jours étaient jours de fête. Invisibles au milieu des tiges serrées, elles s'en étaient donné à cœur joie. Le moment était venu où cela devait se payer. Repues, elles somnolaient, confiantes au milieu du garde-manger. Elles avaient failli s'envoler mais ne commirent pas cette erreur. Persuadées que, dans l'aire décapitée, c'était la mort assurée, elles avaient fait les mortes, se laissant aspirer par la force centripète qui les poussait vers le centre du champ. Réfugiées dans le bout de céréales encore valide, elles s'étaient crues à l'abri. Serrées les unes contre les autres, elles avaient entendu la machine gagner du terrain. L'abri avait fondu, mâché par la ferraille. On en était là. Simon s'approcha des enfants pour leur épargner la suite. Trop tard.

La masse sombre s'éleva. Des cailles par milliers, comme nées des céréales, quittaient leur abri ! Tout de suite, Génis sut qu'elles n'atteindraient jamais le ciel. Un crépitement éclata. Les chasseurs déchaînés, ivres de savoir que sous les épis impassibles cela grouillait de viande, s'étaient mis à tirer. Le mitraillage fut terrible. Viser serait perdre du temps, il suffisait de tirer dans la masse. Comme on jette une pierre dans la mare. Bien sûr que chaque balle atteignait une cible, bien sûr que chaque plomb faisait son trou.

Dans le ciel, deux mouvements s'opposaient. Celui, ascendant, du nuage de cailles qui tentait de s'élever et celui, descendant, des dizaines de boules de plumes chutant. Le nuage ne parvenait pas à s'éloigner, il tournoyait au-dessus du champ, tentant de prendre de la vitesse, mais les corps agglutinés se gênaient. L'entremêlement de centaines d'ailes faisait un bruit horrible, froissement métallique des plumes, comme des couteaux que l'on aiguise.

Au sol, l'ombre portée dessinait une tache sombre. À mesure que la mitraille l'amputait, le nuage de plumes perdait du poids et de la densité. Bien vite à travers le tamis des ailes on aperçut des bouts de ciel.

Deux ou trois oiseaux, miraculés, en réchappèrent. Cailles rendues sourdes, à jamais traumatisées. De la viande stressée. Immangeable. Génis les vit s'éloigner, points noirs dans le ciel en fusion.

Ce fut au tour des chiens !

Tenus en laisse depuis le début du mitraillage, ils giclèrent en hurlant, fusant dans toutes les directions. Ils revinrent, boomerangs dociles, déposer des boules sanglantes aux pieds de leurs maîtres. Enivrés par ce carnage qui comblait leurs plus folles espérances, ils jappaient, enroués. Près de chaque paire de Pataugas, au milieu d'un tapis de douilles fumantes brillant comme un miroir, s'élevaient des petits monticules de chair palpitante. Ravis, les chasseurs avaient le pleur au bord du cil.

Seuls quelques cadavres introuvés, tombés au-delà du champ, pourriront au doux soleil d'automne. La part maudite.

Le conducteur de la moissonneuse-batteuse n'avait pas quitté sa cabine. Lorsque le dernier coup fut tiré, le propriétaire lui adressa un signe. Le bruit du moteur retentit à nouveau. En deux coups de hachoir, la flamboyante chevelure dorée qui, au milieu du champ, ondulait encore sous la brise d'été, disparut, mangée par la machine. À sa place il ne resta qu'un morceau de terre nue, crâne rasé au burin saint-cyrien. Cérès, complice d'un génocide.

Gis et Génis en avaient assez vu.

Pendant ce temps, dans la ville tuile-ardoise, Jeanne n'avait pas quitté la pièce-au-bambou. Assise dans la méridienne de paille bleue, elle regardait sans le voir le bambou parapluie jauni.

S'égrènent les décennies… Peut-on avoir autant de décennies que de doigts des deux mains ? C'est ce qui était en train d'arriver au bambou parapluie. Jeanne ne laissa pas passer l'anniversaire. Triste fête. Sicilienne de jais, portant le deuil, elle n'aurait pu supporter de vivre cet événement tragique dans une maison bruissante des bruits quotidiens.

Il lui fallait une confirmation. La confirmation que le bambou était bien mort.

Pour supporter cette spoliation, Jeanne fit appel à ses souvenirs. Pas aux siens propres mais au récit que Ferdinand Lebel lui avait naguère offert. Elle fit appel à une autre floraison.

Yi-tch'ang, province du Hubei. Année 1886.

Pour aller du Tibet, où il prend sa source, à Shanghai, le Yang-tseu-kiang traverse la Chine de part en part. 6 000 kilomètres. Aux trois quarts de son cours, le fleuve se resserre et devient plus profond. Après la mousson, les terribles crues de septembre emportent tout sur leur passage. Naviguer en cette période entre Tch'ong-k'ing et la ville fortifiée de Yi-tch'ang est fortement déconseillé.

Ce matin-là, d'innombrables embarcations avaient envahi le fleuve. Radeaux hâtivement montés, jonques hautaines arborant leurs triples voiles, sampans avec leur voile unique et leur petit dôme de bambou tressé sous lequel somnolaient des familles entières, épuisées par le voyage.

On n'avait jamais vu tant de monde sur les débarcadères. Engoncés de balluchons, les groupes débarquaient ; évitant la ville, ils empruntèrent la route des montagnes.

Au loin, la ligne continue des falaises, dont certaines frôlent les trois cents mètres, isole la région du reste de la Chine. La foule avançait d'un pas rapide dans ce paradis de fleurs et d'arbres où fourmillent les glycines, les pommiers sauvages, les peupliers, les ormes, les saules. C'est d'ici que proviennent tous les chrysanthèmes du monde.

Pas plus l'amour des glycines que celui des chrysanthèmes n'était à l'origine de cette longue marche. La multitude se dirigeait vers une vallée sauvage située à deux jours de marche de la ville. Là, devait se produire un événement exceptionnel. Si rare que nul parmi ceux qui se pressaient sur les chemins n'y avait déjà assisté. Exceptionnel, mais pas accidentel. Rare, mais pas unique. Inhabituel, mais pas inédit. Et enfin, surprenant, mais prévu. Rigoureusement prévu. Et tellement attendu !

La montée était rude. Par moments, la foule devait se faire file pour avancer sur les chemins escarpés. Puis ce fut la traversée des marécages. Quelques marcheurs manquèrent se noyer. Repêchés et séchés, ils repartirent sans se presser. Bivouac hâtif pour la nuit. Dès l'aube, la course reprit. En fin de journée, juste avant le crépuscule, ils aperçurent la trouée. Les vieillards qui avaient tenu à faire le voyage trouvèrent la force d'aller plus loin. Ils voulaient passer le col avant la nuit. Au moment d'aborder l'ultime côte, ils s'arrêtèrent. Pas tant pour se reposer que pour se préparer à ce qu'ils allaient découvrir de l'autre côté. De l'autre côté, un formidable campement s'étendait dans la vallée et sur le flanc de la montagne. Immense amphithéâtre.

Déjà, un peu partout, des feux s'allumaient. La nuit n'allait pas manquer d'être froide. Rassemblées dans un vaste enclos, les bêtes, chevaux, ânes, mulets et bœufs mélangés, se bousculaient vers les tas de nourriture. Une crèche en terre asiatique.

Les marcheurs s'étaient regroupés par province. Caquetage assourdi, la symphonie des voix parlées de la Chine des Dix-Huit Provinces. Près du col, sur le flanc est, ceux de Ts'ing-hai. Près du ruisseau, du même côté, ceux de Chen-si. Un peu plus bas, ceux de Chan-si.

Plus bas encore, ceux du Hubei et du Ho-nan, venus en voisins. Dans tout cet écheveau de sons, une oreille attentive aurait vite reconnu le dialecte de Ho-nan et celui de Kouei-tchéou.

Les provisions passaient de mains en mains. Malgré l'infinie pauvreté qui d'ordinaire affamait ces populations, ce soir-là personne ne manqua de rien. La nuit était venue sans que quiconque s'en soit aperçu. Un chant s'éleva, puis un autre, un autre encore. Tous différents. Babel, dans cette nuit froide des montagnes du Hubei !

À l'aube, ils se retrouvèrent plus nombreux que la veille. Durant la nuit, des groupes n'avaient cessé d'arriver, s'installant sans bruit au milieu des dormeurs. Le silence donc. Ils s'assirent à même le sol, les jambes croisées, comme pour une prière, le regard dirigé vers le sommet de la montagne, tendus vers l'événement sur le point d'advenir.

L'attente.

Aussi silencieuse et respectueuse que la foule séculaire de Yi-tch'ang, Jeanne attendait. Attendait que quelque chose n'arrive pas ! Le jaunissement du bambou n'avait fait que s'accentuer au cours de l'année écoulée. Une feuille, une seule, avait-elle poussé, un seul rameau nouveau avait-il surgi, une seule tige était-elle sortie de terre ? Non seulement la floraison n'aura pas lieu comme la revue de Garin l'avait prévue. Mais en plus, elle n'aura pas lieu parce que le bambou parapluie périssait.

Dans le centre du bac quelque chose bougea. Oh, c'était imperceptible ! Au milieu de tout ce jaune, une tache blanche…

… une tache blanche au milieu de la forêt de la province du Hubei aux environs de Yi-tch'ang.

Sur une montagne de Chine, dans une pièce d'une maison tuile-ardoise, la première fleur d'un bambou parapluie venait d'éclore. Au même instant. À un siècle de distance.

Elle était si menue. Mais sur le flanc de la montagne, on ne voyait qu'elle. Surprise, alors qu'elle n'attendait que cela, qu'elle n'était venue que pour cela, et émerveillée plus qu'elle n'aurait osé l'espérer, la foule se dressa. Surprise également, mais pour la raison inverse, Jeanne n'en croyait pas ses yeux. Sur le petit pont de bois elle se mit à danser. Déclenchées par un mécanisme mystérieux, de petites explosions percèrent l'écran des conifères au milieu desquels se dressaient les bambous parapluies. Des multitudes de fleurs éclosaient. Dans l'excitation, un son avait échappé à Jeanne, un froissement de papier ou bien un crissement semblable au dessillement des ailes d'une larve devenant papillon. Par un magique enchantement, tous les bambous de la montagne, répondant à un appel magique, fleurirent ensemble. Là, là, là, là aussi, partout ! Où porter son regard ? Le crépitement métallique produit par l'éclosion simultanée de dizaines de milliers de fleurs enivrait la foule. On ne percevait que le halètement contenu des respirations. Jeanne n'avait pas assez de ses deux yeux pour contempler non seulement ce bourgeon-ci, le premier, dont elle suivait le lent épanouissement, mais tous les autres, les dizaines d'autres, qui se fendaient de concert, laissant apparaître à l'aisselle de chaque feuille, encore emmaillotée de pulpe, chacun sa fleur.

L'article avait dit vrai.

Tout se passait exactement comme prévu, à l'instant

prévu, et elle était surprise ! Comme si la nature, feignant de décommander à la dernière minute l'événement attendu, avait tout arrangé pour décupler son bonheur. Le jaunissement de la plante n'avait été qu'une ruse pour lui préserver la surprise. Elle était abasourdie qu'advienne précisément ce qui avait été écrit qu'il adviendrait ! Qu'advienne ce qu'elle avait espéré ! Emportée par cette formidable éruption, la montagne entière fut en un instant recouverte d'une couverture de pétales, lave délicate et fraîche. Il neigeait des fleurs ! Bouquet final d'un véritable feu d'artifice végétal !

Dans l'immobilité tendue de la foule, il y avait quelque chose d'une communion sacrée. C'était bien à une cérémonie païenne que tous participaient, une cérémonie qui ne survenait qu'une fois tous les cent ans, au cours de laquelle, sur cet autel naturel, des myriades de bambous s'offraient. Dans son lieu d'origine, là où l'espèce était née, les bambous parapluies venaient de fleurir !

Le spectacle auquel Jeanne assistait en solitaire était tout aussi émouvant, bien que… Pour dire le vrai, les fleurs du bambou parapluie n'étaient pas belles. Pas belles du tout ! C'en était touchant. Petitounes et guindées, étriquées. Comme si, gênées de s'exposer aux regards après avoir imposé une si longue attente, elles se trouvaient dans l'impossibilité de répondre à la question : « Pourquoi viens-tu si tard ? »

Comment auraient-elles pu avouer que l'affaire du bambou parapluie n'était pas de fleurir mais de se développer, pas de produire des fleurs mais des tiges. Mais que, nature oblige, il fallait bien que le bambou y passât, à la floraison. La retardant le plus qu'il avait pu, il avait laissé passer le temps. C'est une vieille plante qui fleurissait là.

Quelle importance ? Cette floraison, Jeanne, adolescente, s'était juré qu'elle y assisterait. Rompue, elle s'assit. La tête lui tourna. Non pas tant d'assister à l'événement, mais d'y assister alors que, après l'avoir si longtemps espéré, elle s'était convaincue qu'elle n'y assisterait point. Elle ferma les yeux. Une sorte de pétillement lui prit la gorge. Champagne végétal, dont la bouteille venait de se briser sur la coque du vieux navire chlorophylle. Elle ouvrit les yeux, se vit encerclée. Jouant à plein leur rôle, les miroirs lui renvoyaient l'image répercutée d'une éclosion mille fois répétée. Fermant à nouveau les yeux, transportée par le récit de Ferdinand Lebel, elle se retrouva en Chine, sur la montagne des environs de Yi-tch'ang dans la province du Hubei.

« La caille, la tourterelle et la jolie colombe… et la jolie perdrix qui chante jour et nuit. » Les trois Calor chantaient à tue-tête dans la voiture qui les ramenait dans la ville tuile-ardoise.

Simon, seul à l'avant, pensait à Jeanne. Il savait pertinemment qu'elle avait tout fait ce matin pour se débarrasser d'eux.

– Il m'énerve avec ses phares.

– « La caille, la tourterelle et la jolie colombe, et la jolie… »

– Vous pouvez pas changer de rengaine, non ? Des phares blancs ! C'est des Allemands… ou des Suisses. Mais pourquoi il ne les baisse pas ? Je lui fais un appel, comme ça il verra bien que je suis là. Eh puis merde, moi aussi je vais m'y mettre, pleins phares. C'est idiot, parce que si je m'y mets il ne verra plus rien lui aussi. On serait deux à être aveuglés.

– Eh papa, les antirrhines !

– Quoi, les antirrhines ?

– Chante-nous les antirrhines.

– Non, pas maintenant.

Simon se mit à chanter la chanson des antirrhines que, des années plus tôt, il avait spécialement composée pour eux :

Hermaphrodite, gamopétale.
Quatre étamines dynames.
Limbe bilabié,
Calice cloisonné.
Sa capsule biloculaire
La fait bicarpelle et pentamère.

Et tous ensemble, ils reprirent le refrain : « Et zizi et gogo et momo »…

– Mais qu'est-ce qu'il fait, ce con !

Il était rare que Simon se laisse aller à dire des gros mots. Derrière, ils continuaient : « Et zizi et gog ! » Le *o* leur resta dans la gorge. La voiture aux phares blancs fonçait sur eux. « P'pa ! » Aveuglé, Simon ferma les yeux pour mieux voir. Il donna un terrible coup de volant à droite pour éviter la voiture. Il évita la voiture, mais il allait droit sur le platane. Il donna un deuxième coup de volant, vers la gauche ; il évita le platane. Mais il était sur le point de traverser la route. Il donna un troisième coup de volant et redressa. Les pneus mordirent le bas-côté. Au moment où la voiture aux phares blancs les croisait, ils hurlèrent tous les trois le célèbre refrain des antirrhines : « Et zizi et gogo et momo, et zygomorphe. Et ZYGOMORPHE ! »

À cet instant, Jeanne refermait la porte de la pièce-au-bambou, radieuse. Elle ne savait pas qu'elle était passée très près de se réveiller veuve et mère de plus rien du tout. Elle s'endormit. À cet instant, tous les bambous parapluies du monde étaient en train de fleurir. Des multitudes de fleurs, programmées dix décennies plus tôt, se jouant de la distance, éclosaient en même temps ! Sensation merveilleuse. Jeanne, une sacrée solitaire pourtant, prit conscience qu'elle se trouvait en l'un de ces coins du monde où se jouait cette symphonie ubiquiste. Qui en étaient les autres spectateurs ? Elle ne le saura jamais. Une ex-garde rouge dans une ferme collective de Yi-tch'ang, dans la province du Hubei ! Un chômeur jamaïcain dans l'arrière-cour d'un drugstore de New York ! Un restaurateur bavarois dans son jardin des environs de Munich ! Une vieille blonde dans une pépinière danoise ! Et, dans d'autres lieux encore, inconnus, des complices qu'elle ne connaîtra jamais assistaient à la floraison de bambous parapluies jumeaux de celui-ci, devenus eux aussi, en ce moment même, centenaires.

Jeanne n'entendit pas les trois Calor rentrer au milieu de la nuit. Génis se précipita dans la pièce-au-bambou. Comme il s'y attendait, il découvrit les fleurs. Un large sourire s'épanouit sur son visage. À la bibliothèque, il avait appris une bonne et une mauvaise nouvelle. La bonne venait d'être confirmée : l'interruption du développement du bambou parapluie annonce sa floraison. Ce fait était rapporté par de nombreux chroniqueurs des temps anciens.

Moins sujettes à la fatigue que Jeanne, les fleurs, vieilles d'une unique journée, n'avaient pas perdu leur temps durant la nuit. Sitôt déplissés, les pétales s'étaient voluptueusement adonnés aux caresses de la lumière. Le soleil avait déjà mangé une partie de la pièce. Les miroirs, accomplissant leur tâche consciencieusement, rabattaient chaque rayon de soleil vers la plante. Emprisonné dans un cercle de feu, le bambou, tiges parées d'or, se dressait, majestueux et frêle. Vieux monarque aux multiples couronnes, ceint de son manteau de fleurs.

Tandis qu'ils prenaient le petit déjeuner, Génis, encore tout excité de la floraison, décida de n'en parler ni à Gis ni à Simon. Si quelqu'un devait le faire, c'était Jeanne. On sonna à la porte d'entrée. Un télégramme. Adressé à Simon : « Prière contacter d'urgence le Service des Missions. » Simon le passa à Génis et à Gis. Service des Missions ? Génis relut le texte, hocha la tête :

– Sept mots, ils ne sont pas prolixes, au Service des Missions.

Simon téléphona. On lui demanda s'il était toujours d'accord pour la Terre Adélie. Il balbutia : oui, oui. Le médecin pressenti pour la mission, un habitué de l'Antarctique, venait de mourir dans un accident de voiture. Simon regarda Gis et Génis. Il se fit un silence dans l'appareil… les phares blancs, le coup de volant…

– Vous êtes toujours là, docteur Calor ?

– Oui, oui.

– Êtes-vous prêt à le remplacer ? Le départ est fixé dans trois semaines, mais il vous faudra au préalable suivre un stage.

Il voulait une réponse immédiate. Immédiatement, Simon répondit « oui ». Ayant raccroché, il s'aperçut que, dans l'échange avec le Service des Missions, il n'avait dit que « oui » ou « oui, oui ».

Jeanne dormait. Inutile de la réveiller. Simon se précipita vers le téléphone. Le remplaçant, celui-là même qui avait repris le cabinet durant leur séjour dans la station balnéaire, était prêt à commencer dans quinze jours.

Jeanne se réveilla. La cuisine était vide. Simon était parti pour une urgence. Génis était au lycée, Gis à l'université. Elle apprit la nouvelle par un petit papier écrit à la hâte qu'elle découvrit entre le beurrier et le pot de confiture. À son retour, Simon et Jeanne parlèrent longuement. Comme avant.

Simon partit en stage.

Madame Dielman avait su retenir ses larmes quand il lui avait annoncé la nouvelle. Dans une impulsion subite, elle lui avait proposé de prendre ses antirrhines en pension, lui déclarant crânement avoir des droits sur ces fleurs. N'était-ce pas elle qui lui avait offert ses premières antirrhines ? Comment refuser ?

Son stage terminé, Simon était revenu dans la ville tuile-ardoise. Aidé par Jeanne, qui avait acheté tout le nécessaire pour expédition polaire, il avait préparé ses bagages et mis de l'ordre dans ses affaires. Puis il avait rassemblé tous ses journaux, ceux de la salle d'attente, ceux de son bureau. Liasse par liasse, il les avait brûlés dans la cheminée du salon. Comme s'il voulait se réchauffer avant de s'envoler pour la Terre Adélie.

Le remplaçant s'était installé. Un homme très discret. On ne le voyait jamais. Sauf une fois. Il était monté demander très poliment à Jeanne l'autorisation de décrocher les palettes-tableaux de Simon ornant les murs du cabinet. Difficile de le lui refuser. Gis les accrocha dans sa chambre.

Gis rentrait de plus en plus tard. Un soir, Génis, pénétrant dans le salon, découvrit l'inacceptable. Autour de la Table Ronde, Gis et son petit ami. Il crut rêver ! Elle ne pouvait lui avoir fait cela ! Son petit ami était… le géant à la voiture écarlate ! Horreur.

Le lendemain, Génis intercepta Gis et lui exprima sa fureur. Elle resta de marbre. Elle aimerait qui elle voulait ! Triste, il dit presque pour lui : « Si Simon était là… » À nouveau furieux, il fulmina : « Il l'aurait cassé en deux ! »

CHAPITRE 13

Où, par sa rencontre avec Lise, Génis découvre l'immortalité éphémère durant le seul instant où amour rima avec toujours.

Il n'avait demandé à personne de commencer.

Il se sentait donc parfaitement autorisé à questionner les forces qui auraient un jour à lui signifier sa fin. On l'avait doté d'un début, il insista pour qu'on le munisse d'une fin. Contraint de posséder un bout, il en exigea deux*, répugnant à devenir un humain d'exception muni d'une extrémité et auquel manquerait l'autre.

Subsistait une question : cette fin pouvait-elle advenir à tout moment ? En un mot : Génis était-il mortel à chaque instant de son existence ?

Il se souvint qu'une fois déjà, tandis qu'il fournissait son incroyable effort pour se soustraire aux roues du camion, il avait été frappé par la certitude qu'en cet instant la mort ne pouvait l'atteindre. À l'époque il n'y avait pas prêté attention. Un après-midi d'hiver, dans un jardin, une jeune fille du nom de Lise lui offrit une

---

* Gis, qui aimait à s'exprimer dans le langage de la géométrie, aurait exprimé les choses ainsi : privé de la liberté d'être « une droite », Génis, refusant de vivoter dans la peau d'« une demi-droite », se fit « segment ».

deuxième occasion de vivre cette immortalité éphémère.

Haleines collégiennes et chaleur lourde des salles de classe. Dans le halo enveloppant le lycée à l'heure de la sortie, une chevelure de feu, sombre et lumineuse. La jeune fille de la bibliothèque !

Ce qui retint son attention lorsqu'il l'aperçut voguant au milieu de l'océan de cartables, ce fut son étonnante façon de se déplacer. Plus proche de la natation que de la marche. Par une sorte de brasse coulée, elle se glissait avec une aisance irritante entre les groupes de jeunes gens. Elle disparut soudain dans le flot lycéen, réapparut quelques mètres plus loin, disparut à nouveau. Il se lança à sa poursuite. Pauvre ! Avec son invisible raideur de la jambe, il ne sut la rattraper.

Brusquement elle fut à ses côtés. Il fut frappé par son visage, qu'il n'avait en fait pas pu observer lors de leur première rencontre. Plus précisément, il fut frappé par l'impossibilité d'en cerner les traits, à l'abri qu'ils étaient de la barrière de feu qui les ceignait. La chevelure fonctionnait comme un appât n'ayant d'autre fonction que d'attirer l'attention, afin de permettre au visage d'échapper aux regards.

La chevelure était publique, le visage privé. Autant l'une, occupant le devant de la scène, était en représentation, autant l'autre, retiré à l'arrière-plan, vaquait, libre. L'enfance se lisait dans la fragilité des traits. Le regard, par moments, brillait du même éclat que les cheveux. Bien sûr qu'elle était belle dans sa jupe courte. Deux jambes splendides que, du regard, Génis remonta bien plus haut que le genou. Elle était légèrement plus grande que lui. Et légèrement moins vieille.

Six heures de compression pour vingt minutes d'explosion : loi de la Thermodynamique des Gaz Scolaires dont chaque collégien a pu éprouver la vérité. Plus souvent que le pur hasard ne l'autorisait. Génis et Lise se croisaient dans les remous de la sortie. Encore fallait-il que leurs emplois du temps concordent. Ils concordaient trois fois par semaine. Insuffisant !

Leur première journée seuls ensemble fut une journée d'hiver dans un jardin. Génis dirait que c'était une journée 7h35-16h45, mais il lui faudrait raconter le cirque, le camion, la chute, la jambe et la convalescence. C'était trop.

Très vite, avec la brume, le monde se referma, perdit de sa forme et se fondit. Tout était à portée de main. Génis redécouvrit le vieux bonheur de se noyer dans un univers clos. Dans la ouateur de l'atmosphère, brandons sous la cendre, la chevelure de Lise couvait.

Ils revinrent.

Toujours dans ce même jardin. Leur jardin d'hiver. En cette saison, les efforts civils pour pacifier le paysage se heurtent à de trop puissants adversaires. Froidure, brume, vent, neige, pluie et bruine alliés offrent à la nature un long répit. La vulgarité qui préside à l'été des jardins s'était envolée avec les dernières fleurs. Comble de bonheur, le jardinier frileux ne s'aventurait qu'exceptionnellement hors de sa cabane. Il n'était gardien que de lui-même.

Seuls donc au milieu de la ville.

Dans la chevelure d'une comète de 100 000 kilomètres de long, il n'y a pas plus de matière que dans le ventre d'un dé à coudre ! Voilà pourquoi, lui expliqua-t-il, il était parvenu à passer outre à l'écran de ses cheveux. Secret pour secret, elle lui révéla que ne lui avait pas échappé la coquetterie qu'il avait dans la jambe. On ne lui avait jamais parlé ainsi de « la lâcheuse ».

L'été éparpille. L'hiver rassemble.

Lise arriva la première. Robe longue, chaude, étroite, du genre fourreau. Elle avait le haut de la tête noir, pris dans une sorte de bonnet de notaire où s'enfouissaient ses cheveux. Sa silhouette gommée par le brouillard la rendait indécelable. Revêtu de sa tenue des mois de décembre – une antique pèlerine bleu de nuit –, Génis la cherchait. Elle le laissa chercher, percevant parfois son souffle tiède. Pour lui donner une chance, elle ôta son bonnet. L'éclair d'un phare. Il l'aperçut, elle l'aperçut. Ils coururent. Deux navires fous refusant d'actionner leur cornes de brume. Sous le choc, la pèlerine s'ouvrit, Lise y pénétra. Cône sombre glissant dans les allées désertes, ils marchèrent enlacés. Après avoir traversé une étendue désolée recouverte de souvenirs de pelouse, ils s'allongèrent derrière un tas de fagots. Dégagée du fourreau, une longue jambe nue et claire s'échappa du tissu.

Elle posa sa main sur son sexe. Moineau sur un fil électrique. C'était bon. Ses seins, son ventre, ses joues, ses cuisses et ses épaules, sa nuque, le duvet qui recouvrait le bas de son dos, la coulée de ses fesses, les fourrés de ses aisselles… Il se plaqua sur elle, c'est comme si, avec le corps entier, ils se prenaient le pouls. Siamois par choix.

Il entra en elle, cheval de Troie d'amour. Chaque poussée de son corps, il tenait à en lire les effets au fond des pupilles de Lise, qui luttait, elle aussi, pour ne pas laisser ses yeux se fermer. Le premier qui, en laissant ses paupières glisser, accepterait de vivre son plaisir en solitaire, déserterait le couple et romprait l'échange.

Cette montée du plaisir, voyage sur la crête de la vague… ils cessèrent tous deux de respirer, l'un pour la vivre, l'autre pour voir l'autre la vivre. Je vois l'œil de qui voit mon œil…

Le bonnet de Lise glissa. Ses cheveux déferlèrent, une coulée de lave. Lise était cette irruption qu'il avait tant attendue. Tout se disloqua. Entraîné, ballotté, roulé, remué. Plus rien à quoi se raccrocher. Que le souffle de Lise. À cet instant précis, et pour seulement cet instant précis, qui ne dura pas même… une seconde, Génis se sut immortel.

Dans le jardin d'hiver, la texture du temps en fut profondément changée. Tout se passa si vite et pourtant cela leur dura une éternité. Une éternité logée dans une faille…

Après que Génis se fut séparé d'avec Lise, et pendant qu'à travers l'obscurité il l'observait, renfournant son fourreau, il s'étonna de ressentir encore les effets de la sensation d'immortalité qui venait l'étreindre. La mort a bien des pouvoirs, mais pas celui de s'insérer où bon lui semble ; elle ne peut qu'attendre une faiblesse dans le déroulement du temps. « Je suis mortel, certes, mais pas n'importe quand. » Une fois encore, Génis éprouva à quel point il était complice de sa propre vie. Complice jusque dans sa mort. En quittant le jardin, Génis s'aperçut que sa pèlerine s'ornait d'un bel accroc.

Le lendemain, lorsque le gardien tenta une sortie, derrière la haie il découvrit quelques feuilles tachées de sang. Il s'imagina que durant la nuit un crime animal avait été commis. Il ne trouva ni touffes de poils ni tas de plumes. Seulement un morceau de tissu.

Par deux fois Génis n'était pas mort. Ni de plaisir sous le corps de Lise, ni de douleur sous la masse d'une remorque de cirque. C'est avec véhémence qu'il s'était retiré des dessous du camion et avec d'infinies précautions qu'il s'était extrait de ceux de son amie. L'incroyable légèreté du corps de Lise, pas plus que l'énormité des roues de la machine, n'était parvenue à le réduire.

Tout recommença. Génis ne mourut pas, mais cent fois il succomba de Lise. Chaque fois il renaissait, toujours plus homme.

Pendant que Génis ne mourait pas, Gis vivait. Elle vivait même intensément. Entre elle et Génis, il y avait depuis toujours un différend d'importance. Lui s'obsédait de liberté, elle d'indépendance. Lui n'avait jamais cherché à être indépendant, elle n'avait jamais désiré être libre. Quelques jours après son accrochage avec Génis, elle quitta la maison tuile-ardoise pour une petite chambre sous les toits – de tuiles – qu'elle partageait avec son amant géant. Là, elle goûta son indépendance.

Le quadrilatère Calor venait de perdre coup sur coup deux de ses sommets. Il ne restait plus qu'un côté.

CHAPITRE 14

**Où, après un combat silencieux,
Jeanne offre Myrrha à Génis et Génis Losan à Jeanne.**

Odeur forte, légèrement grisante.

Toujours ce parfum têtu. Avec aujourd'hui quelque chose d'inacceptable en plus. Jeanne alluma la veilleuse. Dans la lumière faible, le bambou parapluie semblait un sapin de lendemain de fête. Chaque fleur, à l'emplacement où elle l'avait vue éclore il y a si peu de temps, était fanée. Desséchées sur place comme des momies, elles s'accrochaient encore.

Jeanne aperçut des billes sombres et luisantes au pied des tiges : les graines de bambou ! Plus grosses que la taille des épis ne l'aurait laissé prévoir, elles étaient plus rares encore et plus exceptionnelles que les fleurs mêmes. De véritables bijoux !

Elle quitta la pièce et revint quelques instants plus tard avec un coffret. Elle se pencha, ramassa une graine au hasard, la pinça entre ses doigts, la fit rouler sur sa peau. Elle était dure et résistante. Jeanne pressa le fermoir, le couvercle se souleva, découvrant la longue boucle d'oreille en perles fines que Simon lui avait offerte pour leur mariage. Elle l'ôta, déposa la graine et referma le couvercle.

Elle s'approcha d'un miroir et ne put retenir une grimace lorsque la boucle traversa l'oreille. Elle se regarda. Sur le fond de ses cheveux noirs lâchés, les perles scintillèrent. Elle agita la tête pour éprouver la solidité de l'attache. Les perles cliquetèrent en cascade le long des veines de son cou.

Revenant vers le bambou, elle tendit la main, saisit une fleur. Elle tira doucement, la fleur résista. Jeanne espérait qu'elle se détacherait sans heurt. C'était ne pas compter sur la solidarité du bambou avec chacune de ses parties. Jeanne comprit qu'elle ne pouvait faire l'impasse sur la violence. Contrainte à assumer la déchirure de façon brutale et consciente, elle arracha la fleur.

Elles n'avaient donc duré qu'un seul été. Naïvement, Jeanne avait espéré qu'ayant été si longues à se faire, elles allaient durer très longtemps, plus d'une saison en tout cas.

Après avoir entièrement dépouillé le bambou parapluie, Jeanne prit du recul et le regarda. Il semblait se courber dans les hauteurs. Elle sourit devant la naïveté qui lui faisait lier voussure et vieillissement.

S'égrènent les graines…

Jeanne déposa les graines au fond de sa blouse retroussée et sortit.

De sa main inclinée au-dessus de la cuvette des toilettes, une graine se détacha. Empruntant le chemin le plus court, elle s'écoula le long de sa ligne de vie. À sa suite, les autres graines se jetèrent dans le vide. Jeanne tira la chasse, l'eau déferla, les graines tournoyèrent dans l'écume, se percutèrent et disparurent dans le bouillonnement. L'émail à nouveau étincelant, l'eau à nouveau limpide. De toute la récolte du bambou parapluie, il ne restait que la graine du coffret.

Jeanne se souvint alors du proverbe chinois que Ferdinand Lebel avait joint à son envoi : « On n'assiste jamais deux fois à la floraison d'un bambou parapluie. » Une expression banale s'imposa à elle, dont elle découvrit soudain le sens : *une fois pour toutes*. Jeanne réalisa qu'elle avait vécu la floraison du bambou parapluie UNE FOIS POUR TOUTES. Pour toutes les fois. Passées et à venir. Expérience unique entre toutes, qui les résume et les contient toutes. Elle comprit dans sa chair qu'exceptionnel ne signifiait pas unique, pas plus que périodique ne voulait dire fréquent.

Ensuite, tout alla très vite.

Le cours du temps dispose de peu de possibilités pour agencer les faits. Trois exactement :

– Il arrive ce que l'on avait prévu qu'il arrive.

– Ce que l'on avait prévu qu'il arrive, n'arrive pas.

– Ce que l'on n'avait pas du tout prévu qu'il arrive, arrive.

Dans les trois cas, pour peu que l'on s'y prenne bien, cela peut faire événement.

Au cours de la floraison, Jeanne avait vécu, entremêlées, les deux premières figures. Elle était sur le point de vivre la troisième.

Génis avait rendez-vous avec Jeanne à la fontaine des Troubadours. Il voulait lui faire une surprise : lui présenter Lise. Il l'attendit, elle ne vint pas. Ce n'était pas dans ses habitudes. Génis, inquiet, partit à sa recherche. Il la découvrit dans la pièce-au-bambou, le visage défait, les mains noircies. Un seul regard suffisait pour se rendre compte que le bambou était dans un bien mauvais état. Engourdi, raidi. Les feuilles n'avaient pas repoussé, aucune nouvelle pousse n'était sortie de terre. Épuisée, Jeanne se laissa tomber dans la méridienne. C'était le moment.

– Ce n'est pas la peine, Jeanne, tu n'y pourras rien.

Il lui dit que tous ses efforts seraient vains. Ses yeux brillèrent, elle voulut se révolter, il ne lui en laissa pas le temps. En une phrase, il lui apprit la nouvelle. La « mauvaise ».

– TOUS LES BAMBOUS PARAPLUIES MEURENT APRÈS AVOIR FLEURI.

Génis messager. Messager boiteux qui arrive après que les choses se sont produites. Il n'annonçait pas les événements, il les confirmait.

À deux reprises, l'enquête de Génis avait percuté la quête de Jeanne et, chaque fois, il avait refusé de l'avertir. La première fois, lorsqu'elle croyait que le bambou parapluie mourait, alors que dans un surplus de vie il préparait sa floraison. La deuxième fois, en sens inverse, lorsqu'elle croyait que la floraison était l'apogée de sa vie, alors qu'elle était l'annonce de sa mort. Ce bambou parapluie, dont elle avait partagé l'intimité durant deux décennies, la prenait chaque fois à contre-pied.

– Jeanne, tu te trompes toujours.

– Pourquoi ne pas m'avoir avertie ?

– Tu aurais vraiment voulu que je te prévienne ?

– Non, répondit-elle sans une hésitation.

Fleurir et mourir.

Non ! Mourir d'avoir fleuri. L'effort pour mener les fleurs à bon port avait accaparé toutes ses forces. La floraison lui avait été fatale. Était-ce pour cela qu'il fleurissait si tard ? Pour mourir le plus tard possible ? Elle retint difficilement ses larmes. La faiblesse qui se faisait jour en Jeanne donna de la force à Génis. Il sentit qu'il allait en avoir besoin.

Et d'abord, pourquoi « parapluie » ? Le bambou de Jeanne devrait plutôt s'appeler « papillon ». *Le bambou papillon !* Là, le nom serait justifié. La ressemblance entre la plante et l'insecte, la similitude de leur développement, venaient de lui apparaître. Voler, fleurir, mourir.

Végétal, animal... Génis n'osa pas franchir le pas. C'est à cet instant qu'il perçut à quel point l'histoire privée de Jeanne était devenue la sienne. Il n'arrivait pas à savoir s'il l'avait fait de son plein gré ou si Jeanne l'avait subtilement entraîné dans cette affaire. Quoi qu'il en soit, il était trop tard pour se désengager, il devait aller jusqu'au bout.

Mais... la floraison avait eu lieu et l'histoire n'était pas terminée. Le bambou était mort et l'histoire n'était pas terminée...

Le bambou parapluie desséché avait été retiré sans effort. Il ne tenait plus qu'à un fil. Le rhizome raidi, vidé de sa substance, n'avait opposé aucune résistance. Plusieurs voyages avaient été nécessaires pour transporter la terre. Le grand bac descellé, les longues planches remisées à la cave, sur le carrelage, les traces étaient indélébiles. La fenêtre grande ouverte, l'odeur de serre finira par s'effacer. Jeanne avait accompli seule la besogne.

Au-delà de sa tristesse, une question la hantait. Temps cyclique de l'éternel retour et du recommencement ? Ou temps linéaire de l'irréversible ? Mythe ou Histoire ?

Par la graine qu'elle déposerait demain au fond d'un petit bac neuf, tout allait-il à nouveau recommencer ?

Le lendemain, elle retira la graine du coffret et la déposa au fond du petit bac qu'elle installa dans la *matrimoniale*.

La pièce-au-bambou était nue, nette, vierge, silencieuse. On n'entendait plus ce bruit métallique des tiges vibrantes. De la voir si vacante troubla Génis. Les miroirs multipliaient le vide à l'infini. Refermant la porte, il décida qu'il valait mieux pour le moment laisser la pièce inoccupée.

Il se rendit vite compte que cela n'était pas possible. Le vide se répandait. La subtile transformation de l'environnement qui en résultait, Génis en éprouva les effets dans sa difficulté croissante à se sentir à l'aise dans les autres pièces, y compris dans sa propre chambre. Par une inexplicable alchimie de l'espace, la totalité de la maison tuile-ardoise semblait contaminée.

Nul expert n'aurait décelé la moindre faiblesse dans la construction. Les fondations étaient stables, le gros œuvre d'une solidité provinciale, le faîte de chêne édifié pour affronter les siècles. C'est d'ailleurs que venait la menace. Devenue sans objet, la charge émotive que, durant des années, Jeanne avait distillée dans la pièce, s'était libérée brusquement avec la disparition du bambou, produisant une sorte de déflagration muette qui avait ébranlé les structures mêmes de l'habitation.

Jeanne laissa du temps à la graine…

S'égrène le temps… Les paysans chinois auscultent la terre de leurs pieds nus afin de détecter plus sûrement la présence des pousses naissantes. En bonne Européenne, Jeanne ne possédait que la paume de sa main pour accomplir une si subtile reconnaissance. Elle s'agenouilla, ferma les yeux, avança la main vers le petit bac.

La porte d'entrée, celle qui avait été changée le jour de l'arrivée de Génis dans la maison tuile-ardoise, claqua. Comme à son habitude depuis quelque temps, Génis sortit pour se rendre au jardin. Cette fille qu'il avait rencontrée… Il ne sera pas de retour avant l'heure du dîner.

La terre était lisse. Jeanne voulut savoir quelle en était la raison. Le haut de sa main s'incurva, ses doigts se tendirent. Sa paume prête à vibrer au moindre signal qui émanerait du centre de la terre, explorant à distance les entrailles du bac. Il y avait en elle une telle concentration, une telle intensité, et elle était à ce point active dans son investigation que s'il existait une seule chance que la graine germe, elle germerait sur-le-champ, que s'il existait une seule chance que le rhizome croisse, il croîtrait dans l'instant.

Aucune réponse. Rien qui laisserait présager qu'au fond du bac quelque chose était en cours. Le silence obstiné témoignait de l'évidence. La graine n'avait pas germé, le rhizome n'avait pas poussé. Elle se mit à gratter. Et la graine, comment la distinguer des cailloux enrobés de terre ? C'est le temps qui d'ordinaire fait la différence ; l'une germe, les autres pas. Elle gratta. De la terre, seulement de la terre ! Jeanne dévala les escaliers, traversa le hall d'entrée, ouvrit la porte de la cave et revint, un tamis à la main.

Chercheuse d'or passant au crible les sables des torrents à la recherche d'une pépite, elle se mit au travail. Quelque chose résista. Emprisonnée dans les mailles rouillées du tamis, la graine perdue et retrouvée. La graine qui n'avait pas germé.

Jeanne fut balayée par un terrible éclat de rire.

Parmi la multitude de graines recueillies après la floraison, n'en avoir choisi qu'une seule et l'avoir choisie STÉRILE ! C'est comme si Dieu n'avait choisi qu'Adam et qu'Adam fût incapable de procréer ! Le rire qui s'était emparé de Jeanne était le meilleur et le pire des rires. Rire de délivrance et de détresse. De délivrance, parce qu'il la libérait d'un mystère qui la paralysait. De détresse, parce que, par là même, il la projetait dans le vide : « À présent, je sais… et maintenant ? »

Quelque part, dans un recoin de sa pensée, une idée prit naissance. Enjambant l'aqueduc de Sylvius, elle se jeta dans le canal de l'Épendyme, remonta vers l'insula de Reil, se précipita vers l'isthme de l'Encéphale et surgit dans la conscience de Jeanne. Voilà, en substance, le contenu de cette idée voyageuse :

« C'est moi, Jeanne, qui ai choisi la graine. Ce faisant, tout ce qui est arrivé m'est imputable. Par ma faute, dans l'arbre généalogique du bambou de Yi-tch'ang, une branche vient de casser. J'endosse les conséquences de mon geste. Ni Déesse ni Science, ni Déméter ni Raison, ni Lois des Probabilités ni Puissance du Destin. Moi, moi seule, suis responsable ! Mais en revendiquant ma responsabilité, j'affirme avoir participé à une histoire ouverte où tout n'était pas écrit par avance.

« Pourtant, à Seillans, au moment du départ, Ferdinand Lebel ne m'avait-il pas engagée à “ne pas oublier, au terme de la floraison, de recueillir LA graine” ? Est-ce d'avoir pris au pied de la lettre le singulier employé dans l'ultime recommandation qui m'a rendue prisonnière d'une promesse aux conséquences insoupçonnées ? Si cela était, voici un peu de liberté perdue et beaucoup d'innocence gagnée. »

Jeanne ne se résolut pas à cette explication. Elle voulut savoir ce qu'il en était EN RÉALITÉ. Ce qui s'était vraiment passé. Question de la dernière instance où se réfugie l'esprit éperdu. Il n'y a au plus, dans l'épaisseur des faits, qu'un squelette indiscutable, mais la chair qui les fait vivre n'est l'affaire que des regards que l'on porte sur eux. Pour ce qui concerne Jeanne, toute possibilité de vérification étant à jamais hors d'atteinte, il ne s'agissait plus pour elle de vérité mais de désir. De son désir. Authentique moment de liberté où elle se vit offrir la possibilité de choisir quelle lecture elle fera de son histoire. D'éprouver la matérialité de sa souveraineté lui procura une ivresse qui lui donna le vertige. Elle hésita.

Parfois, en ces instants, apothéose du libre choix, où la perte va se révéler nécessairement immense, un espoir mou survient, qui attendait son heure.

Espoir mou, espoir fou véhiculé par une pensée simple qui prétend sauver la situation en dépit de tout. Pensée du dernier recours, botte ultime d'une imagination acculée ; idée candide et redoutable qui invite à tout conserver, à ne rien perdre. Qui peut affirmer que demain la graine ne germera pas ? Aujourd'hui stérile, demain féconde ! !

Alors ? Attendre et espérer ?

Jeanne perçut le danger. Attendre, elle en avait l'habitude, mais espérer… Rien qui puisse l'effrayer autant que ce sentiment. Toujours déçu, toujours accru ; chien fidèle du temps, toujours repoussé, toujours revenant, l'espoir ! Il se révéla à elle, précis et interminable, pressé et las, le futur auquel l'espoir ressuscité la condamnerait. Il était urgent de lui tordre le cou.

Après avoir quitté la maison, Génis traversa l'allée des Trouvères. Il faisait beau, il était en avance. Les grilles du jardin étaient grandes ouvertes. Génis se dirigea vers le bassin. Le jet d'eau fonctionnait à nouveau.

Tous ceux qui avaient déserté les allées durant l'hiver étaient revenus, marchant lentement, devisant, comme s'ils étaient chez eux. Génis ne put s'empêcher de les considérer comme des intrus débarquant chez lui sans gêne.

Il s'assit sur un banc, à quelques pas du bassin. Avec un bout de bois il dessina machinalement sur le sol des figures hermétiques. Le bruit décrut, le jet d'eau, tari par le gardien, baissa les bras. Le nuage d'éclaboussures s'estompa. Derrière, il y avait Lise. Elle s'avança, toujours son étonnante façon de se déplacer. Ils se rejoignirent, s'enlacèrent, s'éloignèrent.

Elle s'arrêta au milieu de l'allée, chercha son regard. Ils se virent comme la première fois à la bibliothèque.

– Génis, je dois quitter la ville.

Incrédule, il la dévisagea ; désespérée, elle lui sourit. Il voulut dire… Elle posa un doigt sur ses lèvres. Autant pour le faire taire que pour qu'il lui donne un ultime baiser. L'hiver rassemble, l'été éparpille.

Quand, à travers ses larmes, il vit sa chevelure rougeoyante disparaître derrière la haie de troènes, c'est sûr que pour lui le soleil se couchait. Ce n'était pas une rupture, c'était un abandon.

Des larmes se mirent à couler, lentes, régulières. Il sanglota.

Il avait de la peine.

Son long éclat de rire éteint, Jeanne était restée longtemps assise sans cesser de serrer le tamis qui reposait à présent sur le siège d'émail des toilettes. Elle se leva pour réitérer son acte d'antan. Jeter la dernière graine et que cela soit fini !

Au moment où elle ouvrait la main au-dessus de la cuvette, son geste fut brutalement interrompu. Elle se retourna, interdite. Proche à la frôler, Génis, le visage buté, referma sa main sur celle de Jeanne. Elle serra les mâchoires, voulut se dégager. Il ne lâcha pas prise. De quoi se mêlait-il ? À chacun son histoire, non ? La lutte s'engagea dans un silence total entrecoupé par le chuintement de la chasse d'eau fuyant par intermittence.

Jamais Jeanne ne s'était mesurée physiquement à un homme, force pure contre force pure. Et il fallait que ce soit avec celui-ci ! Elle ne l'aurait pas imaginé aussi musclé. « Petit, mais dense ! ! ! », comme il se plaisait, enfant, à le proclamer. Elle le regarda utiliser toute la puissance de son corps pour la faire plier. Elle ne saurait dire pourquoi, elle ressentit, mêlé à la véhémence qui s'était emparée d'elle à l'idée d'avoir le dessous, un plaisir délicieux à se jeter dans cette confrontation. Cela l'enragea. La main de Génis glissa le long de son autre bras et se referma sur le poignet. Dans ce corps à corps, il perdit ses lunettes. Toujours cette faiblesse. Ni Jeanne ni Génis n'interrompirent la lutte. Ils heurtèrent une petite table de verre. Le bâton de rouge à lèvres de Jeanne, le crayon de maquillage de Gis, qu'elle avait oublié, et le petit miroir de Simon, qu'il n'avait pas emporté, tombèrent sur le sol.

Par des secousses désordonnées et terribles, Jeanne tentait de desserrer le collier de doigts qui lui emprisonnait la main. Son chignon se rompit, empêchant Génis d'apercevoir les larmes de rage, instantanément recouvertes par le rideau sombre derrière lequel se cacha le visage. Comme un poulpe en danger, Jeanne avait jeté son encre pour échapper à son adversaire. Mais la graine était toujours au creux de sa main.

Génis ramassa ses lunettes, un des verres était fendu. Il fut forcé de cligner des yeux et cela lui ôta toute allure guerrière. Jeanne avait compris. Elle déposa la graine dans le coffret. C'était bien ce qu'il voulait, n'est-ce pas, qu'elle la conserve EN SOUVENIR ? Jeanne ramena ses cheveux derrière la nuque. Ils remirent de l'ordre dans la salle de bains. Quittèrent la pièce.

Comme avant, comme durant la convalescence, elle prépara un café-au-lait-pain-beurre pour Génis et pour elle une tasse-de-thé-biscuits-secs. Puis il lui raconta ce qui lui était arrivé au jardin. Pour la première fois il parla de lui, sans fard, sans distance, sans recul. Pour la première fois il s'ouvrit à elle, laissant apparaître une fragilité qu'elle ne soupçonnait pas. Peut-être d'ailleurs cette fragilité lui faisait-elle défaut avant sa rencontre avec Lise ? Peut-être était-ce son cadeau de départ ?

Jeanne, parfois, s'effrayait secrètement de cette sorte d'inhumanité qu'elle n'avait rencontrée chez personne d'autre. Par « inhumanité », elle n'entendait nullement une attitude négative : dureté, froideur… mais une étrange profondeur dans son rapport au monde, aux êtres et aux événements. Comme une naïveté radicale gloutonne en quête d'essentiel.

Devant cette forme d'honnêteté qui lui fit ne rien dissimuler de ce qu'il éprouvait, elle eut bien du mal à cacher son émotion. La pèlerine déchirée, le tas de fagots, le jardin, l'hiver, le visage invisible derrière la chevelure éclatante, l'hiver, l'hiver, son étonnante façon de se déplacer, la mer et l'écume, Lise, la jupe si courte, l'hiver, l'hiver, le bleu de ses yeux, *caesium*, la seconde… et l'immortalité éphémère. Et l'inacceptable départ.

Vidé de tous les mots qui racontaient son histoire, Génis se tut. Il n'avait plus rien à dire. Seuls demeuraient, indicibles, les faits eux-mêmes incrustés dans sa chair, leurs traces échappées au langage. Jeanne se souvint d'avoir raccommodé la pèlerine. Mais des premières amours de Génis, elle affirma n'avoir rien su. Sur le plateau, les bols étaient pleins et les tartines intactes, et les biscuits n'étaient pas sortis du paquet.

À présent, comme à Garin, ils en sont au même point, Jeanne-la-tortue portant son arbre mort sur le dos et Génis-le-lièvre alourdi du poids de sa Lise enfuie. En l'empêchant de se débarrasser de la graine, Génis avait contraint Jeanne à conserver un signe tangible de son histoire. À elle, à son tour, d'aider Génis.

Pour apaiser son fils, elle ne trouva qu'un remède : ancrer Génis au plus profond du Mythe afin de donner à sa souffrance une dimension légendaire, et qu'ainsi, hors de portée du quotidien, celle-ci soit plus facile à supporter. Pas l'oubli, mais l'enracinement et l'approfondissement. Génis, tenu de s'élever à la hauteur de ses divins prédécesseurs dont les malheurs intemporels, faisant écho aux siens, l'éloigneraient du commun. Enrichi par cette antériorité, il se prouverait qu'il n'est pas le premier, qu'il n'est pas le dernier, qu'il est un dans une continuité qui fait fi du temps. Un homme qui souffre est un dieu qui s'humanise.

Comme autrefois sur le bateau – mais cette fois Gis et Simon ne les accompagnaient pas, et les cheveux de la mère ne volaient pas au vent –, Jeanne commença à raconter :

« Loin, il y a longtemps, Pygmalion aimait une statue de pierre qu'il avait façonnée. D'elle et lui naquit Paphos, qui eut un fils, Cinyras, qui eut une fille, Myrrha à la peau de soie, aux longs cheveux de jais.

« Tous les hommes la désirèrent, tous furent éconduits. À un seul son cœur était voué. Pressée de dévoiler le nom de l'élu, elle s'entêta à garder le secret. Cinyras, son père, à qui d'ordinaire elle ne cachait rien, en fut blessé. Comment aurait-elle pu lui révéler l'inavouable passion qui la consumait ? D'un amour de femme, c'est lui qu'elle aimait ! Une nuit, ayant ramené ses longs cheveux sous un voile pour ne pas être reconnue, elle se glissa dans la couche de son père et s'unit à lui dans son sommeil.

« À l'aube, elle s'enfuit. Elle erra des mois. S'éloignant toujours plus du pays où elle avait fauté. Chaque jour un peu plus lasse, chaque jour un peu plus lourde. Dans ses entrailles mûrissait le fruit de ses amours interdites. Un soir qu'elle traversait une forêt, son désespoir fut plus pesant à porter. Vivante, elle se sentait une offense aux vivants, elle voulut mourir. Morte, elle imagina qu'elle offenserait les défunts.

« Affolée par le sort qui lui faisait refuser de vivre autant que de mourir, elle se dressa, femme parmi les arbres, implorant les dieux de la soustraire à ce double interdit. Refusant d'aller plus loin, elle s'immobilisa, tendue vers les cieux, attendant un signe d'eux.

« Au matin, lorsque le premier rayon dessina sur sa peau lisse une tache de soleil, elle ressentit une étrange sensation, ses pieds étaient lentement aspirés par l'humus avec lequel ils se fondaient. Entre la terre et le bas de son corps, où se situait à présent la démarcation ? Était-ce là le signe attendu, le prix de l'absolution ?

« Son être s'écoulait lentement, elle se vidait de son identité. Cette hémorragie de soi, elle l'éprouva comme une perte absolue, au-delà de toute douleur. Le sentiment de son unicité, de son autonomie, mais aussi de ses limites, s'effaçait. Un vide immense se fit en elle. Durant une fraction de seconde elle ne fut plus rien.

« Puis, en sens inverse, tout aussi lentement, et tout aussi inexorablement, quelque chose d'autre, de radicalement inconnu, se répandit en elle. Incroyable sentiment que pour la première fois elle n'était plus corps étranger posé sur la surface du monde, mais qu'intégrée en lui elle se fondait dans l'infini de l'univers. Myrrha transfusée ! Elle n'était plus à présent qu'un morceau de nature. Elle n'était plus responsable de rien. Autre chose commençait.

« Les deux jambes, réunies déjà jusqu'aux chevilles, se soudèrent jusqu'aux genoux, lui faisant un socle de bois qui, se couvrant d'écorce, forma l'assise d'un tronc. Puis ce fut au tour des cuisses. Prises dans un étau ligneux, elle en voulut desserrer l'étreinte. Elle ne put triompher de la force qui les liait. Ainsi, jamais plus, femme, elle ne pourrait s'ouvrir et écarter le bas de son corps. Là où Cinyras, jadis, dans son sommeil, l'avait pénétrée, il n'y avait qu'une continuité. Elle se vit, sirène de bois, implantée en ce lieu pour l'éternité. Son cœur se serra, elle prit peur, voulut crier, se démena. Autour d'elle, les grands arbres muets, ses voisins à perpétuité. Elle frissonna, espéra : encore lui restait-il le haut du corps libre. Les dieux avaient répondu à son appel. Trop bien. C'était triste tout de même.

« Au centre de son corps, quelque chose se noua, durcit et gagna vers la périphérie. Dans l'arbre, c'est le cœur le plus rude. La statue de Pygmalion, son aïeule, était passée de la pierre à la chair ; Myrrha, parcourant le chemin en sens inverse, passait lentement de la chair au liber, de la chair à l'aubier. L'insensibilisation se répandait. Ah, la perte de sa peau de soie !

« Ses seins, déjà chargés de lait, se figèrent, alourdissant sa poitrine dont le mouvement entravé se ralentissait. La respiration s'épuisait, prisonnière d'un coffre de bois.

« Lorsqu'elle comprit que rien n'interromprait la montée du bois, que la vague qui la solidifiait la recouvrirait tout entière et qu'il lui faudrait aussi perdre la tête, elle voulut crier encore une fois. Mais sa bouche interdite se figea. Ici le liège dessine un nœud aux lèvres pleines. Elle avait encore la vue. Elle leva son regard vers le ciel. De ses yeux que déjà d'imperceptibles fibres quadrillaient, elle aperçut le soleil comme au milieu d'un feuillage. Il ne lui resta que les larmes. Les gouttes qui perlèrent le long de l'écorce annonçaient qu'un nouvel arbre était né. L'air s'emplit du parfum d'un désir triste. Qu'elle est envoûtante la liqueur de myrrhe !

« Par impuissance, ou délibérément, les dieux n'allèrent pas jusqu'au terme de la transformation. La transfusion ne fut pas totale. Il restera toujours un peu de Myrrha dans l'arbre de myrrhe. L'enfant qu'elle portait en elle avait été épargné. Il avait senti le corps de sa mère se raidir, effrayé par la rigidification progressive. Lorsque l'onde partie du sol fut sur le point de l'atteindre, il se fit tout petit. Autour de lui l'immobilité et le silence s'installèrent. Il remua un doigt… qui bougea. L'onde l'avait contourné et poursuivait sa course. Il réalisa que le cercueil de bois allait se refermer sur lui à jamais. Il hurla. Le cri résonna dans le corps de Myrrha. Ce qu'elle n'avait pu faire pour elle, elle le réussit pour lui. Elle mit ses dernières forces à amplifier le cri, à le porter à l'extérieur. Le cri d'Adonis ne fut pas perdu.

« C'était l'heure où la foudre sillonnait la forêt à la recherche d'un tronc à fendre. Toujours sur le qui-vive, elle perçut le cri. Comment résister à la détresse de l'emboisée vivante ? Elle se détourna de sa besogne bûcheronne. La tâche était difficile, elle ne devait pas manquer son coup. Bâillonnant le tonnerre pour ne pas effrayer, la foudre frappa comme la foudre. Sage-femme incandescente, elle cisailla le tronc avec la précision d'un scalpel. Une calotte d'écorce se détacha avec un bruit sec, découvrant Adonis lové dans son placenta de sève. L'ouverture avait été si précisément découpée aux dimensions d'Adonis qu'elle l'aspira vers l'extérieur. Dans un ruisselet de myrrhe, papillon humain, Adonis se dégagea de sa chrysalide de bois.

« C'est le *pleur de myrrhe* qui fit sortir Aphrodite de sa couche. Se laissant mener par ses sens, elle remonta jusqu'à la source des effluves. Lorsqu'elle ouvrit les yeux, elle aperçut l'arbre éventré et, à ses pieds, Adonis !

« D'une beauté indépassable, plus qu'humaine, plus que divine, celle d'un dieu débarrassé de l'immortalité. Aphrodite en resta suffoquée. Elle sut tout de suite qu'elle allait l'aimer plus qu'aucun autre.

« Adonis grandit. Les courses d'amour, les rires, les ébats d'Adonis et d'Aphrodite ne restèrent pas sans influence sur le caractère de la forêt. Il y avait comme un ramollissement de l'atmosphère. De lieu impénétrable et farouche, la forêt se convertissait peu à peu en un gracieux jardin de plaisirs.

« Parmi les habitants de la forêt, il en était un qui rejetait la transformation de son univers. Le sanglier solitaire. La douceur nouvelle lui était insupportable. Gardien farouche de la férocité, dans le partage primitif du monde, il lui échut ce gouffre de verdure où la sauvagerie s'ébattrait librement. Entre l'adolescent né d'un arbre distillant la douceur et le vieux sanglier gardien de la férocité, la cohabitation était impossible. Le solitaire avait immédiatement saisi qu'elle lui serait fatale. À chacun ses armes !

« La confrontation eut lieu dans la clairière entourant l'arbre de myrrhe. Au premier contact, la chair d'Adonis, qui n'avait connu que des caresses, accueillit la corne acérée. Le sanglier, ébloui par la facilité avec laquelle il s'était enfoncé, trembla, ébranlé par la tendresse de ce corps trop accueillant. Le travail fait, la corne voulut se retirer mais, prise dans les sables mouvants de la blessure tendre, elle éprouva un mal infini à s'en extraire. À chacun ses armes !

« Le sanglier s'éloigna douloureusement, à jamais atteint par ce crime nécessaire. Malheureux, il s'enfouit dans sa bauge, caressant la sauvagerie sauve qui s'était battue le dos au mur.

« Myrrha avait assisté au meurtre de son enfant. Elle aurait voulu l'étreindre au moins une fois. L'immobilité résista à tous ses assauts. Adonis se traîna jusqu'à l'arbre et se coucha. Sur le sol, à l'endroit où il avait été frappé, il y avait cinq fleurs aux pétales chargés de rouge violacé, des anémones pourprées. Ce fut le premier cadeau de Myrrha à Adonis. Ce fut également son dernier cadeau. »

Génis frissonna. Durant tout son récit, Jeanne ne s'était pas départie d'une raideur inquiétante. Comme chaque fois qu'elle partait dans une légende, elle semblait possédée. Comme si les phrases sortaient toutes faites de sa bouche. Génis était certain, pourtant, qu'elle ne récitait pas un texte appris par cœur. Elle le vivait.

Qu'annonçait-elle cette fois ? Il eut peur de comprendre. L'emmurement de Jeanne, l'embrochement de Génis ? La mort de la mère et la mort du fils ? Était-ce là la fin de l'histoire ?

Ce n'était pas la fin de l'histoire.

Il n'y a pas d'irréversible. Ce qui n'est pas encore arrivé n'est pas arrivé. Rien n'était déjà écrit. Il était responsable du temps à venir, n'autorisant personne à déterminer ce que serait demain pour lui. Avec Lise, dans le jardin, il s'était senti un instant immortel, là, il se sut libre et souverain. Il décida de quitter au plus vite la ville tuile-ardoise.

Mais avant de partir, il avait, don pour don, une légende, lui aussi, à raconter à Jeanne. C'est comme si, depuis la lointaine Terre Adélie, plongé dans la longue nuit d'hiver, Simon la lui avait soufflée. Génis la raconta d'une traite.

« Il y a bien longtemps, dans le district de Wenchuan de la province du Sichuan, pays natal des “grands pandas”, vivait une jeune bergère nommée Losan. Au milieu d'une forêt de bambous, en pleine montagne, dans le creux d'un vieil arbre, une femelle grand panda donna naissance à deux petits pas plus gros qu'une mangue. Quelques jours après, Losan, traversant la forêt, aperçut un léopard en arrêt, les yeux fixés sur sa proie. Dans le creux de l'arbre, un bébé grand panda dormait. Ne pouvant porter dans ses bras qu'un bébé à la fois, sa mère l'avait laissé là. Losan s'interposa. Le léopard rugit. Elle ne bougea pas. Furieux, il rugit à nouveau. Losan s'empara d'une grosse tige de bambou. Le combat commença. Elle assenait de terribles coups de bambou, il lançait de terribles coups de patte.

« Il bondit. Quelques instants plus tard, Losan était morte. Le léopard, blessé, se retira. Dans le creux du vieil arbre, le bébé grand panda ne s'était pas réveillé. »

Le parallèle entre Adonis embroché par la corne du sanglier et le petit grand panda échappant aux griffes du léopard n'échappa point à Jeanne. D'où Génis avait-il donc tiré cette légende asiatique qui répondait si bien à celle de Myrrha ? On aurait dit qu'il la tenait prête…

« Lorsque les grands pandas apprirent la nouvelle, ils décidèrent de rendre hommage à la bergère. De tous les coins de la montagne, ils arrivèrent, portant des voiles de crêpe noirs sur leur pelage blanc. La cérémonie commença.

« Leur tristesse était immense. Ils pleurèrent des jours et des jours. Ils pleurèrent tant qu'un cercle noir finit par se former autour de leurs yeux. Puis, chacun conservant le voile qu'il portait durant la cérémonie funèbre, ils se séparèrent. Le temps passa. Le crêpe s'était imprimé sur leur pelage. Depuis, les grands pandas portent le deuil de l'héroïque Losan. »

Génis se leva. Avant qu'elle ait eu le temps de dire un mot, il l'informa de son départ. Fidèle à son principe non-lichen, Jeanne ne fit pas un geste pour le retenir. Il crut voir dans son regard un encouragement. Pourrait-on dire que, pour la deuxième fois de leur (co)existence, Jeanne et Génis s'unissaient pour se séparer ? Cette fois, nul miroir ne leur renvoya leurs efforts mutuels.

Génis-le-lièvre partit.

Où aller ?

À Seillans, bien sûr, rencontrer ce Ferdinand Lebel qui était cause de tout. Ensuite, à Garin, peut-être, revoir la vieille Amélie.

Sur le chemin de la gare, il aperçut… non ! Il aperçut la petite voiture écarlate ! Un don des dieux. Il fouilla nerveusement dans sa poche, sortit son couteau suisse, dégagea la pointe et l'enfonça avec délectation dans le pneu arrière. Un délicieux bruit, comme un soupir, s'ensuivit. Une phrase de Gis légèrement modifiée pour la circonstance lui revint : « Comme on n'a pas pu faire que ce qui fut juste fût fort, on fit que ce qui fut injuste fût faible. »

Par quatre fois, provenant des quatre pneus, Génis entendit ce soupir. La petite voiture écarlate s'affaissa, on l'aurait dite directement posée sur l'asphalte. Ça lui fit un bien fou. Vieux compte à régler avec les pneus.

Léger, balluchon sur l'épaule, il se dirigea vers la gare.

CHAPITRE 15

**Où, par ses fleurs offertes à l'étude,
l'identité du bambou parapluie est enfin révélée.**

En haut du chemin, un chat gris aux yeux bridés.

À côté du chat, un vieillard de haute taille, les yeux noirs, le teint clair, une longue cicatrice au bas du menton, s'appuyant discrètement sur une canne.

Derrière lui, le mas T'chi.

Jeanne lui avait parlé d'un chat gris aux yeux bridés. Ce ne pouvait être celui-ci. Ferdinand Lebel confirma :

– Il n'a que trois ans. L'autre n'en pouvait vraiment plus. (Et, sur le même ton :) Puisque vous ne semblez pas désirer m'informer des raisons qui vous amènent ici, je vais vous dire comment, moi, je suis arrivé là.

Génis sourit :

– Ce serait bien.

– Je n'ai pas entendu votre prénom.

– Génis.

– Venez boire une citronnade : les citrons sont du jardin.

Ils s'assirent sous une tonnelle. Ferdinand se mit à parler. Des phrases brèves, sans emphase ni fioritures. Des faits, des événements, sans porter d'appréciation. Somme toute, une histoire « objective » de sa vie, entrecoupée du tintement des glaçons dans le verre dont il vida le contenu à plusieurs reprises.

« À la fin de l'année 1871, Abel Lebel, mon père, originaire de la région de Luchon, émigra en Chine. Il ne révélera jamais les raisons de ce départ. J'ai parfois supposé que la fin tragique de la Commune, et le fait qu'il avait pu être mêlé à l'insurrection parisienne, en avaient été la cause. Abel Lebel s'installa à Canton où il ouvrit un comptoir. Ses affaires marchaient bien, il fit rapidement fortune.

« Au cours d'un de ses voyages, il se rendit dans la province du Hubei. À son arrivée à Yi-tch'ang, la ville était en effervescence. Une foule énorme avait envahi la cité. Les commerçants qu'il était venu rencontrer l'entraînèrent dans la montagne pour assister à un événement exceptionnel qui devait avoir lieu à deux jours de marche de la ville. Abel se joignit à la foule. De ce voyage, il rapporta un souvenir inoubliable.

« Dans la montagne, il avait rencontré Ian, une jeune fille de la province du Sichuan. Ian le rejoignit à Canton, l'épousa. Je naquis bien des années plus tard.

« Combien de fois ai-je entendu mes parents raconter l'événement dont, ensemble, ils avaient été témoins !

« En 1927 éclatèrent les émeutes de Shanghai, l'insurrection révolutionnaire des ouvriers du Kuomintang et la répression terrible qui y mit fin. L'Histoire semblait se répéter, la Commune de Paris, celle de Shanghai, toujours des espoirs fous, toujours des espoirs déçus, toujours des exécutions. Quelque chose se brisa dans le cœur d'Abel. Il tomba malade et mourut peu après.

« Le peu d'empressement que ma famille avait mis à soutenir les forces de répression nous plaça au ban de la société européenne. Personne n'oubliait que mon père avait osé épouser une Chinoise, que ma mère était une Chinoise, que j'étais le fils d'une Chinoise.

« J'ai décidé de quitter le pays. Ma mère refusa de me suivre. Elle ne supporterait pas de vivre en Europe. C'est, me dit-elle, déjà assez difficile pour moi ici. Je ne l'ai jamais revue.

« Avant mon départ, j'ai refait le voyage qu'Abel et Ian avaient effectué des décennies plus tôt. Je me suis rendu à Yi-tch'ang. Les bambous avaient repoussé, ils tapissaient la montagne. Je n'ai pas eu de mal à imaginer quel avait dû être le spectacle des bambous en fleur auquel mes parents avaient assisté. J'ai déterré quelques plants. Sur le bateau qui me ramenait à Canton, j'ai récolté cette cicatrice, une rixe avec des brigands. Je suis rentré sans un sou, mais avec le bambou.

« Dès mon arrivée ici, j'ai mis le bambou parapluie en terre. Atteint d'une maladie des bronches que je n'avais guère soignée jusqu'alors, j'ai décidé de faire une cure à Luchon. »

Ferdinand Lebel dit se souvenir d'avoir passé une merveilleuse soirée dans la petite maison de Garin.

– Une tempête de neige terrible juste avant la Noël 1939. On était coupés du monde. Qu'est devenue cette jeune fille ? Elle s'appelait Sylvie, je crois.

– Elle est morte. C'était ma grand-mère.

– Elle était si joyeuse…

Ferdinand Lebel raconta à Génis, qui l'écoutait de toute son attention, sa surprise quand, des années plus tard, alors qu'il avait totalement oublié son séjour à Garin, il reçut le télégramme de Jeanne lui annonçant sa venue. Puis le voyage éclair de celle-ci et la promesse qu'il lui fit de lui envoyer un plant du bambou parapluie quand elle serait installée. Ferdinand ne dit pas s'il avait été surpris par la bizarre attirance pour une plante exotique de cette adolescente qui débarquait chez lui sans crier gare. Il avait acquis en Orient cette sorte de discrétion que beaucoup interprétaient comme de l'indifférence.

– Je n'ai pas eu de nouvelles depuis. J'ai supposé qu'elle l'avait reçu, qu'il avait poussé et…

– … qu'il avait fleuri, poursuivit Génis. Il y a un peu moins d'un an, dans notre maison.

La concordance des dates de la floraison du bambou de Jeanne et du sien avait arraché un sourire à Ferdinand Lebel. Génis lui demanda si la plante qu'il avait rapportée de Chine poussait encore, ou bien si elle était morte comme celle de Jeanne.

Sans un mot, Ferdinand se leva. Génis le suivit dans le jardin, le chat suivit Génis. Il faisait beau et doux, de cette douceur grisante que l'on ne trouve que dans l'arrière-pays méditerranéen.

Arrivé au bout de la propriété, Ferdinand pointa sa canne :

– À cet endroit, le jour même où je me suis installé ici, j'ai planté le bambou parapluie.

À l'emplacement désigné, le sol était nu, la terre fraîchement retournée. Cela se vérifiait donc ! Tous les bambous parapluies mouraient après la floraison. Une fois de plus, la revue scientifique avait dit vrai.

La revue scientifique !

À brûle-pourpoint, Génis demanda à Ferdinand s'il l'avait oubliée ou bien s'il l'avait volontairement laissée dans la maison de Garin.

– Laissée volontairement ? Et dans quelle intention ?

Il était stupéfait de la question.

– Je ne sais pas, pour laisser une trace de votre passage, par exemple. Ou bien… (Génis sembla réfléchir, puis, pesant ses mots :) pour donner un moyen de remonter jusqu'à vous.

– Et pourquoi, Grands Dieux, aurais-je eu envie, ou besoin, que l'on remonte jusqu'à moi ? s'écria-t-il, surpris.

– Vous seul pouvez le savoir.

Ils firent demi-tour. Ferdinand, pensif, marchait en tapotant le sol de sa canne. Ces questions le déconcertaient, le fait même qu'elles puissent être posées le troublait. Il parla lentement, faisant effort pour se pénétrer de ce que ses paroles pouvaient vraiment signifier :

– J'ai collaboré à cet article, j'en ai même proposé le titre : UN BIEN VERT CENTENAIRE QUI NOUS VIENT DE CHINE. L'auteur est venu m'interviewer ici, je lui ai communiqué toutes les informations que je possédais. Il en a profité pour prendre les photos qui illustrent l'article. Je me souviens, j'ai reçu la revue juste avant de partir pour la cure. Je l'ai prise pour vérifier s'il n'y avait pas trop d'erreurs.

– Il y en avait ?

Ferdinand ignora la question.

– À mon retour de Luchon, je me suis aperçu de la perte de la revue. (Puis, revenant à l'interrogation de Génis :) Volontairement laissée ? Non, vraiment, je ne crois pas… bien que… (il hésita) ce soit grâce à elle que votre mère est parvenue à obtenir le bambou…

Ils étaient arrivés devant une haute porte en chêne à l'arrière de la bastide. Ferdinand la poussa sans effort. Une pièce immense, fraîche, en forme d'ellipse. Aveuglées par des voiles de soie transparents, les fenêtres laissaient passer une lumière épurée. Au plafond, un ventilateur avec des pales longues comme des hélices d'avion était à l'arrêt.

Un véritable musée. Totalement dédié à la Chine. Des bronzes magnifiques en forme d'animaux. Dont un, en particulier, un bélier, impressionna Génis par sa puissance figée. Des vases ornés de dragons, dans la fameuse porcelaine « bleu et blanc ». Et une étonnante série de tableaux représentant des bambous : des lavis, des aquarelles, mais la plupart, effectués à la plume avec l'art consommé de la calligraphie, mettaient en scène la plante dans une incroyable diversité. Génis ne put s'empêcher de remarquer qu'aucun des tableaux n'évoquait des bambous en fleur, comme si ce moment exceptionnel de la vie de la plante devait échapper à la représentation.

Et il y avait la bibliothèque ! Deux meubles cylindriques identiques érigés aux foyers de l'ellipse.

Ferdinand, ayant posé une feuille de papier sur la grande table centrale, saisit un porte-plume. Après avoir, du bout de l'index, assoupli la plume, il la trempa dans un encrier au goulot étroit comme un cou de héron. Au centre de la feuille, Ferdinand traça deux signes noirs épais composant l'idéogramme figurant le mot *bambou* en mandarin.

De l'un des cylindres de la bibliothèque, il retira une pile de magazines recouverte d'un plastique transparent. Au sommet de la pile, la revue de Garin ! On l'aurait dite juste sortie de l'imprimerie. Génis ne sut pourquoi il éprouva un étrange sentiment. Ce qu'il avait eu entre les mains dans la maison d'Amélie était à ses yeux un spécimen unique et voilà qu'on lui en exhibait un second !... qu'il s'empressa de feuilleter, sous le regard intéressé de Ferdinand.

L'article était là, identique : le titre, les photos... Une seule différence. Aucun passage n'était souligné.

– Vous ne m'avez pas dit s'il y avait des erreurs ?

– Pas à ma connaissance. Je vous laisse.

Il tapota le sol de sa canne.

Génis resta seul. Avec le chat.

Il commença à fureter sur l'étagère. Une mine ! Tout – livres, magazines, revues, tirés à part, photocopies – était consacré aux bambous. Génis se souvint de la difficulté éprouvée à la bibliothèque de la ville tuile-ardoise pour récupérer deux ou trois pauvres ouvrages sur le sujet.

Sa lecture fut facilitée par le travail de Ferdinand. Çà et là, il avait souligné, encadré, annoté des passages. Quelquefois, un long trait se poursuivant sur plusieurs pages d'affilée désignait des paragraphes entiers. Génis décida de ne lire que ce que Ferdinand avait pointé. C'était déjà énorme.

Le chat vint se coucher au beau milieu de la table, entre les livres et les revues, juste en face de Génis. Comme s'il le surveillait.

Génis ne cacha pas sa fierté. Lors de ses recherches à la bibliothèque, il avait précisément détecté les deux questions qui mobilisaient les plus éminents spécialistes. Le mystère des bambous parapluies pouvait se résumer par une double interrogation : POURQUOI ATTENDENT-ILS SI LONGTEMPS POUR FLEURIR ET POURQUOI, APRÈS, MEURENT-ILS SI VITE ?

Il allait enfin avoir les réponses à ces questions qui avaient fini par occuper son esprit plus qu'il ne l'aurait voulu.

Puisque aucun événement extérieur d'ordre géographique, climatique ou météorologique n'est capable de déclencher la floraison, c'est qu'elle est due à une cause interne. Dans ce cas, on est en droit de se demander s'il n'y a pas, inséré au cœur même de la plante, un calendrier, sorte d'horloge biologique qui sonnerait l'heure de la floraison au bout de cent années. La question était incontournable ! Génis se souvint de l'avoir lue naguère dans l'article à Garin.

Suivait une liste de faits militant en faveur de l'existence d'une telle horloge.

– Cette horloge, si elle existe, doit être parfaitement protégée des influences de l'environnement. Non seulement des conditions météorologiques, mais de toutes sortes d'accidents. C'est le cas. On a vu des bambous parapluies brûlés qui ont néanmoins fleuri en même temps que les autres spécimens ayant échappé au feu ! Bien plus, le fait que les conditions externes aient si peu d'influence sur la date de la floraison incite à penser que l'horloge est armée d'une sorte de « bouclier génétique » la protégeant des perturbations externes.

– Cette horloge, si elle existe, doit être présente dans chaque partie de la plante. C'est le cas. On a vu des fragments de bambou parapluie qui, ayant été plantés dans des lieux éloignés, ont fleuri à la date prévue ! C'est précisément ce qui venait d'arriver avec le bambou parapluie de Seillans et celui de la ville tuile-ardoise. Cela signifiait que la durée séparant le début de la germination et la floraison était imprimée dans toutes les parties de la plante.

L'horloge était donc présente dans chaque cellule !

Et enfin, ce fait étrange, que Génis avait pu lui-même observer : un massif de bambous parapluies sur le point de fleurir ne produit pas de nouvelles tiges l'année précédant la floraison. La cessation complète du développement, anticipant d'une année la floraison, implique que la date de celle-ci est inscrite dans la plante. Comme une sorte de faire-part.

Comme un sablier ou une clepsydre. L'horloge consistant en la donnée d'un capital-temps mémorisé dans une substance chimique qui se dégraderait à mesure que les années passent. L'épuisement de ce capital – la mise à zéro de l'horloge – déclenchant la floraison.

Émerveillé, Génis commençait à comprendre la singulière attirance de Jeanne pour cette plante. Il ne put s'empêcher de se demander s'il y avait aussi en lui, insérée dans un coin secret, une horloge qui comptabilisait son crédit de temps. S'il en était ainsi, cela signifierait qu'il était impuissant à précipiter ou à ralentir le cours de sa vie ! Non seulement, se dit-il, l'essentiel s'est joué avant ma naissance mais, en plus, les années d'après m'ont été *a priori* comptées. Il eut l'impression d'avoir été grugé.

Génis apprit avec stupéfaction qu'aucune véritable recherche concernant cette horloge interne n'avait été entreprise. Ce serait pourtant un instrument idéal pour analyser le vieillissement non seulement des plantes, mais des hommes ! La raison de cette absence ? L'extrême difficulté à effectuer des expériences en temps réel : des expériences longues d'un siècle !

Pour pallier cette difficulté, on a pensé faire pousser des bambous parapluies dans des chambres closes où l'on procéderait à une compression du temps, des chambres *bioclimatiques à années réduites*. Avec des années qui dureraient une semaine ! On était en pleine science-fiction. Les résultats de ces expériences n'ont pas été probants. Voilà pour la floraison.

La seconde partie de l'interrogation – « Pourquoi meurent les parents ? » – a fait l'objet de toutes sortes d'hypothèses. Celle-ci, par exemple : la plante adulte meurt pour ne pas faire de l'ombre aux jeunes pousses sortant de terre ! C'est *l'hypothèse sacrificielle*. Fortement controversée, elle a été écartée. Il reste que, si la plante adulte ne mourait pas dans l'année suivant la floraison, elle entrerait en compétition avec ses rejetons dans l'utilisation des ressources naturelles…

Autre hypothèse. La plante meurt parce que, si elle ne mourait pas, il faudrait qu'elle possède plusieurs horloges. En effet, si sa mort ne survenait pas l'année suivant la floraison, un nouveau cycle de cent années s'ouvrirait. Cycle qui à son tour se terminerait par une nouvelle floraison, et ainsi de suite. Ces floraisons en chaîne nécessiteraient la présence non pas d'une mais de plusieurs horloges connectées en série. À moins que, suivant le modèle du sablier, celui-ci ne soit retourné – comment ? – tous les cent ans. D'où un second mécanisme, plus sophistiqué encore que le précédent.

Autres faits. La floraison des bambous parapluies est la cause de terribles famines. La mort massive des bambous parapluies en un très court laps de temps sur de très grandes étendues attire d'énormes quantités de rats, de souris et de toutes sortes de rongeurs qui dévorent les graines, les tiges et les rameaux. Mais les rongeurs ne s'en tiennent pas là, ils dévastent les champs alentour et pillent les granges et les greniers, engloutissant les provisions. La floraison des bambous parapluies est immanquablement suivie de famines et d'épidémies. Ces famines, longuement relatées dans les textes anciens, ont permis de déterminer les dates successives des floraisons des bambous parapluies.

Cet événement à la fois somptueux et fatal a toujours été regardé avec terreur par les habitants de ces contrées. Comme l'apparition des comètes ! Terrible retournement, ces bambous, qui, durant cent années, ont constitué la principale richesse de la région, deviennent en quelques mois la cause de tous ses malheurs. *Bambou parapluie. Délice, désastre.*

La mort des parents a « nettoyé » le terrain. Quelques graines ont échappé aux rongeurs. Bientôt commence la germination, bientôt un nouveau rhizome se constitue. Avec une énergie toute neuve, il lance de nouvelles pousses qui fendent le sol. Une nouvelle génération de bambous parapluies naît.

Après la destruction d'Hiroshima, l'apparition des jeunes pousses vertes des bambous fut l'un des premiers signes du retour à la vie.

Délice, désastre, délice…

L'autocar allait bientôt passer. Ferdinand Lebel tendit à Génis un paquet. Génis dévala le chemin, son sac mal attaché brinquebalant sur ses épaules.

Cannes. La mer toute proche de la gare. Génis se jeta à l'eau. La dernière fois, c'était dans la petite station balnéaire, avant son accident. Il fut surpris de constater que la raideur de sa jambe n'avait aucune incidence sur son crawl.

La vraie vie ! Il pourrait rester. Personne ne l'attendait. Plus tard, plus tard. Aller au bout de l'histoire. Je reviendrai comme acteur, ou comme… metteur en scène. Ou simplement comme spectateur, pour commencer.

Il monta dans le train avec regret. Une place à côté de la fenêtre. Le paquet. Une grande enveloppe en papier kraft. Dans l'enveloppe, un dossier portant le titre :

IDENTIFICATION D'UNE PLANTE

Précédé d'un court préambule, le texte était écrit de la main de Ferdinand Lebel. L'écriture était irrégulière.

« Voilà, telle que j'ai pu la reconstituer, l'histoire de l'identification du bambou parapluie. »

Génis tourna la page.

« Ce qui va suivre est la saga d'une plante exceptionnelle.

« Durant ces dernières cent années, depuis la germination des graines dans les montagnes de Yi-tch'ang jusqu'à sa toute récente floraison dans plusieurs coins du monde, le bambou parapluie a plusieurs fois changé d'identité.

« Deux fois proclamé genre nouveau, deux fois classé genre existant, il a reçu quatre noms d'espèce différents. À présent que ses fleurs sont écloses, les botanistes vont pouvoir dire exactement qui est le bambou parapluie.

« L'histoire a commencé ce fameux jour de l'année 1886 où Abel Lebel, mon père, assista à sa floraison dans les montagnes des environs de Yi-tch'ang. Il n'était pas le seul Européen dans la foule, il côtoyait, sans le savoir, un médecin irlandais et un missionnaire français.

« Le Dr Augustine Henry, officier irlandais, médecin au service des douanes chinoises, sillonnait la région depuis des années, alimentant Kew Garden, le jardin botanique royal de Londres. Henry était ébloui par le spectacle, mais surtout surpris que ces bambous, qu'il croyait stériles, se mettent à fleurir. Il envoya immédiatement à Kew Garden quelques-unes de ces tiges d'or en fleur.

« L'abbé Guillaume Fargès, missionnaire français, assistait à la même scène. Comme Henry, il envoya immédiatement un spécimen du bambou au Muséum d'histoire naturelle de Paris, au Jardin des plantes.

« Adrien Franchet, le botaniste qui avait réceptionné le spécimen de Fargès, n'ayant jamais vu de bambou semblable à celui-ci, décida de le considérer comme un nouveau genre : *Fargesia*, en l'honneur de celui qui l'avait cueilli, auquel il ajouta le nom *spathacea*, en référence aux larges spathes enveloppant l'efflorescence, trait inhabituel chez les bambous. Le *Fargesia spathacea* fit son entrée dans l'univers des plantes répertoriées.

« Quelques années plus tard, en 1904, à Kew Garden, Alfred Rendle décrivit le spécimen envoyé par Henry comme une nouvelle espèce : *sparsiflora*, appartenant à un genre déjà répertorié, *Arundinaria*.

« Nouveau genre pour les Français, nouvelle espèce pour les Anglais.

« En 1910, Ernest H. Wilson, dénommé Wilson le Chinois, le plus grand collecteur de plantes de Chine, descendait les montagnes du Hsingshan. Traversant des forêts de conifères, de pins argentés, de bouleaux, d'érables et de rhododendrons, il s'arrêta à la vue “de splendides bambous à la tige dorée, formant des bosquets denses de 3 à 10 pieds de large, de 5 à 12 pieds de haut, parsemés de feuillages sombres. C'étaient, affirma-t-il, les bambous les plus gracieux qu'il ait vus”. Bien qu'ils ne fussent pas en fleur, il en cueillit quelques tiges qu'il envoya à l'Arnold Arboretum de Harvard, aux États-Unis. »

Une reproduction de la photo prise par Wilson occupait la page suivante. Une forêt de bambous resplendissants !

« La question de l'identification du bambou de Wilson, communément appelé "bambou parapluie", commençait. Était-il une nouvelle espèce que l'on pourrait classer comme membre d'un genre existant ? Ou bien était-il réellement un nouveau genre ?

« En 1913, les jardiniers de l'Arboretum envoyèrent à Kew Garden un unique spécimen en pot, immédiatement divisé en une demi-douzaine de pièces plantées directement en terre. Celles-ci continuent de pousser aujourd'hui. Aucun des spécimens de l'Arnold Arboretum, par contre, n'a survécu.

« Personne à l'époque ne fit le lien entre l'*Arundinaria sparsiflora* d'Augustine Henry et le bambou de Wilson, pourtant plantés non loin l'un de l'autre dans les jardins de Kew.

« C'est alors qu'un grand spécialiste des bambous, James Gamble, remarqua qu'il ressemblait à deux espèces de l'Himalaya indien. Espèces que le colonel William Munroe avait classées dans un genre nouveau créé à leur intention, le genre *Thamnocalamus*. Gamble n'était pas d'accord avec Munroe. Pour lui, ces bambous himalayens étaient des *Arundinaria*, genre commun aux USA.

« On en était là lorsque Gamble fit une seconde découverte : le bambou de Wilson était presque identique à un troisième *Arundinaria* cultivé à Kew, l'*Arundinaria nitida*, aux feuilles brillantes en forme de flèches, d'où son nom de *bambou flèche*. Le premier à assister à la floraison de ce bambou fut un jeune naturaliste russe, Mikhaïl Mikhaïlovitch Berezovski. C'était en 1886, dans les chaînes montagneuses grimpant vers les hauts plateaux tibétains. L'événement était si inhabituel que les anciens du village de Siku se rappelèrent les récits de leurs grands-parents leur parlant de la précédente floraison. Nommé également *bambou fontaine* parce que ses tiges, groupées en bosquets denses, s'alourdissent en formant une arche jusqu'au sol. Comme une fontaine.

« Finalement, Gamble, refusant au bambou de Wilson le statut de nouveau genre, le considéra comme une nouvelle espèce du genre *Arundinaria*, qu'il nomma *Arundinaria muriela*, du nom de la fille de Wilson, Muriel. On raconte que c'est Wilson qui demanda personnellement à Gamble de le nommer ainsi.

« Pour ajouter à la confusion, en 1935, le professeur japonais T. Nakai décida de classer ces deux espèces chinoises comme un nouveau genre, *Sinarundinaria* ou “Arundinaria chinois”. Depuis lors, les deux espèces sont connues en horticulture sous les noms de *Sinarundinaria murielae* pour le bambou parapluie et *Sinarundinaria nitida* pour le bambou flèche. »

À cet endroit Ferdinand Lebel avait inséré une note : « Ces deux bambous constituent l'unique nourriture des grands pandas. »

Le visage de Génis se contracta. Puis il pensa à Simon et à la peluche. Comment Simon vivait-il là-bas, dans la longue nuit australe ? Génis resta longtemps perdu dans ses pensées. Son voisin de compartiment descendit. Le soir tombait. Il était seul à présent. Génis alluma la petite lampe et reprit sa lecture.

« La floraison a eu lieu !

« Les fleurs, d'abord. Elles sont de couleur blanche, de petite taille, avec trois étamines et trois stigmates duveteux, portant des anthères jaune vif.

« On peut maintenant annoncer laquelle, parmi les quatre réponses données, est la réponse correcte.

« Aucune ! vient d'affirmer Thomas C. Soderstrom, du Smithsonian Institute de Washington.

« Quelle est donc, alors, la véritable identité du bambou parapluie ? »

L'écriture irrégulière de Ferdinand Lebel était fatigante à lire. Génis commençait à avoir mal à la tête, d'autant qu'il n'avait pas fait remplacer son verre fendu dans la bataille avec Jeanne. Il retira ses lunettes. Son nez et ses joues lui brûlaient. Il avait attrapé un coup de soleil à la plage. Il remit ses lunettes. À présent qu'il avait pris conscience de la fêlure du verre, il ne voyait qu'elle. Il jaugea ce qu'il lui restait à lire. Plus beaucoup. Suivait un extrait d'un texte du professeur Soderstrom :

« Au début de cette année, un collègue de Munich m'envoya une branche de bambou parapluie couverte de fleurs. C'étaient les premières que je voyais ! Après les avoir longuement étudiées, voici ce que je peux dire.

« Ses épis sont les mêmes que ceux des bambous collectés par Henry et par Fargès. Il possède par ailleurs toutes les caractéristiques du bambou décrit par William Munroe vingt ans avant que le premier bambou parapluie ait été découvert, le *Thamnocalamus*. Jusqu'à ces derniers jours, ce genre comptait trois espèces. On peut aujourd'hui annoncer qu'il en existe une quatrième, le bambou parapluie.

« C'est ainsi que, cent vingt ans après la définition de l'Américain, le *Thamnocalamus* apparaît comme le véritable genre convenant aux découvertes de l'Irlandais, de l'Anglais et du Français.

« Les règles de la nomenclature botanique commandent que le nom d'une plante comporte d'abord celui du genre auquel elle appartient, *Thamnocalamus*, puis celui de l'espèce, suivi du nom des botanistes impliqués dans sa dénomination. Voilà pourquoi le bambou parapluie sera désormais connu comme le *Thamnocalamus spathaceus (Franchet) Soderstrom.* »

Génis répéta le nom. Il sourit en imaginant Jeanne quand il lui annoncera que son bambou parapluie... que feu son bambou parapluie était un *Thamnocalamus spathaceus (Franchet) Soderstrom...*

« Aujourd'hui, le bambou parapluie est le bambou le plus largement cultivé en Europe et en Amérique du Nord. Jusqu'à preuve du contraire, on peut penser que la plupart des bambous poussant dans les jardins descendent de ceux introduits par Wilson le Chinois. »

NON ! s'écria Génis. Tous les bambous parapluies poussant en Occident ne descendent pas du spécimen de Wilson le Chinois. Il existe une cohorte inconnue des spécialistes, la cohorte Lebel, avec son *bambou papillon.*

« Le bambou parapluie et le bambou fontaine, souvent associés, poussent fréquemment dans les mêmes aires. Il est surprenant que les deux espèces aient fleuri en même temps en Chine du Centre au siècle dernier. Se pourrait- il qu'ils représentent différentes formes végétatives d'une même espèce, ou est-ce purement le fait du hasard que leur floraison coïncide ?

« On pourrait croire que ces liens n'ont qu'un intérêt théorique. Il n'en est rien. Les récentes études taxinomiques suggèrent que les bambous sino-himalayens du genre *Thamnocalamus* pourraient être reliés à une espèce de bambou d'origine sud-africaine. La seule raison susceptible d'expliquer ce fait est que ces régions aujourd'hui très éloignées ont été proches à une époque lointaine.

« Or il se trouve que l'Afrique et l'Asie ont bien fait partie à une époque lointaine d'un seul et même bloc, le Gondwanaland. Si le groupe, aujourd'hui dispersé, du *Thamnocalamus* est apparu avant que le Gondwanaland ne se divise, alors… »

– Alors ? demanda Génis tout haut.

« … alors c'est une très, très vieille plante », conclut le texte de Ferdinand Lebel.

Quelques instants plus tard, Génis Calor, citoyen du Gondwanaland, posa le pied sur le quai de la gare de Luchon. Il n'y avait donc pas à s'étonner que personne ne soit là pour l'accueillir. Génis s'acheta tout de même une tarte aux myrtilles.

Plus d'autocar pour Garin. Génis décida de faire du stop. À sa grande surprise, il fut immédiatement pris par une luxueuse limousine. Un natif du Gondwanaland, sans doute, qui l'avait reconnu…

CHAPITRE 16

**Où, par le bambou parapluie,
Génis arrive au bout de l'histoire.**

Il faisait nuit noire.

Génis n'eut aucun mal à retrouver la maison de la vieille sur la route du col de Peyresourde. Aucune lumière à l'intérieur. Petits coups discrets, puis plus forts. Au bout d'un moment, un frottement derrière la porte.

– Qui est-ce ?

– Génis. Génis Calor.

– Ah, le petit de… Jeanne.

Elle tira le verrou, entrebâilla la porte. La vieille avait passé une robe de chambre bleue, assez coquette. Ses cheveux gris tombaient sur ses épaules.

– C'est une heure pour arriver ! Pose ton sac dans la chambre du haut. (Elle le regarda :) Et lave-toi la bouche. C'est une fille qui t'a fait ça ? (Génis ne comprit pas.) Là, ce rouge.

Elle lui indiqua le pourtour de la bouche. Il avait oublié la myrtille. Il s'essuya les lèvres.

– Il t'en reste. Tu en as sur la main maintenant.

Quand Génis redescendit. Il découvrit avec plaisir un bol de soupe tiède et une miche de pain sur la table de la cuisine. La vieille était en train de découper d'imposantes tranches d'un jambon de montagne déjà bien entamé.

Quand Génis eut fini, elle débarrassa et revint avec deux bouteilles et un verre à pied.

– De la verte ou de la jaune ? De l'Izarra.

– Conseille-moi.

– La verte.

Il acquiesça de la tête. Elle saisit la bouteille verte, la déboucha et emplit le verre.

– Tiens, je vais trinquer avec toi.

Elle alla chercher un deuxième verre, saisit la bouteille jaune et versa la liqueur jusqu'à ras bord.

Il la regarda, surpris, elle lui sourit. Elle se moque de moi, non ? Ils burent chacun sa couleur en silence. C'était fort et doux. C'était bon.

– Tu en as mis du temps à venir ! lui dit-elle quand elle eut terminé son verre.

Génis se réveilla tard. La vieille était au travail depuis plusieurs heures. Sur la table, le petit déjeuner était prêt. Un pot de miel vierge et un pain de cire inentamé posé sur une planche de bois. Il fit réchauffer le café dans une grande cafetière à bec de canard, décalotta la cire. C'était majestueux.

Elle poussa la porte. Elle s'était habillée comme pour aller à la ville. Elle lui demanda de la suivre. Ils partirent sur la route du col. Malgré son âge, elle marchait de l'allure soutenue des montagnards, sans s'arrêter. Il peinait derrière elle. Elle ne fit aucun effort pour ralentir.

Elle passa à côté des rangées de ruches, longea un muret, poussa la porte du cimetière. Quand Génis la rejoignit, elle était devant une tombe de granit bien entretenue. Sur la stèle, une photo sépia dans un médaillon de métal représentait une jeune fille. La jeune fille ressemblait d'une façon étonnante à Jeanne. À Jeanne telle qu'elle devait être à son âge. Sur la stèle, une inscription : « Ici repose Sylvie, morte le 23 septembre 1940. Elle avait dix-huit ans. »

Amélie se tourna vers Génis :

– C'est ta grand-mère. (Elle laissa échapper un petit gloussement.) Grand-mère, alors qu'elle n'a jamais eu plus de dix-huit ans dans toute sa vie !

Génis ne pouvait quitter des yeux l'inscription. Ferdinand avait dit être passé à Garin à la Noël 1939. Ça explosa dans sa tête !

Noël 39 - Septembre 40 ! Il regarda Amélie, incrédule. Elle hocha la tête en signe d'acquiescement. Le petit de la vache avait compris.

Ferdinand Lebel était le père de Jeanne !

Ce père dont Sylvie avait toujours refusé de révéler l'identité. Ni à Amélie ni à Ferdinand Lebel lui-même ! Comment celui-ci, à qui elle avait caché qu'elle était enceinte, aurait-il pu se douter que de cette unique nuit passée ensemble était né un enfant ?

– Qu'est-ce qu'il t'a dit de plus ?

La question d'Amélie venait après que Génis eut fini de raconter sa rencontre avec Ferdinand Lebel à Seillans. Ils marchaient doucement, redescendant vers la maison.

– Rien, répondit Génis. (Après un silence :) Si. Il m'a dit que Sylvie était une jeune fille très joyeuse.

– Elle l'était jusqu'à cette nuit-là... L'hiver 39, la mobilisation, tous les jeunes étaient partis. Je me suis demandé pourquoi, lui, il n'était pas mobilisé comme les autres. Il avait, je ne sais pas, quelque chose à la gorge. C'est pour cela qu'il était en cure à Luchon. Il a débarqué deux jours avant Noël. Je me suis dit : Pourvu qu'il ne reste pas. Et la tempête de neige a commencé. Ils ont rouvert la route le lendemain… c'était trop tard. Je sais compter, moi aussi.

Amélie l'avait donc toujours su. Pourquoi l'avoir caché ? Pourquoi, surtout, ne pas l'avoir dit à Jeanne ? Un poignant désespoir se peignit sur le visage d'Amélie. Elle n'eut pas besoin de répondre tant la réponse était évidente. Pour garder près d'elle sa petite-fille ! Pour qu'on ne la lui enlève pas. Elle avait perdu son mari, puis sa fille. Pourrait-elle accepter de perdre le dernier être qui lui était cher ?

Au dîner, Génis lui annonça qu'il partait le lendemain. Elle continua de manger. Au bout d'un moment, elle leva la tête :

– J'avais décidé de te le dire, c'est pour cela que je t'attendais… (Elle rit.) Hmm… le petit de la vache. Je savais que tu allais venir. À toi, maintenant. Fais-en ce que tu veux. (Puis brusquement elle agita l'index devant son œil.) Tu ne devrais pas rester avec ce verre fendu, ça va te couper le regard.

Il ne ferma pas l'œil de la nuit.

Sitôt installé dans le train, il s'endormit, épuisé, fébrile. Ting, tac, cac… Ting, tac, cac… Immédiatement, son vieux cauchemar, qui l'avait déserté depuis des mois, s'empara de son sommeil. Sa mâchoire se desserra, laissant passer une boule minuscule qui se mit à grossir. À grossir jusqu'à devenir grande comme le Monde ! Il mordit à pleines dents, arracha un morceau, l'avala, mordit à nouveau, déglutissant, engloutissant, mordant, avalant. La boule s'amenuisait, il en aperçut les contours, ouvrit la bouche pour l'ultime bouchée. Son souffle s'arrêta net, tant chaque fibre de son être, même dans son sommeil, connaissait la suite : la boule qui regrossissait, grossissait et devenait grosse comme le Monde. Il ouvrit la bouche, déglutit et la boule... Et la boule disparut ! Il l'avait tout entière avalée ! Il avait réussi. Comme si son vieux cauchemar n'avait pas voulu attendre la fin de l'histoire, qu'il savait proche, pour se dissiper. Le train était arrivé.

Génis sonna. Jeanne lui ouvrit la porte. Le messager boiteux était de retour. Avec, encore une fois, une nouvelle. Une bonne ou une mauvaise ? Qui pourrait dire comment elle allait réagir ?

Brutalement, il l'informa de ce qu'il venait de découvrir : « le souligneur » qu'elle avait recherché avec tant d'acharnement était le père qu'elle n'avait pas recherché !

En oubliant la revue scientifique à Garin, Ferdinand Lebel avait laissé une trace qui permettait de le retrouver, le soulier de vair de Cendrillon ! Et le bambou parapluie, qu'on avait mis cent ans à identifier, avait magistralement permis l'identification de l'introuvable amant de la Sylvie de Garin, morte le 23 septembre de l'année 1940, d'avoir donné naissance à Jeanne.

Quand il eut fini de parler, Génis sentit qu'il avait atteint le bout de l'histoire. Jeanne aussi le savait. Il venait de lui offrir le plus beau cadeau qu'un fils puisse offrir : donner un père à sa mère.

Et par là même... donner une fille à son grand-père, Ferdinand Lebel.

Il lui restait deux choses à faire.

La première : au bureau de poste de l'allée des Trouvères, il demanda un imprimé pour télégrammes. Il écrivit le texte d'une traite et tendit l'imprimé à la préposée qui se mit à compter les mots :

– Dix-sept !

– Seize, rectifia Génis. Excusez-moi, je crois que vous vous êtes trompée.

Elle recompta, mécontente, lisant le texte à haute voix : « Génis Calor à Ferdinand Lebel. *Cinq.* Merci d'avoir couché avec ma grand-mère. *Six.* Bienvenue au pépé. *Trois. Signé :* Ton petit-fils. *Seize.* » Elle s'excusa, confuse, et bredouilla :

– Vous comptez bien.

– Oh oui, répondit Génis.

– Je n'ai pas bien compris le prénom de la signature.

– Génis, comme… Génis !

La deuxième : soudain Génis ne s'en souvint plus. Tant pis ! se dit-il. Ce sera pour plus tard.

Ting, tac ! Le choc fut brutal, Génis se réveilla. Vraiment. Le train était immobilisé dans la gare tuile-ardoise. Génis récupéra son balluchon et descendit. Il ne se pressa pas pour rejoindre la maison tuile-ardoise. Il fit même un grand détour, il passa par l'allée des Trouvères et la place des Troubadours et aussi par le Jardin d'hiver.

Il lui fallait du temps pour réfléchir.

Était-ce vraiment un cadeau que de donner un père à sa mère ? se demanda Génis. S'il révélait à Jeanne la nouvelle, son rapport au bambou en serait radicalement transformé. Lui, avec qui pendant des décennies elle avait tissé des liens terriblement tangibles, deviendrait à ses yeux un moyen, un simple moyen dans sa recherche inconsciente de l'identité de son père. De bien réel, il deviendrait purement symbolique. Était-ce vraiment un cadeau que de lui saccager son histoire ?

Eh puis, si Jeanne l'avait désiré, elle aurait pu le découvrir elle-même ! Parce que, enfin, elle aussi savait compter ! Et si, en fait, elle n'avait jamais voulu le savoir ?

Juste avant de sonner à la porte d'entrée de la maison tuile-ardoise, Génis avait pris sa décision. Semblablement à Jeanne qui n'avait pas voulu faire lichen avec Génis, Génis refusa de faire lichen avec Jeanne. Il lui laissa l'entière liberté de sa destinée. À elle de faire ses choix ou de n'en faire pas.

Génis ne dira rien à Jeanne. Pas plus qu'il n'enverra un télégramme à Ferdinand Lebel.

Il sut qu'il avait atteint le bout de l'histoire.

Génis sonna. Jeanne lui ouvrit… les bras

ÉPILOGUE

– La véritable identité du bambou parapluie ne serait pas *Thamnocalamus spathaceus (Franchet) Soderstrom.* Mais *Fargesia murielae…*

– Après la dernière floraison des bambous, soixante-sept grands pandas ont été retrouvés morts de faim.

TABLE

DU MÊME AUTEUR

La Révolution des savants
Gallimard, coll. « Découvertes », n° 48, 1988

L'Empire des nombres
Gallimard, coll. « Découvertes », n° 300, 1996

La gratuité ne vaut plus rien
et autres chroniques mathématiciennes
Éditions du Seuil, 1997
et « Points », n° P783

La Méridienne / La Mesure du monde
Robert Laffont, 1997

Le Théorème du Perroquet
Éditions du Seuil, 1999
et « Points », n° P785

Le Mètre du monde
Éditions du Seuil, 2000

RÉALISATION : PAO ÉDITIONS DU SEUIL
IMPRESSION : S.N. FIRMIN-DIDOT AU MESNIL-SUR-L'ESTRÉE
DÉPÔT LÉGAL : MAI 2001. N° 50135 (55372)

Collection Points

DERNIERS TITRES PARUS

P760. Paramour, *par Henri Gougaud*
P761. Les Juges, *par Élie Wiesel*
P762. En attendant le vote des bêtes sauvages *par Ahmadou Kourouma*
P763. Une veuve de papier, *par John Irving*
P764. Des putes pour Gloria, *par William T. Vollman*
P765. Ecstasy, *par Irvine Welsh*
P766. Beau Regard, *par Patrick Roegiers*
P767. La Déesse aveugle, *par Anne Holt*
P768. Au cœur de la mort, *par Lawrence Block*
P769. Fatal Tango, *par Jean-Paul Nozière*
P770. Meurtres au seuil de l'an 2000 *par Éric Bouhier, Yves Dauteuille, Maurice Detry, Dominique Gacem, Patrice Verry*
P771. Le Tour de France n'aura pas lieu, *par Jean-Noël Blanc*
P772. Sharkbait, *par Susan Geason*
P773. Vente à la criée du lot 49, *par Thomas Pynchon*
P774. Grand Seigneur, *par Louis Gardel*
P775. La Dérive des continents, *par Morgan Sportès*
P776. Single & Single, *par John le Carré*
P777. Ou César ou rien, *par Manuel Vázquez Montalbán*
P778. Les Grands Singes, *par Will Self*
P779. La Plus Belle Histoire de l'homme, *par André Langaney, Jean Clottes, Jean Guilaine et Dominique Simonnet*
P780. Le Rose et le Noir, *par Frédéric Martel*
P781. Le Dernier Coyote, *par Michael Connelly*
P782. Prédateurs, *par Noël Simsolo*
P783. La gratuité ne vaut plus rien, *par Denis Guedj*
P784. Le Général Solitude, *par Éric Faye*
P785. Le Théorème du perroquet, *par Denis Guedj*
P786. Le Merle bleu, *par Michèle Gazier*
P787. Anchise, *par Maryline Desbiolles*
P788. Dans la nuit aussi le ciel, *par Tiffany Tavernier*
P789. À Suspicious River, *par Laura Kasischke*
P790. Le Royaume des voix, *par Antonio Muñoz Molina*
P791. Le Petit Navire, *par Antonio Tabucchi*
P792. Le Guerrier solitaire, *par Henning Mankell*
P793. Ils y passeront tous, *par Lawrence Block*
P794. Ceux de la Vierge obscure, *par Pierre Mezinski*

P795. La Refondation du monde, *par Jean-Claude Guillebaud*
P796. L'Amour de Pierre Neuhart, *par Emmanuel Bove*
P797. Le Pressentiment, *par Emmanuel Bove*
P798. Le Marida, *par Myriam Anissimov*
P799. Toute une histoire, *par Günter Grass*
P800. Jésus contre Jésus, *par Gérard Mordillat et Jérôme Prieur*
P801. Connaissance de l'enfer, *par António Lobo Antunes*
P802. Quasi objets, *par José Saramago*
P803. La Mante des Grands-Carmes, *par Robert Deleuse*
P804. Neige, *par Maxence Fermine*
P805. L'Acquittement, *par Gaëtan Soucy*
P806. L'Évangile selon Caïn, *par Christian Lehmann*
P807. L'Invention du père, *par Arnaud Cathrine*
P808. Le Premier Jardin, *par Anne Hébert*
P809. L'Isolé Soleil, *par Daniel Maximin*
P810. Le Saule, *par Hubert Selby Jr.*
P811. Le Nom des morts, *par Stewart O'Nan*
P812. V., *par Thomas Pynchon*
P813. Vineland, *par Thomas Pynchon*
P814. Malina, *par Ingeborg Bachmann*
P815. L'Adieu au siècle, *par Michel Del Castillo*
P816. Pour une naissance sans violence, *par Frédérick Leboyer*
P817. André Gide, *par Pierre Lepape*
P818. Comment peut-on être breton ?, *par Morvan Lebesque*
P819. London Blues, *par Anthony Frewin*
P820. Sempre caro, *par Marcello Fois*
P821. Palazzo maudit, *par Stéphanie Benson*
P822. Le Labyrinthe des sentiments, *par Tahar Ben Jelloun*
P823. Iran, les rives du sang, *par Fariba Hachtroudi*
P824. Les Chercheurs d'os, *par Tahar Djaout*
P825. Conduite intérieure, *par Pierre Marcelle*
P826. Tous les noms, par José Saramago
P827. Méridien de sang, *par Cormac McCarthy*
P830. Pour que la terre reste humaine, *par Nicolas Hulot, Robert Barbault et Dominique Bourg*
P831. Une saison au Congo, *par Aimé Césaire*
P832. Le Manège espagnol, *par Michel del Castillo*
P833. Le Berceau du chat, *par Kurt Vonnegut*
P834. Billy Straight, *par Jonathan Kellerman*
P835. Créance de sang, *par Michael Connelly*
P836. Le Petit reporter, *par Pierre Desproges*
P837. Le Jour de la fin du monde…, *par Patrick Grainville*
P838. La Diane rousse, *par Patrick Grainville*
P839. Les Forteresses noires, *par Patrick Grainville*
P840. Une rivière verte et silencieuse, *par HubertMingarelli*

P841. Le Caniche noir de la diva, *par Helmut Krausser*
P842. Le Pingouin, *par Andreï Kourkov*
P843. Mon siècle, *par Günter Grass*
P844. Les Deux Sacrements, *par Heinrich Böll*
P845. Les Enfants des morts, *par Heinrich Böll*
P846. Politique des sexes, *par Sylviane Agacinski*
P847. King Sickerman, *par George P. Pelecanos*
P848. La Mort et un peu d'amour, *par Alexandra Marinina*
P849. Pudding mortel, *par Margaret Yorke*
P850. Hemoglobine Blues, *par Philippe Thirault*
P851. Exterminateurs, *par Noël Simsolo*
P852. Une curieuse solitude, *par Philippe Sollers*
P853. Les Chats de hasard, *par Anny Duperey*
P854. Les Poissons me regardent, *par Jean-Paul Dubois*
P855. L'Obéissance, *par Suzanne Jacob*
P856. Visions fugitives, *par William Boyd*
P857. Vacances anglaises, *par Joseph Connolly*
P858. Le Diamant noir, *par Peter Mayle*
P859. Péchés mortels, *par Donna Leon*
P860. Le Quintette de Buenos Aires, *par Manuel Vázquez Montalbán*
P861. Y'en a marre des blondes, *par Lauren Anderson*
P862. Descente d'organes, *par Brigitte Aubert*
P863. Autoportrait d'une psychanalyse, *par Françoise Dolto*
P864. Théorie quantitative de la démence, *par Will Self*
P865. Cabinet d'amateur, *par Georges Perec*
P866. Confessions d'un enfant gâté, *par Jacques-Pierre Amette*
P867. Génis ou le Bambou parapluie, *par Denis Guedj*
P868. Le Seul amant, *par Eric Deschodt, Jean-Claude Lattès*
P869. Un début d'explication, *par Jean-Marc Roberts*
P870. Petites infamies, *par Carmen Posadas*
P871. Les Masques du héros, *par Juan Manuel de Prada*
P872. Mal'aria, *par Eraldo Baldini*
P873. Leçons américaines, *par Italo Calvino*
P874. L'Opéra de Vigata, *par Andrea Camilleri*
P875. La Mort des neiges, *par Brigitte Aubert*
P876. La lune était noire, *par Michael Connelly*
P877. La Cinquième femme, *par Henning Mankell*
P878. Le Parc, *par Philippe Sollers*
P879. Paradis, *par Philippe Sollers*
P880. Psychanalyse six heures et quart
par Gérard Miller, Dominique Miller
P881. La Décennie Mitterrand 4
par Pierre Favier, Michel Martin-Roland
P882. Trois petites mortes, *par Jean-Paul Noziere*
P883. Le Numéro 10, *par Joseph Bialot*